武昌历史文化丛书 编委会/编

【武昌历史文化丛书】

Mingren Yong Wuchang

名人咏武昌

罗福惠　罗　芳　编著

武汉出版社
Wuhan Publishing House

(鄂)新登字 08 号

**图书在版编目(CIP)数据**

名人咏武昌 / 罗福惠,罗芳编著. — 武汉:武汉出版社,2019.3
(武昌历史文化丛书)
ISBN 978-7-5582-1590-2

Ⅰ. ①名… Ⅱ. ①罗… ②罗… Ⅲ. ①诗集-中国 Ⅳ. ①I22

中国版本图书馆 CIP 数据核字(2018)第 281610 号

| | |
|---|---|
| 编　　著 | 罗福惠　罗　芳 |
| 出 品 人 | 朱向梅 |
| 策划编辑 | 胡　新 |
| 责任编辑 | 蔡文华 |
| 封面设计 | 马　波 |
| 出　　版 | 武汉出版社 |
| 社　　址 | 武汉市江岸区兴业路 136 号　邮　　编:430014 |
| 电　　话 | (027)85606403　85600625 |
| | http://www.whcbs.com　E-mail:zbs@whcbs.com |
| 印　　刷 | 湖北新华印务有限公司　经　销:新华书店 |
| 开　　本 | 787 mm×1092 mm　1/16 |
| 印　　张 | 19.5　字　数:248 千字 |
| 版　　次 | 2019 年 3 月第 1 版　2019 年 3 月第 1 次印刷 |
| 定　　价 | 40.00 元 |

版权所有·翻印必究
如有质量问题,由承印厂负责调换。

### 编委会

**名誉主任** 刘 洁　余 松
**主　任** 林 军
**副主任** 李 蓉　周 明　王红专　王兴文　刘重武
**委　员** 李远华　王汉军　杨水才　孙志翔
　　　　　钱 勇　徐赤勇　葛文凯　宋 杰

### 专家委员会

**顾　问** 章开沅　冯天瑜
**主　任** 马 敏　严昌洪
**委　员**（按姓氏笔画为序）
　　　　　田子渝　朱 英　刘玉堂　刘庆平
　　　　　李卫东　李少军　李良明　何祚欢
　　　　　罗福惠　周洪宇　周积明　张笃勤
　　　　　郭 莹　敖文蔚　姚伟钧　涂文学

# 序 一
# Preface

"求木之长者,必固其根本;欲流之远者,必浚其源泉。"一个城市的生命和灵魂,来自深厚的历史底蕴与坚实的文化内核;一个城市的品位和底气,离不开强大的文化自信与不竭的创新动力。挖掘历史资源、激活文化基因,事关精神命脉的传承,事关城市的永续发展。

有着近一千八百年建城史的武昌,历史悠久,文脉绵长。在这里,一座古城,风韵悠然,阔步前行,穿越千年沧桑;一处名楼,文人墨客,咸集诗赋,各领绝代风骚;一件大事,辛亥首义,敢为人先,改变中国历史;无数英豪,指点江山,前仆后继,浴血谱写辉煌。因为有了历史和文化的充分滋养,武昌始终生机勃勃、活力无限,为荆楚文化在中华文明总谱系中留下独特的基因和符号提供了丰富的给养。这片有着绚烂历史和强烈魅力的土地,一直等待着我们去发现、去感受、去领略、去彰显。

正因如此,我们有优势、有情怀,更有责任、有义务弘扬武昌的优秀历史文化,把武昌故事讲好,把武昌自信提升好,把武昌力量凝聚好。与其他展示武昌历史文化的论著不同,这套丛书全面系统梳理了多年散落在民间、口口相传的武昌老故事,通过精心的考证,深入挖掘其中蕴含的思想观念、人文精神和道德规范,并适应时代发展进行继承和创新,凸显出武昌发展的个性和魅力——从这个层面上讲,这套丛书的意义已经远远超出了文史资料的价值,它是武昌文脉的复现,为活化武昌文化遗产、树立武昌城市精神、提振市民精气神将作出独有的贡献。

丛书立足武昌历史根脉，突出武昌文化核心元素，在时间上自公元223年孙权建筑夏口城起至20世纪60年代，在空间上以武昌区现在的行政区划为主，分为"综合""武昌人物""武昌风物""武昌景物""武昌文物"和插画版"武昌指南"六个系列，将为武昌发展作出重大贡献的历史人物、影响历史进程的重大事件与武昌地域特色文化相结合，用群众喜闻乐见的语言讲历史故事、叙文化传统、说武昌古今。本书内容上具备理论高度、学术价值和思想深度，形式上明白晓畅、通俗易懂，能够激起读者情感共鸣，兼具历史性、时代性、知识性、可读性与权威性，可谓宣传推介武昌的集大成之作。

今天，武昌的经济体量已进入"千亿级"时代，站在新的起点，文化软实力正是提升我们综合竞争力和可持续发展能力的关键因素。习近平总书记说，"文化自信是一个国家、一个民族发展中更基本、更深沉、更持久的力量"，在建设创新型城区和国家中心城市核心区的征程上，我们更要"以古人之规矩，开自己之生面"，更要坚守中华文化立场，传承中华文化基因，展现中华审美风范。愿我们携起手来，共同努力，让传统文化与现实文化相融相通，让个体情感与集体情感同频共振，为新时代武昌的改革创新发展注入每一个人的家国情怀！

为策划、编纂和出版这套丛书，一大批专家学者以及许多市区老领导、政协委员都倾注了深厚的感情，为丛书的诞生奠定了坚实的基础，在此，由衷感谢他们为发展、延续武昌历史文化付出的巨大心血！

刘　洁

2018年12月

# 序 二
# Preface

酝酿已久的《武昌历史文化丛书》终于要正式出版了,作为一个历史工作者和这套丛书的专家委员会主任,我感到由衷的高兴,十分乐意借写序的机会,同大家分享一下我的几点感想。

第一,为什么要出版《武昌历史文化丛书》?

武汉三镇之中,当属武昌的历史最为悠久,早在春秋战国时期,楚国就在这一地区设有封君夏侯。三国时期,孙权将东吴政治中心迁鄂(今鄂州市),寓"以武而昌"之意,改鄂名为"武昌",这是武昌之名的由来。公元223年,孙权在江夏山(蛇山)筑夏口城,从而开启了武昌古城的历史,至今已近一千八百年。从元代设湖广行省起至清末,武昌一直是省级大区域行政中心。北伐战争后,改武昌县为武昌市。1927年,武汉三镇在行政区划上正式统一为一市。1949年武昌解放后,成为中共湖北省委、省人民政府所在地,在1952年调整区划后,正式成立武昌区人民政府。

千百年来,武昌因其独特的地理区位,始终处于社会变革的最前沿,承载着中华民族波澜壮阔的历史变迁,书写着气势磅礴的历史画卷。武昌人文底蕴深厚。屈子行吟,崔颢题诗,李白唱和……近代以来,张之洞督鄂,兴实业,办教育,练新军,新旧学堂并起,东西文化交融,风气大开,武昌由此奠定了全省文化中心的地位,诚如张之洞题黄鹤楼楹联中云:"昔贤整顿乾坤,缔造先从江汉起；今日交通文轨，登临不觉亚欧遥。"武昌自然风光秀丽。东湖、沙湖、紫阳湖等，妩媚多娇；洪山、蛇山、珞珈山等，玲珑别致；黄鹤楼、宝通寺、长春观等，景色优美。山灵水秀，人文荟萃，让武昌成为最适宜居住的城区。

武昌历史悠久、文化厚重、科教区位优势明显，是武汉的城市文化名片，而《武昌历史文化丛书》正是一套向世人充分展示武昌这座历史文化名城的独特魅力和风采的作品。

第二，如何编好《武昌历史文化丛书》？

武昌是武汉文脉沉淀之地，积累了丰厚的文化资源，如黄鹤楼文化、辛亥首义文化、名人文化等，此前也有若干零星介绍武昌历史文化的图书，而这套丛书则是第一次全面系统梳理千年古城的历史文化、系统挖掘武昌历史文化资源的重要工程。

本丛书在整体设计上分为六个系列，形式新颖，内容全面，体系完整，时间上从公元223年至1960年代；空间上以现有武昌区行政区划为主，必要时以历史上的大武昌概念为界定，将为武昌发展作出重大贡献的历史人物、影响历史进程的重大事件与武昌地域特色文化相结合，激活武昌文化基因，展现真实、立体、全面的武昌，集中呈现武昌深厚的文化底蕴。

在作者的选择上，着重选择了对武昌历史文化素有研究的专家学者；在内容上，利用新史料，体现研究新成果，集历史性、权威性、知识性、可读性于一体；在形式上，采取图文并茂的形式。

第三，编撰《武昌历史文化丛书》的意义何在？

习近平总书记在党的十九大报告中指出："文化兴国运兴，文化强民族强。没有高度的文化自信，没有文化的繁荣兴盛，就没有中华民族伟大复兴。"只有对自身文化有高度的自信，才可能带来武昌的繁荣兴盛。在新时代下，启动这套丛书的编撰，既体现了武昌区委、区政府的远见，也可谓正逢其时。

该丛书既是在新时代第一次全面、系统挖掘武昌历史文化资源的重要文化工程，也是响应市委、市政府建设"历史之城、当代之城、未来之城"号召的实践成果，更是加快建设现代化、国际化、生态化大武汉，全面复兴大武汉的具体举措，功在当代，利在千秋。

本丛书立足武昌，深入挖掘其中所蕴含的思想观念、人文精神、道德规范，并结合时代要求继承创新，突出展示武昌最具特色的核心文化元素，集中挖掘城区的文化根脉，讲好武昌故事，传承历史文化记忆，对于传承武昌区优秀的历史文化、提升居民文化自信、推进城区文化建设具有重大的现实意义，必然成为武汉市打造国家中心城市和世界亮点城市规划中绚丽的一环。

关于学习历史的意义，习近平总书记在中央党校建校80周年庆祝大会暨2013年春季学期开学典礼上讲道："学史可以看成败、鉴得失、知兴替。"从武昌悠久、丰厚的历史文脉当中，我们也一定可以看清她的成败、得失、兴替，从而以更加清醒的头脑和更为厚重的历史感，借改革开放四十年的东风，更好地了解武昌、建设武昌、发展武昌。

是为序。

马 敏

2018年12月于武昌桂子山

# 目 录 /Contents

陶 潜
　辛丑岁七月赴假还江陵夜行涂口作 / 001
鲍 照
　登黄鹤矶 / 003
魏 收
　棹歌行 / 005
孟浩然
　送元公之鄂渚寻观主张骖鸾 / 006
　鹦鹉洲送王九之江左 / 007
　江夏送客 / 008
　溯江至武昌 / 009
王昌龄
　送人归江夏 / 010
崔 颢
　黄鹤楼 / 011
李 白
　黄鹤楼送孟浩然之广陵 / 013
　江夏送友人 / 014

名人咏武昌

  江夏别宋之悌 / 014
  江上吟 / 015
  陪宋中丞武昌夜饮 / 016
  望黄鹤楼 / 017
  送储邕之武昌 / 018
  题江夏修静寺 / 019
  望鹦鹉洲怀祢衡 / 020
  与史郎中钦听黄鹤楼上吹笛 / 021
杜　甫
  公安送李二十九弟晋肃入蜀，余下沔鄂 / 023
王　维
  送康太守 / 024
钱　起
  晚泊武昌 / 026
刘长卿
  夏口送徐郎中归朝 / 027
  步登夏口古城作 / 027
  鄂渚听杜别驾弹胡琴 / 028
  夏口送屈突司直使湖南 / 029
顾　况
  黄鹄楼歌送独孤助 / 030
卢　纶
  晚次鄂州 / 031
武元衡
  送田三端公还鄂州 / 033

鄂渚送友 / 034

白居易

卢侍御与崔评事为予于黄鹤楼置宴，宴罢同望 / 035

夜闻歌者 / 036

行次夏口先寄李大夫 / 037

元　稹

鄂州寓馆严涧宅 / 039

贾　岛

黄鹤楼 / 041

杜　牧

送王侍御赴夏口座主幕 / 042

寄牛相公 / 043

李　频

鄂州头陀寺上方 / 045

送鄂渚韦尚书赴镇 / 046

崔涂

鹦鹉洲即事 / 047

来　鹏

鄂渚除夜书怀 / 048

鄂渚清明日与乡友登头陀山 / 048

罗　隐

自湘川东下立春泊夏口阻风登孙权城 / 050

游江夏口 / 051

韦　庄

夏口行寄婺州诸弟 / 052

鱼玄机
    过鄂州 / 054
刘淑柔
    中秋夜泊武昌 / 056
齐　己
    寄江夏仁公 / 057
吕　岩
    题黄鹤楼石照 / 058
卢　郢
    黄鹤楼 / 059
张　咏
    登黄鹤楼 / 060
梅尧臣
    送辛都管知鄂州 / 061
柳　永
    竹马子　登孤垒荒凉 / 063
王安石
    寄岳州张使君 / 065
苏　轼
    满江红　寄鄂州朱使君寿昌 / 067
    李公择求黄鹤楼诗，因记旧所闻于冯当世者 / 068
苏　辙
    赋黄鹤楼赠李公择 / 070
黄庭坚
    头陀寺 / 072

米　芾
　　水调歌头　中秋 / 074
秦　观
　　钗头凤　别武昌 / 075
孔武仲
　　晚登庾楼 / 076
孔平仲
　　和经父登黄鹤楼 / 077
张　耒
　　送杨补之赴鄂州支使 / 078
　　送杨念行监簿侍行赴鄂渚 / 079
贺　铸
　　登头陀寺峰顶庵 / 080
　　中秋日怀寄潘邠老赋 / 081
　　送左禹赴江夏尉 / 082
　　答致仕吴朝请潜登黄鹤楼见招 / 083
　　雪后同吴达夫、慎献玉登黄鹤楼 / 084
　　磨剑池 / 085
　　灵竹寺 / 086
　　江夏寓兴（二首选一）/ 086
李　新
　　龙笛 / 088
游　仪
　　黄鹤楼 / 089

李　纲
　　自鄂渚移居澧阳 / 090
岳　飞
　　满江红　登黄鹤楼有感 / 092
叶梦得
　　闻莫尚书、周侍郎已自鄂州过江入汉上 / 094
王十朋
　　黄鹤楼 / 096
　　南楼 / 096
张孝祥
　　压云亭 / 098
范成大
　　鄂州南楼 / 099
　　水调歌头　细数十年事 / 100
陆　游
　　黄鹤楼 / 102
　　南楼 / 103
　　旅次有赠 / 104
　　夏夜对月 / 105
项安世
　　重过鄂州 / 106
陈　谦
　　鄂州南楼 / 107
袁说友
　　同鄂州都统制司登压云亭 / 108

游武昌东湖 / 109

辛弃疾

　　水调歌头　折尽武昌柳 / 110

　　摸鱼儿　更能消几番风雨 / 111

刘　过

　　糖多令　芦叶满汀洲 / 113

　　忆鄂渚 / 114

姜　夔

　　春日书怀（四首选一）/ 116

　　翠楼吟　月冷龙沙 / 117

戴复古

　　到鄂渚 / 119

　　鄂州南楼 / 120

　　水调歌头　题李季允侍郎鄂州吞云楼 / 121

　　鄂渚张唐卿、周嘉仲送别 / 122

魏了翁

　　卜算子　李季允埴约登鄂州南楼即席次韵 / 124

阳　枋

　　鄂渚大雪 / 126

白玉蟾

　　酹江月　武昌怀古 / 127

　　武昌怀古十咏（十首选四）/ 128

文天祥

　　齐天乐　庆湖北漕知鄂州李楼峰 / 131

郑 起
  再登南楼 / 133
  送友人之鄂 / 133
罗与之
  黄鹤楼 / 135
陈 杰
  黄孟博辞往鄂渚赠别 / 136
方 回
  次韵谢李寅之鄂渚见寄 / 137
白 贲
  ［正宫］鹦鹉曲 / 139
揭傒斯
  夏五月武昌舟中触目 / 140
  梦武昌 / 140
余 阙
  吕公亭 / 142
丁鹤年
  兵后还武昌二首 / 143
  武昌南湖度夏 / 144
  次丱翁中秋诗韵 / 145
杨 基
  望武昌 / 146
  吕仙祠 / 147
管 讷
  吕仙亭 / 148

  北榭 / 149

李梦阳
  夏口夜泊别友人 / 150
  武昌 / 150

徐桢卿
  在武昌作 / 152

杨　慎
  登黄鹤楼 / 153

张居正
  泊汉江望黄鹤楼 / 154

吴国伦
  登黄鹤楼 / 155

郭正域
  黄鹤楼 / 156

熊廷弼
  八分山石洞 / 157
  春日过长虹桥 / 158

袁中道
  黄鹤楼 / 159
  再游黄鹤楼 / 160
  秋日同巨源伏之世高游洪山（三首选一）/ 160

彭而述
  再登黄鹤楼 / 162

戒　显
  登黄鹤楼 / 163

刘子壮
　　黄鹤楼 / 164
谭　篆
　　楚故宫 / 165
刘醇骥
　　江夏城楼雨后眺月 / 166
王　岱
　　周梅城隐九峰约过未果 / 167
胡介祉
　　宝塔灯辉 / 168
　　梅亭夕照 / 169
顾景星
　　涌月台 / 171
　　鹄山望桃柳 / 172
　　高观山再看桃花次韵 / 172
　　黄鹤楼夜眺 / 173
　　武昌舟中 / 174
徐　惺
　　高观园咏牡丹 / 175
　　过九峰 / 176
　　期黄公石虹尚白悔人集东山 / 176
赵士麟
　　南还黄鹤楼被火 / 178
朱彝尊
　　闻鹤楼成赋寄楚中一二知己 / 179

金德嘉
　　黄鹤楼即事 / 180
　　石镜亭 / 180
施闰章
　　登江夏洪山寺塔 / 182
毛际可
　　泊鹦鹉洲 / 183
　　三姝媚　初冬饮黄鹤楼同李蠖庵诸同年赋 / 184
　　渔家傲　黄鹤楼同汤次曾赋 / 185
朱伦瀚
　　武昌秋兴 / 186
顾寿开
　　汉江棹歌（七首选四）/ 187
袁　枚
　　黄鹤楼 / 189
　　黄鹤楼看雪 / 189
赵　翼
　　题黄鹤楼十六韵 / 191
钟令嘉
　　黄鹤楼 / 193
汤思孝
　　泊汉阳门 / 194
　　惜余春慢　过楚故宫 / 195
舒正载
　　仙枣亭 / 197

洪亮吉
　　江行杂咏（二十首选一）/ 198
李鼎元
　　雨霁登黄鹤楼 / 199
喻文鏊
　　王西园鸿典大令招饮黄鹤楼 / 200
　　吊熊襄愍公 / 201
黄景仁
　　黄鹤楼用崔韵 / 203
　　武昌杂诗（四首选二）/ 204
严　观
　　鄂州重修北榭记 / 206
陶　澍
　　舟至江夏 / 207
熊士鹏
　　武昌杂咏（五十一首选四）/ 208
陈　沆
　　黄鹤楼 / 210
　　九日登黄鹤楼 / 210
魏　源
　　黄鹤楼 / 212
宋　湘
　　江上竹枝词（五首选一）/ 213
升　寅
　　江行竹枝词（六首选一）/ 214

叶廷芳
　　仙桃迹在黄鹄矶上 / 215
潘焕龙
　　舟行杂诗（三十四首选一）/ 216
刘　淳
　　登宝通寺 / 217
张维屏
　　秋夜登黄鹤楼 / 218
程之桢
　　月夜偕黄春石、李仲雅、汪笛楼小憩留云阁 / 219
张开霁
　　和王梦崧观察《登黄鹄山》追次吴荷屋先生韵 / 220
官　文
　　题黄鹤楼 / 222
王柏心
　　舟望黄鹤楼，时重建甫落成（二首选一）/ 223
　　过长春观，鹿萍炼师乞诗 / 224
　　谒胡文忠公祠 / 225
彭崧毓
　　重建黄鹤楼落成有作（二首选一）/ 227
　　搁笔亭 / 228
　　江城别墅为袁莲峰作 / 229
何　璟
　　崧生复游长春观、宝通寺、卓刀泉诸胜，作诗见示，再叠前韵 / 231

周寿昌
　　白沙洲渔家竹枝词（四首选二）/ 232
梅雨田
　　汉江棹歌 / 233
胡凤丹
　　武昌城门 / 234
李树瀛
　　仙枣亭晚眺 / 236
　　登斗姥阁 / 236
樊增祥
　　长春观题壁 / 238
　　登宝通寺塔 / 238
　　己卯初夏江楼即事呈荫田员外 / 239
　　庚寅新岁前后登武昌城楼书感 / 240
谭嗣同
　　武昌夜泊（二首选一）/ 241
　　览武汉形势 / 242
黄遵宪
　　上黄鹤楼 / 243
张之洞
　　秋日同宾客登黄鹄山曾胡祠望远 / 245
李承阳
　　沿京汉铁路纪游杂咏（三十五首选八）/ 247
刘静庵
　　秋夜感怀（三首选二）/ 250

黄　兴
　　致谭人凤 / 252

胡石庵
　　悼三烈士 / 254

潘飞声
　　辛亥九秋送蒋万里从军 / 255

杨时杰
　　登江天阁 / 257

张祝南
　　《公报》周年感赋（四首选二）/ 258

宁调元
　　武昌狱中书感（四首选一）/ 260

林育南
　　古风　龟蛇吟 / 261

于右任
　　浪淘沙　黄鹤楼 / 263
　　江舟有感 / 264
　　春雨中黄鹤楼写望 / 265

甘鹏云
　　过抱冰堂 / 266
　　两湖书院废作营房，辛酉过之，怆然有作 / 267
　　纪事（四首选二）/ 268
　　武昌喜遇王青垞 / 269

毛泽东
　　菩萨蛮　黄鹤楼 / 271

水调歌头　游泳 / 272
老　舍
述怀 / 274
黄鹤楼 / 275
郁达夫
和老舍《黄鹤楼》/ 276
钱仲易
发夏口 / 278
柳亚子
刘雪耘见顾，属题《黄鹤楼图》，报以一截 / 279
董必武
闻长江大桥成喜赋 / 280
聂绀弩
桥上望江（二首选一）/ 282
叶剑英
自度　长江大桥 / 283
题行吟阁 / 284
李尔重
槛外长江天外楼 / 285

陶潜（365—427），字渊明，一字元亮，浔阳柴桑（今江西九江）人。他生活在东晋末年和南朝刘宋初年，虽为太尉长沙公陶侃之曾孙，但其家并非门阀士族，到他这一代更是亲老家贫。二十九岁后出仕，只担任祭酒、参军等卑职，最后的官职是彭泽令，在官仅八十余日，因不屑为五斗米折腰，毅然解印去职，归隐田园。所作诗文多描写农村景色，开中国"田园诗派"之先声。其对后世影响最大的是散文《桃花源记》《五柳先生传》和《归去来兮辞》。

## 辛丑岁七月赴假还江陵夜行涂口作

闲居三十载，遂与尘事冥[1]。诗书敦宿好[2]，园林无俗情。如何舍此去，遥遥至西荆[3]。叩枻新秋月[4]，临流别友生。凉风起将夕，夜景湛虚明。昭昭天宇阔，皛皛川上平[5]。怀役不遑寐[6]，中宵尚孤征[7]。商歌非吾事[8]，依依在耦耕[9]。投冠旋旧墟[10]，不为好爵萦[11]。养真衡茅下[12]，庶以善自名。

○题解

辛丑岁是401年，陶潜三十六岁，出仕小官七年，此时正在湖北。东晋末年左右政局的门阀士族和军阀争权夺位，政治黑暗已极，诗人的济世抱负无由施展，而且还要降志辱身在官场周旋，因而思想苦闷，怀念自己三十岁之前的田园耕读生活。此诗为401年初秋诗人调任江陵，在涂口夜行时所作。江陵，今湖北荆州市。涂口，在武昌南六十里，即今金口镇，当涂水（今称陆水）入江之口，故名涂口。

○注释

[1]冥：隔绝。[2]敦：加厚。[3]西荆：荆州。时京都在东边的建业（南京），故称荆州为西荆。[4]枻：船桨。[5]皛皛：皎

洁明亮。[6]怀役：谓担负着任务。[7]中宵：半夜。孤征：独自远行。[8]商歌：悲凉的歌。商声凄凉悲切，故称。后用以比喻自荐求官。《淮南子》记宁戚怀才不遇，隐于商贾，宿齐都东门外。桓公外出，他正在喂牛，叩牛角而歌。桓公闻而异之，谋于管仲，管仲根据宁戚的擅长，向桓公推荐他为"大田"（农官），主管农业生产，而诗人表示不愿这样求官。[9]耦耕：二人并耕。后亦泛指农事或务农。[10]投冠：辞官。旋：归来。旧墟：故居。[11]好爵：高官厚禄。《晋书·夏侯湛传》："好爵见荣。"[12]衡茅：衡门茅屋，指简陋的屋。衡门，横木为门。

○评析

魏晋南北朝时期由于战乱频仍和政治黑暗，导致老庄思想和隐逸风气盛行。陶潜快三十岁才离家出仕，但沉沦下僚，深感"志意多所耻"和"违己交病"。此诗抒写诗人在初秋的深夜赶赴任所，风尘仆仆，舟车劳顿，故美好的江上秋月在他眼中也不过尔尔。虽然挂心公务，内心的呼唤却是"不如归去"。当时贵族文坛的山水诗讲究"富艳难踪"，陶潜的田园诗却是平淡自然、清腴峻洁。

**鲍照**（414？—466），字明远，东海（今江苏省涟水县北）人。出身寒微而富文学才华，因献诗临川王刘义庆，被擢为国侍郎，继任秣陵令、永嘉令，最后任临海王刘子顼前军参军。刘子顼谋反被赐死，鲍照也在荆州为乱军所杀。鲍照以善乐府诗闻名，所写边塞战争和征夫戍卒的生活，情感鲜明。代表作有《拟行路难》十八首，纵横挥洒，风格雄峻，表现强烈的愤世不平。有《鲍参军集》传世。

## 登黄鹤矶

木落江渡寒，雁还风送秋。临流断商弦[1]，瞰川悲棹讴[2]。适郢无东辕[3]，还夏有西浮[4]。三崖隐丹磴[5]，九派引沧流[6]。泪竹感湘别，弄珠怀汉游[7]。岂伊药饵泰[8]，得夺旅人忧？

○题解

黄鹤矶在武昌蛇山头，蛇山古又称黄鹄山，一名黄鹤山，黄鹤楼在黄鹤矶上。《登黄鹤矶》作于南朝宋孝武帝大明六年（462）。

○注释

[1]断商弦：谓弹琴时感情急切使弦为之断。[2]瞰川：俯视大江。棹讴：船歌。《吴都赋》："棹讴唱，箫籁鸣。"[3]郢：周朝时楚国都城，在今湖北荆州。东辕：谓领兵东出或驻守东境。武昌在荆州东，意指从东西去的车。[4]夏：夏水之口，在今荆州东南。浮：泛舟；渡水。《楚辞》中有"过夏首而西浮兮"之句。[5]三崖：船官浦、鹦鹉洲、夏㇏。[6]九派：长江到湖北、江西一带有很多支流，因以九派称这一带的长江。《荆州记》："江至浔阳，分为九道。"[7]弄珠：玩珠。指汉皋二女事。张衡《南都赋》："游女弄珠于汉皋之曲。"[8]岂伊：难道，表

示反诘。

○评析

鲍照远离家乡奔赴荆州作吏时,已经年近五十,因而不免有壮志难酬之慨和离乡背井的感伤,这样的双重情感成了该诗的主调。在诗人笔下,秋日的黄鹤矶雄伟壮观,但又清寒萧瑟。诗中引用的神话传说,都体现出诗人的离愁别绪,然而全诗笔调浑朴,情景交融,仍然充满苍劲的气势和飘逸的美感。

**魏收**（506—572），字伯起，小字佛助，巨鹿下曲阳（今河北晋州西）人。少善属文，以才名称于当世。北魏时任散骑常侍，编修国史。北齐时任中书令兼著作郎。北齐文宣帝天保二年（551），奉敕编撰《魏书》，计一百三十卷。另存《魏特进集》辑本。

## 棹 歌 行

雪溜添春浦，花水足新流。桃发武陵岸[1]，柳拂武昌楼[2]。

○注释

[1]武陵：古代郡名。在今湖南常德。郡属桃源县，以盛产桃花驰名，东晋陶潜有《桃花源记》。[2]"柳拂"句：据传东晋陶侃仼武昌（今鄂州）太守期间，曾带领官吏和百姓于军门外广植柳树，后称"陶公柳"，又称"官柳""武昌柳"。《晋阳秋》："（陶侃）尝课营种柳，都尉夏施盗拔武昌郡西门所种。侃后自出驻车施门，问：'此是武昌西门柳，何以盗之？'施惶怖首服，三军称其明察。"

○评析

该诗描写春雪后的水滨景致，大地和花木得到充分滋润，武陵源桃花初发，柳丝轻拂武昌城楼，生机盎然。虽不直抒胸臆，但足以表达诗人轻松愉悦的心情。

**孟浩然**（689—740），名浩，字浩然，号孟山人，襄州襄阳（今湖北襄阳）人，是唐代著名的山水田园派诗人，与王维并称"王孟"。孟浩然生当盛唐，四十岁时游长安，应进士举不第。唐玄宗开元二十五年（737）被荆州大都督府长史张九龄招致幕府，不久因背痛发归襄阳卧疾，隐居襄阳鹿门山。有《孟浩然集》三卷传世。

## 送元公之鄂渚寻观主张骖鸾

桃花春水涨[1]，之子忽乘流。岘首辞蛟浦[2]，江边问鹤楼[3]。赠君青竹杖[4]，送尔白蘋洲。应是神仙辈，相期汗漫游。

○题解

元公，疑指元丹丘，与李白友善。鄂渚，相传为黄鹄矶上游三百步江中的一个小洲。《楚辞·九章·涉江》："乘鄂渚而反顾兮，欸秋冬之绪风。"隋置鄂州，即因渚得名。世称鄂州为鄂渚，此处指武昌。观主，道观的主人，住持。

○注释

[1]桃花春水：春汛。[2]岘首：指襄阳岘山，岘山东临汉水。蛟浦：有蛟出没的水边，指汉水。《水经注》载：汉水中有蛟为害，襄阳太守邓遐入水中挥剑斩蛟。故称汉水之滨为蛟浦。[3]问：探访。鹤楼：黄鹤楼。[4]青竹杖：传说中能飞行的魔杖。晋王嘉《拾遗记》："老聃在周之末，居反景日室之山，与世人绝迹，惟有黄发老叟五人，或乘鸿鹤，或衣羽衣……手握青筠之杖，与聃共谈天地之数。"青筠即青竹。

○评析

该诗首先交代送别的时间和地点，即桃花汛水盛时，友人在岘山的水滨,乘船顺汉水而下,要去武昌探访黄鹤楼。末二句称赞友人是神仙样的人物,相信他总能无拘无束地漫游各地。全诗格调淡雅自然。

# 鹦鹉洲送王九之江左

昔登江上黄鹤楼,遥爱江中鹦鹉洲。洲势逶迤还碧流[1],鸳鸯鸂鶒满滩头。滩头日落沙碛长[2],金沙熠熠动飙光[3]。舟人牵锦缆,浣女结罗裳。月明全见芦花白,风起遥闻杜若香[4]。君行来来莫相忘[5]。

○题解

鹦鹉洲故址在今武昌西南长江中,正对黄鹄矶,系江中泥沙淤积而成,明末没于江。王九名王迥,排行第九,号白云先生,与孟浩然同乡,同隐居于鹿门山。两人约在唐玄宗开元九年(721)离家出游,在同游武汉之后王迥先下江东,孟浩然在鹦鹉洲上送别。

○注释

[1]还:环绕。[2]沙碛:沙滩;沙洲。[3]熠熠:闪烁貌。飙光:闪烁不定的光。[4]杜若:香草名。[5]来来:从来。

○评析

本篇用歌行体,描绘鹦鹉洲一带从傍晚到月夜的美景变化,鹦鹉洲的蜿蜒水流以及水鸟的动态,劳动的男女,还有色彩、光影、香味,令人陶醉。诗末希望友人不要忘了这次美好的送别。

## 江夏送客

以我越乡客[1],逢君谪居者。分飞黄鹄楼[2],流落苍梧野[3]。驿使乘云去,征帆沿溜下[4]。不知从此分,还袂何时把[5]?

○题解

该诗在《全唐诗》中题作《江上别流人》,在康熙《湖广武昌府志》中作《江夏送客》。孟浩然在唐玄宗开元十八年(730)再度从襄阳外出远游吴越,三年后返乡途经武昌,在黄鹤楼送别被贬的友人而作此诗。

○注释

[1]越乡:远离家乡。[2]黄鹄楼:黄鹤楼。[3]苍梧:唐代梧州(今属广西)州治所在,属岭南道。古代岭南为蛮荒之地,是朝廷流放罪臣的地方。[4]沿溜:即沿流,谓顺流而下。[5]"还袂"句:何时再拉住归来的衣袖?表示不忍分别。袂,衣袖。

○评析

首联将自身远离家乡的漂泊生涯与友人获罪被贬的不幸遭际相结合,油然生发出"同是天涯沦落人"之慨。颔联、颈联从对方的角度,悬想友人自黄鹤楼别后流落蛮荒之地的艰难行程,饱含对友人匆匆离去的深深遗憾。尾联直抒胸臆,道出离别后不知何时再相聚的苦楚,表达出对友人的深厚情谊和深切牵念。诗人对友人的不幸命运感同身受,故而情真意浓,真切感人。

## 溯江至武昌

家本洞湖上[1]，岁时归思催[2]。客心徒欲速，江路苦邅回[3]。残冻因风解[4]，新梅度腊开[5]。行看武昌柳[6]，仿佛映楼台。

○注释

[1]洞湖：孟浩然的家在襄阳，故洞湖应在襄阳附近。李白《寄弄月溪吴山人》："尝闻庞德公，家住洞湖水。终身栖鹿门，不入襄阳市。"[2]岁时：岁暮之时。[3]邅回：辗转。[4]残冻：未化尽的冰雪。[5]腊：古以十二月为腊月。[6]行：犹"且"。

○评析

该诗前半写自己出门在外已有一段时日，故在新年临近时急于归家，但是水路遥远且迂回。后半写途中所见景物，薄冰解冻，蜡梅初开，武昌的楼台和江边柳树渐渐远去。一半期盼一半不舍的心情，都得到了平静自然的表达。

**王昌龄**（698—757），字少伯，京兆（今陕西西安）人。登唐玄宗开元十五年（727）进士第，授秘书省校书郎。二十二年（734），调汜水尉，再移江宁丞。晚年不拘细行，贬龙标尉。安史之乱后回归故里，为濠州（一作亳州）刺史间丘晓所杀。其诗绪密而思清，有"七绝圣手"之称，边塞诗与高适、王之涣齐名。

## 送人归江夏

寒江绿水楚云深，莫道离忧迂远心。晓夕双帆归鄂渚，愁将孤月梦中寻。

○题解

此诗为送友人回归江夏（今武昌）而作。江夏，唐天宝、至德时两度改鄂州为江夏郡，治所在江夏县，辖今武昌、鄂州、黄石、咸宁一带。

○评析

这首七绝是为送别友人而作，全诗满含依依惜别的离情别绪。"寒江绿水楚云深"，渲染了分别时的凄凉气氛，借屈原"乘鄂渚而反顾"的典故，描述友人在船上不断回头张望的不舍心情，而自己对朋友的思念也只能寄托于月夜的睡梦中。此诗委婉含蓄，情深意切。

崔颢（704？—754），汴州（今河南开封）人，唐朝著名诗人，唐玄宗开元十一年（723）进士。当时和王昌龄、高适、孟浩然并论。崔颢秉性耿直浪漫，才思敏捷，其作品激昂豪放，气势宏伟，语言华美。有《崔颢诗集》。

## 黄 鹤 楼

昔人已乘黄鹤去，此地空余黄鹤楼。黄鹤一去不复返，白云千载空悠悠。晴川历历汉阳树，芳草萋萋鹦鹉洲[1]。日暮乡关何处是？烟波江上使人愁。

○题解

这是崔颢初登武昌黄鹤楼时，触景生情，抒发乡愁的千古杰作。此诗被后世誉为"唐代律诗第一""古诗吟咏黄鹤楼第一"，甚至有传说李白登黄鹤楼见此诗时也望而却步，感叹"眼前有景道不得，崔颢题诗在上头"。

○注释

[1]鹦鹉洲：位于武昌西南的一块江中沙洲。《后汉书》记载：黄祖担任江夏太守时，在此大宴宾客。有人献鹦鹉，祢衡当场作《鹦鹉赋》，故称鹦鹉洲。自汉以后，由于江水冲刷，屡被浸没，今鹦鹉洲已非宋以前故地。

○评析

崔颢慕名登上钦羡已久的武昌黄鹤楼，感叹传说中的黄鹤早已飞去不返，眼前只有千载悠悠的浮云和空寂的黄鹤楼。通过阳光辉映的江面，能看到绿荫覆盖的汉阳和芳草茵茵的江中沙洲。景色虽美，在诗人眼中却略显空旷寂寥。黄昏降临，远方的故乡更隐入冥冥薄暮，顿时勾起诗人的乡愁。鲜明的意象、环境的烘托与诗人深沉的乡愁,完美地融为一体。清代诗人沈德潜在《唐诗别裁集》中以为此诗"意得象先,神行语外,纵笔写去,遂擅千古之奇"。

李白（701—762），字太白，号青莲居士，世称"谪仙人"，是继屈原之后中国古代又一位伟大的浪漫主义诗人，与杜甫被后人分别誉为"诗仙"'诗圣"，并称为"李杜"。李白深受黄老列庄思想影响，其诗豪迈奔放，清新飘逸，想象丰富，意境奇妙，语言精美，立意新奇，艺术成就极高。有《李太白集》传世。

## 黄鹤楼送孟浩然之广陵

故人西辞黄鹤楼，烟花三月下扬州[1]。孤帆远影碧空尽[2]，惟见长江天际流。

○题解

玄宗开元十八年（730）三月，李白故交孟浩然要去广陵（扬州），李白亲送至黄鹤楼下长江边。此诗即为送别孟浩然而作。

○注释

[1]烟花：指春天艳丽的景物。[2]碧空尽：指朋友乘坐的帆船消失在水天相连的地方。

○评析

该诗千百年来为世人所传诵。烟花三月本是江南春深似海、草长莺飞的季节，可是在诗人的笔下，只有渐行渐远、消失在碧空中的一片孤帆，看得见的只是奔涌天际的长江。诗人与朋友依依惜别，因朋友远去而产生的孤独惆怅全寄寓在这一片辽阔空远、孤寂无边的情境中，宛如一幅大片留白的水墨山水画。后世多人评价此诗飘逸灵动，情深而不滞，意永而不悲，辞美而不浮，韵远而不虚。蘅塘退士则称诗前两句为"千古丽句"。

## 江夏送友人

雪点翠云裘[1],送君黄鹤楼。黄鹤振玉羽,西飞帝王州[2]。凤无琅玕实,何以赠远游。徘徊相顾影,泪下汉江流[3]。

○题解

江夏,唐代江夏县为鄂州州治。该诗大概作于唐玄宗开元十八年(730)左右,时当冬季,诗人携酒在黄鹤楼为友人送行。

○注释

[1]翠云裘:以翠羽制作、上有云彩纹饰之裘,为富贵者所服。[2]帝王州:帝王居住的地方。此处指长安,暗示友人即将前往之所。[3]汉江:此处指汉水汇入长江处,在今武汉。

○评析

诗中的"黄鹤振玉羽",并非用仙人驾鹤飞升的典故,而是以振翅的黄鹤比喻平步青云的友人。对于友人的黄鹤振羽,高飞长安,李白充满欣美。可是诗人虽然自诩为凤,却无琅玕可食。两相对比中,可见诗人的落寞与哀伤。连食物都没有的凤凰用什么来赠送展翅高飞的黄鹤呢?只好徘徊顾影,泪满汉江了。从该诗中可看出漫游楚地的李白是颇为失意孤寂的。

## 江夏别宋之悌

楚水清若空[1],遥将碧海通。人分千里外,兴在一杯中。

谷鸟吟晴日,江猿啸晚风[2]。平生不下泪,于此泣无穷。

○题解

宋之悌是名诗人宋之问的弟弟,曾任剑南节度使、太原尹等高官,唐玄宗开元二十二年(734)坐事流放朱鸢(交趾郡,今属越南),途经江夏,李白为其送别。

○注释

[1]楚水:泛指古楚地的江河湖泽。此处指江夏附近汉水汇入后的一段长江水。[2]江猿:生长在江边的猿猴,啼声悲凉。

○评析

首联写长江流向万里之外的碧海,暗喻宋之悌将奔至遥远的蛮荒之地。但距离隔不断他们此时共饮的深情厚谊,"一杯"竟将"千里"含蕴其中,可谓妙想。明胡应麟《诗薮·内编》卷六评论道:"太白'人分千里外,兴在一杯中'……超逸入神。"尾联直抒胸臆。想到宋之悌垂垂暮年却被贬谪到南荒边陲,此地一别也许就是永诀,平生眼泪不轻弹的李白,竟也涕泪交流,失声痛哭。此二句道出了诗人离情的厚重,也显示出了诗人的真性情。

# 江 上 吟

木兰之枻沙棠舟[1],玉箫金管坐两头[2]。美酒樽中置千斛,载妓随波任去留。仙人又待乘黄鹤,海客无心随白鸥[3]。屈平辞赋悬日月,楚王台榭空山丘[4]。兴酣落笔摇五岳,诗成笑傲凌沧洲[5]。功名富贵若长在,汉水亦应西北流。

○注释

[1]木兰之枻：用木兰树制作的船桨或船橹。沙棠舟：用棠木做的船。[2]玉箫金管：泛指雕饰华美的管乐器。[3]海客：谓航海者。[4]"楚王"句：谓春秋战国时的楚王宫殿已经消失。[5]沧洲：滨水之地，多指隐居之所。此句谓自己的诗好过《沧浪歌》一类的隐士诗作。

○评析

该诗抒写诗人乘船在江上游乐的景况和感想。诗人载酒乘船，一边欣赏歌妓演奏，一边饮酒赏景，以为这种快乐自在有如神仙。他称赞屈原的诗赋如天上的日月，嘲笑王侯的富贵如过眼云烟，又特别自信自己的诗作能惊天地而泣鬼神，比一般隐士们的诗作更好。该诗如他的名篇《将进酒》一样，充满愉悦豪放之情。

## 陪宋中丞武昌夜饮

清景南楼夜[1]，风流在武昌。庾公爱秋月[2]，乘兴坐胡床[3]。龙笛吟寒水[4]，天河落晓霜。我心还不浅[5]，怀古醉余觞。

○注释

[1]南楼：古楼名，在武昌黄鹄山上，一名白云楼。[2]庾公：指庾亮，曾镇守武昌。晋武昌县即今鄂城县，唐武昌县属鄂州江夏郡，即今武汉市武昌。李白所咏南楼，实际上不是庾亮所登的南楼。[3]胡床：一种可以折叠的轻便坐具。庾亮曾在鄂州南楼坐在胡床上与人谈天。[4]龙笛：指笛。据说其声似水中龙鸣，故称。[5]心：指兴致。

○评析

这首《陪宋中丞武昌夜饮》清新明快，虽然没有完全改变其雄豪狂放的诗风，但内敛含蓄一望可知。尤其"庾公爱秋月，乘兴坐胡床"二句，难免有奉承主人而放低自己身段之嫌。大约李白在流放夜郎中途赦归之后，心气低落。

## 望黄鹤楼

东望黄鹤山，雄雄半空出。四面生白云，中峰倚红日。岩峦行穹跨[1]，峰嶂亦冥密。颇闻列仙人[2]，于此学飞术。一朝向蓬海，千载空石室。金灶生烟埃[3]，玉潭秘清谧。地古遗草木，庭寒老芝术[4]。蹇予羡攀跻[5]，因欲保闲逸。观奇遍诸岳，兹岭不可匹[6]。结心寄青松，永悟客情毕。

○题解

唐肃宗上元元年（760）春，李白自零陵（今湖南永州）途经巴陵（今岳阳市）抵达江夏（今武昌）。在武昌，诗人遥望黄鹤山，作诗描绘了黄鹤山的雄伟气势与壮美景色。

○注释

[1] 穹跨：横跨空中。[2] 列仙人：有关黄鹤楼与仙人的故事众多，如王子安乘鹤由此经过，费祎驾鹤返憩，孝子荀瑰、"八仙"中的吕洞宾在此修炼，等等，故称列仙人。[3] 金灶：道家炼取丹药之灶。[4] 芝术：药草名。[5] 蹇：句首语助词。[6] 兹岭：此岭，指黄鹤山。

○评析

此诗是李白在眺望黄鹤山时即景生情而写下的抒情篇章。诗人遥望黄鹤山奇伟瑰丽的景色、仙人飞逝以后的荒凉景象，联想自己一生坎坷不平、浪迹天涯的遭遇，产生了寄情山林、归隐黄鹤山的念头。此诗以极度的夸张、丰富的联想渲染了黄鹤山的景色，追述神话传说，具有鲜明的浪漫主义特色。

## 送储邕之武昌

黄鹤西楼月[1]，长江万里情。春风三十度[2]，空忆武昌城。送尔难为别，衔杯惜未倾。湖连张乐地[3]，山逐泛舟行。诺谓楚人重[4]，诗传谢朓清[5]。沧浪吾有曲[6]，寄入棹歌声。

○题解

此诗是诗人晚年的作品，大约写于唐肃宗乾元三年（760）春。李白与友人储邕同游巴陵后，送储邕赴武昌。

○注释

[1]西楼：黄鹤楼。武昌黄鹄山（俗称蛇山）头建有二楼，一称南楼，一称黄鹤楼，后者因其在西而又称西楼。[2]"春风"句：从唐玄宗开元十三年（725）左右李白初游黄鹤楼，到此时的唐肃宗乾元三年（760），已过三十五年，故用"春风三十度"的约数来抒发感慨之情。[3]张乐地：指洞庭湖一带。谢朓《新亭渚别范零陵云》："洞庭张乐地，潇湘帝子游。"[4]"诺谓"句：楚国人重承诺。《史记·季布栾布列传》："楚人谚曰：'得黄金百斤，不如得季布一诺。'"[5]"诗传"句：谢朓的诗以清丽著名。[6]沧浪：《孟子·离娄上》："有孺子歌曰：'沧浪之水清兮，可以濯我缨。沧浪之水浊兮，可以濯我足。'"后遂以"沧浪"指此歌。

○评析

本诗以"黄鹤西楼月,长江万里情"写景抒情开篇,点明主题。因为朋友去的是武昌,立即勾起诗人对月光下黄鹤楼夜景的美好回忆,想到即将与老朋友分别,用长江比喻相互之间深远悠长的友谊,接着四句表达了诗人对储邕的惜别深情。最后引用典故,对储邕表示美好的祝愿。全诗情景交融,飘逸秀丽,表达了诗人对朋友的留恋和对武昌的怀念之情,写来情真意切,自然浑成。

# 题江夏修静寺

我家北海宅[1],作寺南江滨。空庭无玉树,高殿坐幽人[2]。书带留青草[3],琴堂幂素尘[4]。平生种桃李[5],寂灭不成春[6]。

○题解

修静寺故址在今武昌洪山公园内。诗题下有原注:"此寺是李北海旧宅。"李北海,即唐代李善之子李邕,任北海太守,被时人呼为李北海。唐玄宗天宝六载(747),七十高龄的李邕被李林甫杖责而死,其旧居被改为寺庙。

○注释

[1]我家:我们家,对同为李姓的李邕的亲近称呼。[2]幽人:幽隐之人。[3]书带:束书的带,又双关"书带草"。书带草叶长而极其坚韧,相传汉郑玄门下取以束书,故名。[4]幂:覆盖。[5]种桃李:比喻李邕生前爱奖掖后进。[6]"寂灭"句:意谓因为桃李凋残甚至消失了,故看不到春天的景象。

○评析

本诗为唐肃宗乾元元年（758）李白流放夜郎经过江夏时所作。李白和李邕志趣相投，都是傲岸不羁之人。此时李邕遭杖杀已十一年，李白睹宅思人，看到当年友人旧宅而今已成荒凉寺庙，不由得大为感伤。该诗前两句交代修静寺所在地点和由来，继之四句描写寺庙的荒凉破败，末二句用双关语，感叹包括自己在内受到李邕奖掖的人都如同寂灭的桃李，风流云散了。

## 望鹦鹉洲怀祢衡

魏帝营八极[1]，蚁观一祢衡[2]。黄祖斗筲人[3]，杀之受恶名。吴江赋《鹦鹉》[4]，落笔超群英。锵锵振金玉，句句欲飞鸣。鸷鹗啄孤凤[5]，千春伤我情。五岳起方寸，隐然讵可平。才高竟何施，寡识冒天刑。至今芳洲上，兰蕙不忍生。

○题解

祢衡字正平，东汉末名士，才高而刚傲。因辱骂曹操而被遣送襄阳刘表处，又因侮慢刘表而被遣送到江夏太守黄祖处。黄祖之子黄射在鹦鹉洲大宴宾客，有人献鹦鹉，黄射命祢衡当场作赋，祢衡信笔而成名篇《鹦鹉赋》。不久祢衡仍因侮慢黄祖被杀，死时年仅二十六岁。

○注释

[1]魏帝：魏武帝曹操。八极：八方极远之地，比喻全国。[2]蚁观：比喻轻视。[3]斗筲：斗和筲，都是很小的容器，用于比喻，形容气量狭小或才识短浅。[4]吴江：此处指武昌一带的长江。因三国时这里属

于孙权治下的东吴。[5]鸷鹗：凶猛的鱼鹰，比喻黄祖。孤凤：比喻祢衡。

○评析

本诗大约是唐肃宗上元元年（760）春天李白流放遇赦返回江夏时所作。诗人遥望鹦鹉洲，想到了曾葬身此地的名士祢衡。自己才高似祢衡、狂放似祢衡，而遭遇厄运也似祢衡，故悼祢衡实为自悼。李白佩服的是祢衡的"才"，因比之为"孤凤"；最惋惜的是祢衡大才而未得其用，这也正是当下自己的写照，故伤之甚痛。

## 与史郎中钦听黄鹤楼上吹笛

一为迁客去长沙[1]，西望长安不见家[2]。黄鹤楼中吹玉笛，江城五月落梅花[3]。

○题解

唐肃宗乾元二年（759），李白遇赦后顺江而下来到武昌。其间，他与老朋友史钦游览了黄鹤楼。黄鹤楼中传来的悠悠笛声，激起了诗人的无限思绪。郎中，唐代官名。

○注释

[1]去长沙：借用汉代贾谊典故。贾谊因受权臣谗毁，被贬为长沙王太傅，曾写《吊屈原赋》以自伤。[2]西望长安：长安在武昌西北，西望长安包含对往事的回忆、对国运的关切和对朝廷的眷恋。[3]落梅花：指《梅花落》，古代笛曲名。

○评析

本诗是李白晚年的作品,写他被贬遇赦后游黄鹤楼时听笛的感受,流露出无辜受害的愤懑和去国怀乡的忧愁。前两句借贾谊被贬长沙的典故,表达其相似的遭遇和心绪,用"西望"的典型动作加以描写,传神地表达了怀念长安的深情和"望"而"不见"的苦闷;后两句点题,写在黄鹤楼上听吹笛《梅花落》,更增添诗人的惆怅之情。

杜甫（712—770），字子美，又自称少陵野老。其祖上为襄阳人，后迁巩县（今河南巩义市）。杜甫举进士不第，乃漫游各地。天宝十三年（754）献赋三篇，唐玄宗授京兆府兵曹参军。安史之乱爆发后，杜甫到四川入严武幕府，任检校工部员外郎，故世称"杜工部"。严武死后，杜甫流落夔州、荆州，游沅湘，登衡山，最后病故于湘江中小船上。杜甫被尊为"诗圣"，其诗集中于《杜工部集》。

## 公安送李二十九弟晋肃入蜀，余下沔鄂

正解柴桑缆[1]，仍看蜀道行。樯乌相背发[2]，塞雁一行鸣。南纪连铜柱[3]，西江接锦城[4]。凭将百钱卜[5]，飘泊问君平[6]。

○题解

沔，汉水。

○注释

[1]柴桑：在今九江附近，此处指九江。[2]樯乌：桅杆上的乌形风向仪。此句指两船各自往东往西出发。[3]南纪：南方。铜柱：铜制的作为边界标志的界桩。据传东汉马援平定南方后立铜柱纪功。[4]西江：指长江。因长江从中国西部流来，故名。唐人多称长江中下游为西江。锦城：指成都。诗人对于自己此前住过几年的地方难免怀念。[5]百钱卜：泛指问卜。[6]君平：汉高士严遵的字。隐居不仕，曾卖卜于成都。

○评析

该诗写于安史之乱平定后诗人离开川东，流落湖北、湖南之际。诗中写到自己正要乘船东下，李姓友人仍将沿江西上，途中匆匆相逢，顷刻就各奔东西。旅途的孤单和漂泊不定的前程，使得该诗充满悲凉低沉的色调。

**王维**（699—761），字摩诘，号摩诘居士，河东蒲州（今山西永济西）人，祖籍山西祁县。历任太乐丞、济州司仓参军、右拾遗、监察御史等职，官至尚书右丞，世称"王右丞"。王维参禅悟理，学庄信道，精通诗、书、画、音乐等，以诗名盛于开元、天宝间，尤长五言，多咏山水田园，与孟浩然合称"王孟"，有"诗佛"之称。书画特臻其妙，后人推其为南宗山水画之祖。苏轼评价："味摩诘之诗，诗中有画；观摩诘之画，画中有诗。"著有《王右丞集》。

## 送康太守

城下沧江水[1]，江边黄鹤楼[2]。朱栏将粉堞[3]，江水映悠悠。铙吹发夏口[4]，使君居上头[5]。郭门隐枫岸，候吏趋芦洲[6]。何异临川郡[7]，还劳康乐侯[8]？

〇题解

唐玄宗开元二十八年（740）秋天，王维以殿中侍御史知南选赴岭南，途经武昌，与任鄂州刺史的康太守宴集于黄鹤楼。宴后王维写成此诗赠送康太守。太守，秦汉时期对郡守的尊称，为一郡的最高行政长官。东汉末郡守和州刺史并行，至隋废郡存州，郡太守为州刺史取代，此后太守不再是正式官职名，仅为刺史或知府的别称。明清时则专指知府。

〇注释

[1]沧江：以江水呈苍色，故称。此指长江。[2]"江边"句：唐代的黄鹤楼在长江边上，与今黄鹤楼楼址不同。[3]将：和。粉堞：用白垩涂刷的矮墙。堞，城墙上如齿状的矮墙。[4]铙吹：铙歌，军中乐歌。唐制，大员出行，例备铙吹。[5]使君：汉时称刺史为使君，后用

以尊称州郡长官。[6]候吏：即候人，古代掌管整治道路稽查奸盗，或迎送宾客的官员。芦洲：古地名，在武昌县（今鄂州市）西三十里，相传为春秋时伍员（子胥）背楚逃吴时的渡江之处。[7]临川郡：今江西抚州市。[8]康乐侯：南朝宋文学家谢灵运曾袭封康乐公，世称"谢康乐"。曾任临川内史，耽山水，所至辄为题咏。

○评析

诗前四句写景。青苍色的江水从城楼下流淌而过，黄鹤楼就傲然伫立在这波澜壮阔的江边。楼上的朱栏、城上的白墙色彩鲜明地倒映在滔滔江水中，情趣悠悠。后四句写人，先叙康太守出行的盛况，以候吏恭敬迎送的特写突出康太守的威望。末二句更是用南北朝诗人谢灵运任职临川内史时纵情山水的典故，赞扬康太守娴于政事、不为案牍所累、闲暇时悠游度日的风度。全诗写景、叙事生动自然，称颂含蓄得体，在一定程度上弥补了真情的不足。

**钱起**（713—782？），字仲文，吴兴（今浙江湖州）人。唐玄宗天宝十年（751）进士。初为秘书省校书郎、蓝田县尉，后任司勋员外郎、考功郎中等，世称"钱考功"，被誉为"大历十才子之冠"。存有《钱考功集》。

## 晚 泊 武 昌

晚泊武昌岸，津亭疏柳风[1]。数株曾手植，好事忆陶公[2]。

○注释

[1]津亭：江畔渡口的亭子。[2]陶公：陶侃。

○评析

晚泊武昌，诗人弃舟登岸，漫步于渡口亭台上，此时江风拂面，稀疏的柳枝轻摆摇曳。此时此地此景令诗人触景生情，想起当年武昌太守陶侃亲手植柳于此的故事，缅怀其政绩，发出"前人栽树，后人乘凉"的感慨。

刘长卿(726？—790)，字文房，祖籍宣城(今属安徽)，从小生长在洛阳。先任监察御史，曾两度遭贬，后官至随州刺史，世称"刘随州"。晚年旅居江浙。擅五言律诗，自称"五言长城"，与"诗仙"李白交厚。有《刘随州诗集》传世。

## 夏口送徐郎中归朝

星象南宫远[1]，风流上客稀[2]。九重思晓奏，万里见春归。棹发空江响，城孤落日晖。离心与杨柳，临水更依依。

○注释

[1]南宫：尚书省。[2]上客：贵客，此处指徐郎中。

○评析

黄昏中，诗人在夏口江畔送徐郎中回都城长安，写此诗祝贺并表达依依惜别之情。

## 步登夏口古城作

平芜连古堞[1]，远客此沾衣。高树朝光上，空城秋气归。微明汉水极，摇落楚人稀。但见荒郊外，寒鸦暮暮飞。

○题解

夏口古城故址在今武昌黄鹄山上。《三国志·吴主传》载："(黄武)二年春正月……城江夏山。"黄武二年为公元223年。当时夏口城供作屯戍军用，很小，仅"周二三里"。到南朝宋刘裕扩大范围筑郢城，夏口城遂荒废。

○注释

[1]古堞：古城墙。

○评析

本篇为刘长卿在唐代宗大历三年（768）任鄂岳转运判官时登夏口古城而作。诗人秋登古城，并没有想古人、思古事，而是展现出一幅荒凉凄清的图景，以及作为一位"远客"见此情景而产生的感伤。全诗除了第二句点明情感外，全是写景，且都以哀景衬哀情，烘托出一种沉重的气氛。刘长卿的许多诗都有感伤情调，故被称为"夕阳诗人"。

## 鄂渚听杜别驾弹胡琴

文姬留此曲[1]，千载一知音。不解胡人语，空留楚客心[2]。声随边草动，意入陇云深。何事长江上，萧萧《出塞》吟[3]？

○题解

别驾为州府之副职。胡琴，此处指琵琶。

○注释

[1]文姬：蔡琰，汉末蔡邕之女，字文姬，能诗，懂音律。汉末流落至南匈奴，后被曹操赎回。此曲：指蔡文姬的《胡笳十八拍》。[2]楚客：此处为诗人自指。[3]《出塞》：乐府曲名，此仍指蔡文姬的《胡笳十八拍》。

○评析

本篇也是唐代宗大历三年（768）或稍后刘长卿任鄂岳转运判官时

所作，是一首描绘音乐的诗。诗人在鄂州有幸听到一位杜姓琵琶高手弹蔡文姬的《胡笳十八拍》，感到自己似乎也置身边塞，故于结尾发问：为何在鄂州长江之上听到的却是边塞之音？此问意在凸显琵琶音乐的奇妙动人。

## 夏口送屈突司直使湖南

共悲来夏口，何事更南征。雾露行人少，潇湘春草生。莺啼何处梦，猿啸若为声[1]。风月新年好，悠悠远客情。

○题解

屈突司直即屈突陕，是诗人的友人。司直，唐代官职名，掌出使推按。湖南，唐代宗广德二年（764）设湖南观察使，驻衡州，此"湖南"为行政区划名之始。

○注释

[1] 若为：怎样；如何。

○评析

此诗作于唐代宗大历七年（772）或八年（773）春，时刘长卿任鄂岳转运留后，驻夏口。值好友屈突陕出使湖南路过，刘长卿为之送行。故诗中首联句强调两人都是宦游在外，同病相怜，并悲悯好友还要"南征"，行役不止。中间两联悬想好友旅途景观。颔联写所见，颈联写所闻，动静结合，既形象地描绘了好友将往之地湖南春天景物的实际特征，又通过"春草""猿啸"等内蕴思念、断肠之意的意象，为诗歌营造出感伤、忧愁的氛围。尾联以乐景衬哀情，进一步突出了离别之悲。全篇意境淡远，情绪蕴藉。

**顾况**（730？—806后），字逋翁，别号华阳山人，晚年自号悲翁，海盐横山（在今浙江海宁）人。唐肃宗至德二年（757）登进士第。唐德宗贞元三年（787），入朝任著作佐郎。唐贞元五年（789），贬饶州司户参军。晚年定居茅山，隐居以终。有《顾逋翁诗集》四卷。

## 黄鹄楼歌送独孤助

故人西去黄鹄楼[1]，西江之水上天流，黄鹄杳杳江悠悠。黄鹄徘徊故人别，离壶酒尽清丝绝[2]。绿屿没余烟，白沙连晓月。

○题解

据岑仲勉《元和姓纂四校记》载，独孤助为时任鄂州刺史独孤问俗之子，曾任太子舍人。

○注释

[1]西去黄鹄楼：离开黄鹄楼西去。[2]清丝：谓丝竹所奏出的清雅音乐。

○评析

在黄鹄楼送别友人的顾况，选择了一首七言与五言搭配的杂体诗来表现送别时的豪迈与阔达。徘徊的黄鹤似乎也在留恋人世间的真情，悠悠的江水也似离愁一般剪不断、理还乱。所以一开篇"西江之水上天流"的豪情，最终也难敌"离壶酒尽清丝绝"的别愁。结尾两句五言纯是写景，在诗法中称作"含思落句式"，也就是以景结情法。

卢纶（745—约800），字允言，河中蒲（今山西永济）人。"大历十才子"之一。唐代宗大历六年（771），因荐补阌乡（在今河南灵宝）尉。历任陕府户曹、密县令、昭应令、秘书省校书郎、监察御史等职，官至检校户部郎中。其诗洗练明快，雄浑有气势。有《卢户部诗集》。

## 晚次鄂州

云开远见汉阳城，犹是孤帆一日程。估客昼眠知浪静[1]，舟人夜语觉潮生。三湘愁鬓逢秋色[2]，万里归心对月明。旧业已随征战尽[3]，更堪江上鼓鼙声[4]。

○题解

此诗题下原注："至德中作。"即此诗作于唐肃宗至德（756—758）年间，正值安史之乱时。诗人流离他乡，舟行晚泊于鄂州，感时伤乱，思念家乡，遂作此诗。

○注释

[1]估客：行商。[2]三湘：泛指湘江流域及洞庭湖地区。[3]"旧业"句：《新唐书·文艺传》载卢纶"避天宝乱，客鄱阳"，故云。[4]鼓鼙：古代军中常用的大鼓和小鼓，借指征战。

○评析

该诗前四句写已经远远望见汉阳城，却因为浪静无风，不得不在鄂州泊船，通过平常景物和人事描写，揭示出诗人急不可耐的归乡心情。继而写诗人在三湘一带漂泊，在萧疏寂寥的寒秋中年华渐老，更进一步点明思乡之深切。末二句交代急于归乡之由：战乱未息，家业凋零，听闻鼙鼓，让人心惊，想尽早回乡与家人亲友团聚。此诗写景、抒情、叙事、感时融为一体，语言平易，若出自然，心理描写细腻真实，反映现实广阔深刻，极为感人。

**武元衡**（758—815），字伯苍，河南缑氏（今河南偃师东南）人。唐德宗建中四年（783）进士，历任监察御史、华原县令、比部员外郎、右司郎中、御史中丞等职。唐宪宗元和二年（807）正月，拜门下侍郎、同平章事，十月出为剑南西川节度使。八年（813）回京师，十年（815）早朝途中为平卢节度使李师道遣人暗杀。工五言诗，藻思绮丽。著有《临淮集》。

## 送田三端公还鄂州

孤云迢递恋沧洲[1]，劝酒梨花对白头[2]。南陌送归车骑合[3]，东城怨别管弦愁。青油幕里人如玉[4]，黄鹤楼中月并钩[5]。君去庾公应借问[6]，驰心千里大江流。

○题解

端公，唐代对侍御史的称呼。田三端公生平不详，一个"还"字，表明田三是鄂州人，或者是已在鄂州任官的人。

○注释

[1]迢递：此指思虑悠远。[2]"劝酒"句：比喻对饮的二人皆已年老头白。[3]南陌：南边的道路，泛指街道。[4]青油幕：青油涂饰的幕帐，供迎宾或歇息之用。[5]月并钩：月如钩。"并"与上句"如"字对举互通，即"如"的意思。[6]庾公：庾亮。东晋大臣，曾任江州、荆州、豫州三州刺史，号征西将军，镇守武昌。此以庾亮喻指鄂州幕府长官，请田氏代致问候。

○评析

该诗首句想象友人悠远的思乡之情，如同高天之上飘然远去的白云，留恋着遥远的江滨之城鄂州。之后三句直写饯行场景。"劝酒"句言梨花似雪，白发如霜，此情蕴涵辛酸百感。"南陌"两句转写他人热闹的送行场景，车马齐聚，管弦声动，场面盛大。此二句与"劝酒"句形成鲜明对比，一是应酬性的送别，一是知交间的送别，离情孰轻孰重一目了然。"青油幕"两句赞美友人如玉，与月交辉。最后两句请友人代自己向鄂州长官致以问候，说自己对他们的情谊如千里江水，奔腾不息。全诗情调柔婉，意境优美，有感染力。

## 鄂渚送友

云帆淼淼巴陵渡[1]，烟树苍苍故郢城。江上梅花无数落[2]，送君南浦不胜情[3]。

○注释

[1]巴陵渡：岳阳的洞庭湖渡口。[2]"江上"句：化用李白《与史郎中钦听黄鹤楼上吹笛》"江城五月落梅花"句。[3]南浦：在今武汉市南，后名新开港。

○评析

诗人在烟树苍茫的武昌送别前往洞庭的友人，诗中把眼前的实景和推想的意象联系在一起，构成一种暗淡感伤的语境。末句化用江淹《别赋》"送君南浦"句，更增添了"离愁古今同"的况味，故言简而意深。

**白居易**（772—846），字乐天，晚年自号香山居士，原籍太原，后迁下邽（今陕西渭南）。唐德宗贞元进士，授秘书省校书郎。唐宪宗元和间任左拾遗及左赞善大夫。唐穆宗长庆初年任杭州刺史，唐敬宗宝历初年（825）任苏州刺史，后官至刑部尚书。唐宪宗元和十年（815）因上表请求严缉刺死宰相武元衡的凶手，得罪权贵，被贬为江州（今九江）司马。在文学上，白居易主张"文章合为时而著，歌诗合为事而作"，是新乐府运动的倡导者和实践者。其诗语言通俗优美，音韵和谐。人称"诗魔""诗王"。与元稹并称"元白"，与刘禹锡并称"刘白"。有《白氏长庆集》传世。

# 卢侍御与崔评事为予于黄鹤楼置宴，宴罢同望

江边黄鹤古时楼，劳致华筵待我游。楚思渺茫云水冷[1]，商声清脆管弦秋。白花浪溅头陀寺，红叶林笼鹦鹉洲。总是平生未行处，醉来堪赏醒堪愁[2]。

○题解

唐宪宗元和十四年（819），即白居易贬放江州四年后，被朝廷命为忠州刺史，携家人溯江而上赴任。途经武昌时，官员卢侍御与崔评事在黄鹤楼设宴招待，宴罢共同欣赏江景。

○注释

[1]楚思：泛指乡思、乡愁。[2]"醉来"句：意谓醉中或梦里不知身是客，醒来之后产生乡愁。

○评析

黄鹤楼上的盛宴后，诗人眺望浩瀚的长江，还有江畔的寺庙、红叶

笼罩的鹦鹉洲,这些久负盛名的美景,在酒醉欲醺之时,格外激起诗人的雅兴;但当他清醒之后,一个"愁"字又上心头。至于为何而愁,尽可以留给后人想象。

## 夜闻歌者

夜泊鹦鹉洲,秋江月澄澈。邻船有歌者,发调堪愁绝[1]。歌罢继以泣,泣声通复咽。寻声见其人,有妇颜如雪。独倚帆樯立,娉婷十七八。夜泪如真珠[2],双双堕明月。借问谁家妇,歌泣何凄切。一问一沾襟,低眉终不说。

○题解

该诗题下原注"夜宿鄂州"。唐宪宗元和十年(815),白居易被贬为江州司马,遂从长安到江州赴任,途经鄂州,夜泊鹦鹉洲旁,记其所遇之事。

○注释

[1]堪愁绝:令人愁苦至极。[2]真珠:珍珠。

○评析

这首诗写在皎洁的秋月下,听到一位美丽歌女的幽怨歌声,歌毕又伤心地哭泣。诗人上前探问,可是越问她越哭,低着头始终不回答,给作者心头留下疑问。联系几年后作者写的长诗《琵琶行》,就可发现两诗在取材上的相似,不过《琵琶行》由于歌者的倾诉而内容更加丰富。

# 行次夏口先寄李大夫

连山断处大江流[1],红旆逶迤镇上游。幕下翱翔秦御史,军前奔走汉诸侯[2]。曾陪剑履升鸾殿[3],欲谒旌幢入鹤楼[4]。假着绯袍君莫笑[5],恩深始得向忠州[6]。

○题解

李大夫即李程。李程,字表臣,陕西人,唐德宗贞元十年(794)进士,曾与白居易同为翰林学士,时任鄂州刺史、鄂岳观察使。而白居易在被贬为江州司马四年之后,于唐宪宗元和十四年(819)被任命为川东忠州刺史,溯江而上赴任,经过武昌时给李程先寄此诗。

○注释

[1]"连山"句:指遥相对峙的龟山、蛇山之间,长江从中流过。[2]"红旆""幕下""军前"三句:皆为对李程坐镇武昌情形的想象和描写:位置重要,麾下人才济济。秦御史、汉诸侯均是比喻各种人才。[3]剑履:"剑履上殿"的省语。经帝王特许,重臣上朝时可不解剑,不脱履,以示殊荣。此句回忆二人从前在皇帝身边同事。[4]"欲谒"句:谓自己希望见到李程。[5]假:借来,或蒙别人所赠。白居易此前为司马,按服制穿青衫,此时职刺史,可穿绯(红色)袍。据载白居易没有准备,由任过刺史的裴堪借给他绯袍。[6]"恩深"句:说蒙皇上恩典,才能去当忠州刺史。

○评析

该诗抒写诗人上任途中欲见友人的心情,内容多为对友人现今情形的想象,而写景和回忆均一笔带过。末二句亦谐亦庄,表明作者对官职升降的随意态度。《唐宋诗醇》评此诗"用事典切,声调高亮,七律中正法眼藏,与刘禹锡最相似"。

**元稹**(779—831),字微之,别字威明,祖籍洛阳(今属河南),出生在长安。唐德宗贞元九年(793)明经登第,十九年(803)登吏部乙科第,授职校书郎。元和元年(806)拜左拾遗。曾官监察御史,因触犯宦官权贵,贬江陵府士曹参军,困顿州郡十余年。长庆二年(822)拜同中书门下平章事。居位三月,出为同州刺史,转任浙东观察使。六年后奉诏回京,拜职左丞。未满月即被贬武昌军节度使,次年卒于武昌军节度使住所。与白居易同倡新乐府,风格相近,世称"元白"。有《元氏长庆集》。

## 鄂州寓馆严涧宅

凤有高梧鹤有松,偶来江外寄行踪[1]。花枝满院空啼鸟,尘榻无人忆卧龙[2]。心想夜闲唯足梦,眼看春尽不相逢。何时最是思君处?月入斜窗晓寺钟。

○题解

此诗作于唐文宗大和四年(830)春。元稹时任武昌军节度使,寓居在友人严涧宅中。严涧曾任祠部员外郎、金部郎中、主客郎中等职。该诗题下原注"时涧不在",即主人不在家中。故元稹写下此诗表达见屋不见人的思念。

○注释

[1]江外:江南。在中原人看来,鄂州地在长江之外,故称。[2]尘榻:布满灰尘之床榻。《后汉书·徐稚传》载,陈蕃为太守,在郡不接待宾客,唯稚来特设一榻,去则悬之,不至则灰尘积于榻。后因以"尘榻"表优礼贤士、宾客之意。卧龙:指三国时期蜀汉丞相诸葛亮,后用以喻指怀才隐居之士。

○评析

　　该诗首联点出自己寄居之宅院有梧桐和青松的整体环境。凤非梧桐不栖，鹤多巢于青松，诗人以此暗写宅子的主人乃志趣高洁之士。颔联叹宅院虽然繁花满枝，但主人不在，只有春鸟空啼，令人感到寂寞冷清。诗人由此想到宅院的主人严涧虽有卧龙之才，却无人赏识礼遇，令人徒增惆怅，并为友人怀才不遇的境遇感到不平。全诗意境清雅，感情深沉，含蓄而有余韵。

贾岛（779—843），字阆仙，范阳（今河北涿州）人。早年出家为僧，还俗后屡考进士不第。唐文宗时，因犯诽谤罪贬长江（今四川蓬溪）主簿，故世称"贾长江"。唐开成五年（840）迁普州司仓参军。武宗会昌三年（843）在普州去世。其诗清奇僻苦，在晚唐形成流派，影响颇大。有《长江集》十卷。

## 黄 鹤 楼

高槛危檐势若飞，孤云野水共依依。青山万古长如旧，黄鹤何年去不归。岸映西山城半出[1]，烟生南浦树将微。定知羽客无因见[2]，空使含情对落晖。

○题解

该诗大约是唐宪宗元和末年，即贾岛四十岁左右游历襄阳、荆州，路过武昌时作。此时贾岛虽已还俗，但屡试不中，因而登楼时心绪低沉。

○注释

[1]西山：指与黄鹤楼隔江相望的龟山。[2]羽客：指在此驾鹤飞升的仙人。

○评析

贾岛为诗清僻苦吟，这首诗也显示出此种风貌。黄鹤楼高耸在孤云野水之间，等待着曾经从这里飞走的黄鹤，而且一等就是千年。从"青山万古长如旧，黄鹤何年去不归"这一精工的对仗来看，诗人在亘古不变的自然面前，仍在为转瞬即逝的人世感到深深的悲哀。加上西山古城，烟树茫茫，这种景致千年不改，只是人事更迭，此时站在这里的贾岛，作为沧海中的一粟，只能对着夕阳，感受着无限的遗憾与落寞。

**杜牧**（803—853），字牧之，京兆万年（今陕西西安）人，晚年居长安南樊川别墅，故后世称"杜樊川"。唐文宗大和二年（828）进士，授弘文馆校书郎。历任监察御史，膳部、比部、司勋员外郎，因称"杜司勋"。官至中书舍人，世称"杜舍人"。杜牧工行草书，诗文均擅长，在晚唐诗坛卓然大家，人称"小杜"。著有《樊川文集》和《樊川诗集》。

## 送王侍御赴夏口座主幕

君为珠履三千客[1]，我是青衿七十徒[2]。礼数全优知隗始[3]，讨论常见念回愚[4]。黄鹤楼前春水阔，一杯还忆故人无？

〇注释

[1]珠履三千客：指有谋略的门客。典出《史记·春申君列传》："赵使欲夸楚，为玳瑁簪，刀剑室以珠玉饰之，请命春申君客。春申君客三千余人，其上客皆蹑珠履以见赵使，赵使大惭。"[2]青衿：古指学子。七十徒：孔子三千弟子中有七十二贤者，此指儒士。此句说自己仍在弘文馆做校书郎。[3]隗始：古代以礼招贤的典故。《史记·燕召公世家》："燕昭王于破燕之后即位，卑身厚币以招贤者。谓郭隗曰：'齐因孤之国乱而袭破燕，孤极知燕小力少，不足以报。然诚得贤士以共国，以雪先王之耻，孤之愿也。先生视可者，得身事之。'郭隗曰：'王必欲致士，先从隗始。况贤于隗者，岂远千里哉！'于是昭王为隗改筑宫而师事之。乐毅自魏往，邹衍自齐往，剧辛自赵往，士争趋燕。"此句谓王侍御的行动会使座主幕中人才济济。[4]回愚：谓似颜回大智若愚。典出《论语·为政》："子曰：'吾与回言终日，不违，如愚。退而省其私，亦足以发，回也不愚。'"此句暗示诗人自己像颜回。

○评析

该诗开篇两组对仗句,既用典故,又用数字,一方面恭维了赠诗对象的才能,另一方面也写出了诗人自己的为人特点,同时又回顾了彼此的交情,可谓内容丰富。末句乃仿白居易《问刘十九》"晚来天欲雪,能饮一杯无"句意,但又不是刻板挪用。如"黄鹤楼前春水阔"句写景,明朗开阔,就十分符合诗人自身的性格特点。

# 寄牛相公

汉水横冲蜀浪分[1],危楼点的拂孤云[2]。六年仁政讴歌去[3],柳绕春堤处处闻。

○题解

牛相公指牛僧孺。牛僧孺(780—849),字思黯,安定鹑觚(今甘肃灵台)人。唐德宗贞元二十一年(805)登进士第,唐穆宗长庆三年(823)任宰相,唐敬宗宝历元年(825)出为武昌军节度使,在任期间多有建树。

○注释

[1]"汉水"句:汉水发源于陕西西南部,长江从上游的四川流来。二水在汉口相遇,故以汉水横冲、江水分开一道来形容。[2]危楼:指黄鹤楼。点的:白色小点。谓从远处看,高楼显得很小。[3]六年:牛僧孺任武昌军节度使前后六年。

○评析

该诗从描写大处景物入手。长江、汉水、高楼和天空的云彩,点明了武昌位于江汉之会、黄鹤楼为武昌标志的特点,这种广阔与高峻的特色既体现了武昌的气势,又暗喻了牛僧孺的胸怀和建树。末二句点明主题,对牛僧孺的治绩给予高度肯定,"柳绕春堤处处闻"的借喻贴切生动。

**李频**(818—876),字德新,睦州寿昌(今浙江建德)人。唐宣宗大口八年(854)进士及第,授秘书省校书郎,入黔中幕府。九年(855)自黔中东归,滞留鄂渚。后官南陵主簿、池州参军、武功令、尚书兵部都官员外郎。唐僖宗乾符二年(875)授建州刺史,自长安南下又逗留鄂渚。李频擅长五言律诗。有《梨岳诗集》。

## 鄂州头陀寺上方

高寺上方无不见,天涯行客思迢迢。西江帆过东风急,夏口城衔楚塞遥。沙渚渔归多湿网,桑林蚕后尽空条。感时叹物寻僧话,惟向禅心得寂寥[1]。

○题解

头陀寺,佛寺名,原在武昌黄鹄山头,系南朝刘宋大明五年(461)安西将军、郢州刺史蔡兴宗为释宗慧所建。上方,谓寺庙方丈所居之处,往往在山寺最高处。该诗约作于唐宣宗大中九年(855),时诗人在鄂渚闲居。

○注释

[1]"感时""惟向"二句:写诗人自己的行为和愿望。

○评析

诗人登上黄鹄山头陀寺最高处,看到帆船来去匆匆,夏口城规模宏大,渔业、蚕桑随季而变,于是感叹万物皆因时而变、因时而动,只有寺庙里修炼的"禅心"能使人产生无人无物的宁静。作品反映了诗人对获得内心宁静的向往。

## 送鄂渚韦尚书赴镇

夏口本吴头[1],重城据上游[2]。戈船转江汉[3],风月宿汀洲。执宪倾民望[4],衔恩赴主忧[5]。谁知旧僚属[6],攀饯泪仍流。

○题解

韦尚书指韦蟾(？—878？),字隐珪,下杜(今陕西西安东南)人。唐宣宗大中七年(853)登进士第,历翰林学士、中书舍人、刑部侍郎等职。唐僖宗乾符元年(874)出为鄂岳观察使。官至尚书左丞。赴镇,去镇守的地方。

○注释

[1]"夏口"句:鄂州江夏郡古为吴国属地,三国时孙权曾于此筑夏口城。[2]重城:此指鄂州。唐鄂岳观察使治鄂州。[3]戈船:古代战船的一种,以载干戈。江汉:指长江与汉水之间及其附近地区,此指鄂州、江夏一带。[4]执宪:执行法令。倾民望:符合百姓愿望。[5]赴主忧:为君主分忧。[6]旧僚属:此为作者自指。韦蟾任御史中丞时,李频为其属下侍御史。

○评析

该诗首联点出韦蟾所去之地的重要性,说明此去是被朝廷委以重任。颔联想象韦蟾率领战舰,乘风破浪,风餐露宿,来到治所。颈联悬想韦蟾上任后的作为,突出韦蟾公正执法,报效国家,为皇上尽忠,为百姓倾服的形象。尾联写诗人作为旧部下,用潸然而下的泪水深切表达了对韦蟾离去的不舍,点明送行之意。

**崔涂**，字礼山，江南人，生卒年不详，唐僖宗光启四年（888）登进士第。

## 鹦鹉洲即事

怅望春襟郁未开[1]，重吟《鹦鹉》益增哀[2]。曹瞒尚不能容物[3]，黄祖何曾解爱才[4]？幽岛暖闻燕雁去[5]，晓江晴觉蜀波来[6]。何人正得风涛便，一点轻帆万里回[7]。

○注释

[1]春襟：春天的襟怀。[2]《鹦鹉》：指祢衡的《鹦鹉赋》。[3]曹瞒：曹操小名"阿瞒"，因呼为曹瞒。[4]黄祖：汉末在刘表属下任江夏太守，性急，才识不高，祢衡因出言不逊而被他杀害。[5]幽岛：指鹦鹉洲。燕雁：从北方燕地（今河北一带）飞来的大雁。[6]蜀波：从四川流来的江水。[7]"何人""一点"二句：谓鹦鹉洲边，船只飞快经过，那些人很快就可回家了。

○评析

作者或因怀才不遇，或因离乡背井，心情郁闷而借祢衡的故事抒发感慨，这从诗中的三、四、五、六句便可窥见。末二句羡慕别人很快就能回家，更增添了作者的思乡之情。该诗情景交融，但心事欲说还休，分寸把握得极好。

**来鹏**（？—883？），豫章（今江西南昌）人。工诗，诗风清丽，而参加科举考试近三十年皆未中第。唐僖宗广明元年（880），来鹏避难于鄂州一带，中和初年入蜀求试，卒于蜀中。

## 鄂渚除夜书怀

鹦鹉洲头夜泊船，此时形影共凄然。难归故国干戈后[1]，欲告何人雨雪天[2]。箸拨冷灰书闷字[3]，枕陪寒席带愁眠。自嗟落魄无成事，明日春风又一年。

○注释

[1]干戈后：指黄巢起义后。[2]"欲告"句：雨雪天里向谁求助呢？[3]书闷字：书写愁苦的文字。

○评析

除夕之夜，正是家人团聚之时，避难中的诗人却在鹦鹉洲头的船上过夜，形影相吊，有家难归，又逢大雪，孤独寒冷，无处告怜，只能祈求新年好运。该诗语言明白如话，却能把书生的穷苦写得真切感人。

## 鄂渚清明日与乡友登头陀山

冷酒一杯相劝频，异乡相遇转相亲。落花风里数声笛[1]，芳草烟中无限人。都大此时深怅望，岂堪高处更逡巡？思量费子真仙子[2]，不作头陀山下尘[3]。

○注释

[1]"落花"句:取"江城五月落梅花"之意,改其文字。[2]费子:指费祎,或作费文伟,三国蜀汉江夏人,传说在黄鹤楼乘鹤登仙。[3]"不作"句:谓费子成仙远游,才没有化作故乡山下的泥土。

○评析

该诗首联写自己与同乡在异乡聚会,频频举杯以酒浇愁的场景。颔联借前人诗句之意写眼前景物。颈联直抒胸怀:乱世人生如转蓬,此刻又逗留在可以极目四望的高处!尾联点明地点正是费祎登仙之所,明知成仙不是事实,但仍难免心向往之。可说是情感丰沛,浮想万千。

**罗隐**（833—910），字昭谏，杭州新城（今浙江富阳新登镇）人，科举生涯长达二十八年终未及第。罗隐一生四次经过鄂州，分别在唐懿宗咸通十一年（870）、十二年（871），僖宗乾符二年（875）、五年（878）。其中，乾符二年在夏口养病时居留时间最长。罗隐诗文兼擅，讽刺艺术超绝，有《甲乙集》《谗书》《两同书》等诗文集传世。

## 自湘川东下立春泊夏口阻风登孙权城

吴门此去逾千里[1]，湘浦离来想数旬[2]。只见风师长占路[3]，不知青帝已行春[4]。危怜坏堞犹遮水[5]，狂爱寒梅欲傍人[6]。事往时移何足问，且凭村酒暖精神。

○题解

湘川，从湖南到武昌的水路。孙权城，三国时孙权在夏口所筑军用城堡，在武昌江边。

○注释

[1]吴门：指苏州或苏州一带。作者是浙江人，沿江而上需路过吴门。此句谓空间上武昌离长江下游甚远。[2]湘浦：湘水之滨。此句谓时间上从湖南来武昌需时甚久。[3]风师：传说中的风神。[4]青帝：中国古代神话中的五天帝之一，是位于东方的司春之神。[5]危怜：心中担忧。遮水：挡住看水的视线。[6]"狂爱"句：谓身旁的梅花十分可爱。

○评析

该诗前四句回顾自己的行程和抵武昌时的节令，正是春风拂地的时候登临孙权故城。后四句只简单写景，突出了古堡的残破和梅花的可爱，从而引出"事往时移"的感觉。然而作者能淡然看待这种古今之变，体现出豁达的时空观和现实的人生态度。

## 游江夏口

醉别江东酒一杯[1]，往年曾此驻尘埃[2]。鱼听建业歌声过[3]，水看瞿塘雪影来[4]。黄祖不能容贱客[5]，费祎终是负仙才[6]。平生胆气平生恨，今日江边首懒回。

○注释

[1]江东：指长江下游的江浙。作者为杭州人，故以江东指代家乡。[2]驻尘埃：即停留。[3]建业歌声：指建业（今南京）人所唱童谣："宁饮建业水，不食武昌鱼。宁还建业死，不止武昌居。"[4]瞿塘雪影：比喻从瞿塘峡飞溅下来的浪花。[5]黄祖：此处喻鄂岳观察使。[6]负仙才：暗指诗人自己超越凡俗的才华。

○评析

该诗虽为纪游诗，却多为抒怀和用典。作者回首往事，不由得感慨此地景色虽美，但地方长官不能容才，因而也不再有当年在夏口时的胆气和遗憾。他的另一首诗亦有"一个祢衡容不得，思量黄祖谩英雄"之语，与本诗主旨相近。

**韦庄**（836？—910），字端己，京兆杜陵（今陕西西安）人。少孤贫力学，才敏过人。为人疏旷，不拘小节。唐昭宗乾宁元年（894）登进士第，授校书郎。昭宗天复元年（901），应西川节度使王建之聘入川为掌书记。唐亡，王建自立为前蜀皇帝，韦庄以劝进之功被任宰相，前蜀开国制度多出其手。卒于成都花林坊，谥文靖。工诗，有《浣花集》。词名尤著，词风疏朗清丽，与温庭筠同为"花间词派"代表人物，并称"温韦"。

## 夏口行寄婺州诸弟

回头烟树各天涯，婺女星边远寄家[1]。尽眼楚波连梦泽[2]，满衣春雪落江花[3]。双双得伴争如雁，一一归巢却羡鸦[4]。谁道我随张博望，悠悠空外泛仙槎[5]。

○题解

此诗写于唐昭宗景福元年（892）。韦庄家族本是京兆杜陵巨室，但在唐末的大动乱中家产荡尽。韦庄兄弟流落婺州（今浙江金华）后，韦庄又离家赴湖南，途经夏口时写下此诗寄送诸弟。

○注释

[1]婺女星：即女宿，又名须女、务女，二十八宿之一，为婺州分野。首联即写家人飘零多处。[2]楚波：泛指楚地的江河湖泽。梦泽：指云梦泽。[3]江花：此指浪花。此句写行走江湖之苦。[4]"双双""一一"二句：形容自己孤苦伶仃，不如有伴的大雁；有家难回，不如归巢的乌鸦。[5]张博望：西汉张骞因出使西域联络各国共抗匈奴，以功封博望侯，故称张博望。仙槎：神话中能来往于海上和天河之间的竹木筏，后用为船的美称。此二句谓自己漂泊湖海，却无张骞泛仙

槎般的美好际遇。

○评析

首联点题,谓回首间满眼都是缥缈的烟树,已与亲人远隔天涯,只能写诗给寄寓在婺州的诸弟。颔联写眼前江景:江湖交接,一派壮阔水乡图景;惊涛涌起,浪花如雪洒满衣。颔联从天空景物生发感慨:人不如雁可以双宿双飞,人不如鸦可以归飞巢穴。尾联用张骞泛仙槎之典,以类似于自嘲的方式写出远游在外的无奈与对家中诸弟的思念之情。全诗写景状物,笔调疏朗优雅;言情寄慨,情感真实动人。中间两联对仗工整,画面寥廓,寄情于景,尤有意境。

**鱼玄机**（844？—868），字幼微，又字蕙兰。长安（今陕西西安）人，晚唐女道士。唐懿宗咸通初为李亿妾，因李妻不能容，进长安咸宜观为女道士，与著名诗人温庭筠为忘年交。咸通九年（868）秋，因打死婢女，被京兆尹温璋处死。性聪慧，有才思，与李冶、薛涛并称"唐代三大女诗人"。有《唐女郎鱼玄机诗》。

## 过 鄂 州

柳拂兰桡花满枝[1]，石城城下暮帆迟[2]。折牌峰上三闾墓[3]，远火山头五马旗[4]。《白雪》调高题旧寺，《阳春》歌在换新词。莫愁魂逐清江去[5]，空使行人万首诗。

○题解

鱼玄机在嫁李亿为妾后，于唐懿宗咸通二、三年（861—862）间有鄂州之行。

○注释

[1]兰桡：小舟的美称。[2]石城：此指鄂州江夏城，即今武昌。[3]三闾墓：屈原墓。[4]五马旗：太守的旗帜。汉时太守所乘之车用五匹马驾辕，后因以"五马"借指太守的车驾，又用为太守的代称。[5]莫愁：古乐府中传说的女子。一说为石城人（在今湖北钟祥）。传说莫愁女因情郎被楚王放逐到扬州，投汉江自尽，故云"魂逐清江"。

○评析

女诗人从长安慕名来到楚地鄂州，脑海中难免会涌动许多关于楚文化的记忆，从屈原到宋玉，从《白雪》《阳春》到《石城乐》《莫愁乐》，诗人很想倾吐她对楚地人物精神、艺术等各方面的钦慕。所以,一座江夏"石城",就让她浮想联翩,借此凭吊伴随着滔滔江水逝去的屈原大夫和莫愁女,并以此发出自伤身世之慨。

**刘淑柔**，唐代女诗人，生平无考。

## 中秋夜泊武昌

两城相对峙，一水向东流[1]。今夜素娥月，何年黄鹤楼[2]。悠悠兰棹晚，渺渺荻花秋。无奈柔肠断，关山总是愁。

○注释

[1]"两城""一水"二句：谓武昌和汉阳两城隔长江相对而立。
[2]"何年"句：意谓黄鹤楼年代久远。

○评析

首联写泊船之地的环境：一水奔流，给人空旷寂寥之感；两城对峙，给人沉重压抑之感。颔联写泊船之时的景象：中秋之夜的圆月，反衬出自己形单影只；不知何年建成的黄鹤楼，见证了多少物是人非。颈联写极目远望的风景：江上兰舟经过，皆是漂泊游子；江边荻花渺茫，传达凄清秋意。前三联虽未提及愁字，但诗人的孤旅之思、漂泊之愁已蕴涵在景物的描画及气氛的渲染中。故尾联直叙"柔肠断""总是愁"时，可谓水到渠成，点出题旨。

**齐己**（860？—937？），俗姓胡，名得生，益阳（今属湖南）人，晚唐著名诗僧。幼年入大沩山同庆寺出家，自号衡岳沙门。唐代缁流能诗者众，其有集传于今者，唯皎然、贯休及齐己三人。有《白莲集》十卷、诗论《风骚旨格》一卷。

## 寄江夏仁公

寺阁高连黄鹤楼[1]，檐前槛底大江流。几因秋霁澄空外，独为诗情到上头。白日有余闲送客，紫衣何啻贵封侯[2]。别来多少新吟也，不寄南宗老比丘[3]。

○题解

仁公，晚唐僧人，事迹不详，能作诗，故诗人向其索句。

○注释

[1]"寺阁"句：意谓仁公所在寺庙位于黄鹤楼附近。[2]紫衣：紫色袈裟。唐武则天赐僧人法朗等九人紫袈裟、银鱼袋，为僧人赐紫之始。[3]南宗：佛教禅宗自五祖弘忍之后，分为南北二宗。南宗为六祖慧能所创，主张"顿悟说"，行于南方。比丘：佛教指和尚。此乃齐己自称。

○评析

这首诗颇有气势，首联即眼界阔大、雄健有力，将黄鹤楼的特殊地形与气势展现了出来。而"仁公"的寺阁也就依傍着这座高楼，占据着这方形胜。第二联顺势而下，想象在秋日的高爽天气中，独登高楼吟诗赋情，这种生活环境与生活内容，胜过封侯拜相。于是作者好生羡慕，并遥问为什么不把你的诗作寄给我这老和尚呢？所以这是一篇诗化的邀约函。

**吕岩**，唐末五代著名道士，里籍、生卒年均不详。较早的宋代记载中称其为"关中逸人"或"关右人"。号纯阳子，世称吕祖或纯阳祖师，俗称吕洞宾。唐懿宗咸通初中第，两调县令。后值黄巢之乱，放迹江湖间。相传他在长安酒肆遇到仙人钟离权，受其点化得道后不知所终，为民间神话故事中的"八仙"之一。《全唐诗》辑其诗四卷，行于世。

## 题黄鹤楼石照

黄鹤楼前吹笛时[1]，白蘋红蓼满江湄。衷情欲诉谁能会，惟有清风明月知。

○注释

[1]吹笛：传说吕洞宾曾吹笛过黄鹤楼，并题此诗于黄鹤楼上。

○评析

李白曾在黄鹤楼听笛，笛声凄清无限，正配合了他作为贬谪者的哀伤。而此诗中的笛声飘逸洒脱，在白蘋红蓼的怡人景色中，还有清风明月陪伴左右，带着满怀的淡泊情绪，独自游走于人世间，车马的喧嚣与名利的熙熙攘攘，与这位吹笛者无关。诗中自有一种清逸淡泊气，颇有神仙意蕴，传为吕洞宾所作也就不足为奇了。

**卢郢**（？—979？），金陵（今江苏南京）人。南唐后主丙寅年（966）状元及第。卢郢能文章，有勇力，好吹铁笛。其入宋后任全州知州，后卒于任。

## 黄鹤楼

黄鹤何年去杳冥，高楼千载倚江城[1]。碧云朝卷四山景，流水夜传三峡声。柳暗西州供骋望[2]，草芳南浦遍离情。登临一晌须回首，看却乡心万感生。

○注释

[1]江城：临江的城市、城郭。因李白在武汉写下"黄鹤楼中吹玉笛，江城五月落梅花"，遂特指武汉。[2]西州：黄鹤楼西南二里许的鹦鹉洲。

○评析

该诗以问句开篇，直接引出所咏物事。中间两组对仗，一组宏观，观照了黄鹤楼的地理环境；一组微观，点及周遭的柳树与芳草。最后一联收束全篇，与崔颢《黄鹤楼》诗末句"日暮乡关何处是，烟波江上使人愁"极为神似。

**张咏**（946—1015），字复之，自号乖崖，濮州鄄城（今属山东）人。宋太宗太平兴国五年（980）举荐进士，累擢枢密直学士，宋真宗时官至礼部尚书。张咏慷慨好大言，乐为奇节。善诗文，有《张乖崖集》十卷。

## 登黄鹤楼

重重轩槛与云平，一度登临万想生。黄鹤信稀烟树老[1]，碧云魂乱晚风清。何年紫陌红尘息[2]，终日空江白浪声。莫道安邦是高致，此身终约到蓬瀛。

○注释

[1] 黄鹤信稀：指黄鹤再次归来的音讯渺茫。[2] 紫陌：京师郊野的道路。红尘：车马扬起的飞尘。

○评析

黄鹤楼真是触发诗情的登临地。诗人在此诗中表达的主要感想是"莫道安邦是高致，此身终约到蓬瀛"。诗人是一位身居高位的官员，性格上又以慷慨气节著称，但在这首诗里却否定了自身平日里的事业，对飞仙蓬莱表现出极大的向往之情。

**梅尧臣**（1002—1060），字圣俞，宣州宣城（今属安徽）人。因宣城又名宛陵，故世称"宛陵先生"。以荫补入仕，任河南主簿，后任许昌签书判官、镇安军节度判官、太常博士、国子监直讲、尚书都官员外郎等职。梅尧臣早有诗名，得到欧阳修的推重。其诗有意矫正西昆派诗人华而不实的弊病，追求以平淡质朴的语言体物写志，代表了宋代诗歌新的发展趋向，因而被视为宋诗的开山鼻祖。有《宛陵集》。

## 送辛都管知鄂州

衣上大梁雪[1]，门前武昌车[2]。使君行有期，将逢鸟隼旟[3]。车动自轳辘，旟轻自舒舒。去都越千里，城在江上居。黄鹤有高楼，楼头挂蟾蜍。下见鹦鹉洲，葭苭可以葅[4]。为吊祢处士，沉踪异三闾[5]。忆昔我仲父，五马立踟蹰[6]。愿君访旧迹，因报八行书[7]。

○题解

这首送别诗写于北宋仁宗嘉祐四年（1059），两人都在都城开封任官。辛都官名辛有终，即将前往鄂州担任知州，临别之际，诗人以本诗送行。

○注释

[1]大梁：古地名，战国时魏都城，在今河南省开封市西北。隋唐以后，通称今开封市为大梁。[2]武昌车：往武昌之车。[3]旟：古代画着鸟隼的军旗。[4]苭：草才长出来的样子。[5]"为吊""沉踪"二句：说祢衡与屈原死的方式不同。[6]"忆昔""五马"二句：梅尧臣叔父梅询曾知鄂州，故云。[7]八行书：书信。因旧时信纸一页八行

而得名。末二句谓希望对方在武昌寻访旧迹后写信告诉自己。

○评析

该诗叙事成分较多，但诗味还是很足。主要原因是作者在叙事上展示了许多生动的形象，能引起读者的联想。不断换意也是避免叙事板滞的有效办法。此诗十八句，属歌行体。每两句一转，一韵到底（"车"读jū）。每两句一换意，读来如辘轳交转，情致翩翩。诗中有对辛知州的艳美与赞美、对自己先辈事迹的缅怀，以及与友人再交往的企盼。

**柳永**（980？—1053？），原名三变，字耆卿，一字景庄，因排行第七又被称柳七，福建崇安（今福建武夷山市）人，北宋景祐元年（1034）进士，以屯田员外郎致仕，故世称"柳屯田"。柳永青壮年漫游到过湖北，晚年又因故被放荆南（今荆州）。有卒于襄阳或枣阳之说，并传其死时一贫如洗，由众多歌妓醵金殡葬。柳永善作慢词，词风婉约，词作甚丰，是北宋第一个专力写词的词人。有《乐章集》。

## 竹马子　登孤垒荒凉

登孤垒荒凉[1]，危亭旷望，静临烟渚。对雌霓挂雨[2]，雄风拂槛[3]，微收烦暑。渐觉一叶惊秋[4]，残蝉噪晚，素商时序[5]。览景想前欢，指神京[6]，非雾非烟深处。　向此成追感，新愁易积，故人难聚。凭高尽日凝伫，赢得消魂无语。极目霁霭霏微，暝鸦零乱，萧索江城莫[7]。南楼画角，又送残阳去。

○题解

竹马子，词牌名，属于慢词。慢词是依节奏缓慢的曲调而填的词，能更多地表达内容和情感。

○注释

[1]孤垒：孤立的堡寨。[2]雌霓：双虹中色彩浅淡者，亦名副虹。[3]雄风：强劲的风，此处指凉爽的风。[4]一叶惊秋：由一叶知秋天来，意即由落叶惊觉秋天到了。[5]素商：秋季的别称。按古代五行的说法，秋季色尚白，乐音配商，故称秋季为素商。[6]神京：都城。[7]莫：日落的时候。后作"暮"。

○评析

该词上阕书写由夏入秋的景色，造成一种荒凉凄清的氛围。下阕写自己孤独寂寞的情怀，故情景一致，蕴涵深婉，更与诗人郁郁不得志的一生契合。词中有"江城""南楼"等具象，表明所写对象确是武昌，而"孤垒""危亭"也可理解为一种意象，是对平地突起的山峰和建在高处的亭阁的一种概括。

**王安石**（1021—1086），字介甫，号半山，抚州临川（今江西抚州市临川区）人，北宋著名的思想家、政治家、改革家、文学家。宋仁宗庆历二年（1042）进士及第，后历任扬州签判、鄞县知县、舒州通判等职，政绩显著。宋神宗熙宁二年（1069）任参知政事，次年拜相，主持变法。因守旧派反对，宋熙宁七年（1074）罢相。一年后被神宗再次起用，旋又罢相，退居江宁（今江苏南京）。宋哲宗元祐元年（1086），保守派得势，新法皆废，王安石郁然病逝于钟山（在今江苏南京），谥号文，故世称"王文公"。传世文集有《王临川全集》《临川集拾遗》等。

# 寄岳州张使君

昔人宁饮建业水，共道不食武昌鱼[1]。公来建业每自如，亦复不厌武昌居[2]。武昌山川今可想，绿水迤逦烟莽苍。白鸥晴飞随两桨，岸荠茸茸映鱼网。投老留连陌上尘，思公一语何由往[3]。

○题解

该诗当是神宗熙宁三年（1070），时年五十岁的王安石寄给知岳州使君张顺的赠诗。

○注释

[1]武昌鱼：团头鲂。[2]"公来""亦复"二句：您无论在建业还是武昌，都心安自如，兢兢业业。[3]"投老""思公"二句：我虽垂垂老矣，依然留恋田野阡陌，虽说思念您，却无从得见。

○评析

此诗借典故开篇，反衬了张使君随遇而安的心态，赞扬了武昌山川秀丽、人民安居乐业的环境,表达了对田园生活的向往以及对张顺人品和治理政绩的仰慕之情。全诗音韵流畅,语言朴实无华,情感真诚自然。

**苏轼**（1037—1101），字子瞻，号东坡居士，眉州眉山（今属四川省眉山市）人。祖籍河北栾城，北宋著名文学家、书法家、画家，"唐宋八大家"之一。宋仁宗嘉祐二年（1057）进士及第，宋神宗时曾在凤翔、杭州、密州、徐州、湖州等地任职。元丰三年（1080）因"乌台诗案"被贬黄州任团练副使。哲宗即位后，任翰林学士、侍读学士、礼部尚书等职，晚年被贬惠州、儋州。1101年宋徽宗登基时获大赦北还，途中于常州病逝。苏轼之诗题材广阔，清新豪健，善用夸张比喻，独具风格，与黄庭坚并称"苏黄"；其词开豪放一派，与辛弃疾并称"苏辛"；其散文著述宏富，豪放自如，与欧阳修并称"欧苏"。有《东坡七集》《东坡易传》《东坡乐府》等传世。

## 满江红　寄鄂州朱使君寿昌

江汉西来，高楼下[1]、蒲萄深碧[2]。犹自带、岷峨雪浪，锦江春色[3]。君是南山遗爱守[4]，我为剑外思归客[5]。对此间、风物岂无情，殷勤说。　《江表传》[6]，君休读。狂处士[7]，真堪惜。空洲对鹦鹉[8]，苇花萧瑟。不独笑书生争底事，曹公黄祖俱飘忽。愿使君、还赋谪仙诗，追黄鹤[9]。

○题解

此为作者元丰四年（1081）寄给鄂州知州朱寿昌的赠诗，原无题。满江红，词牌名。朱寿昌，字康叔，时为鄂州知州。

○注释

[1]高楼：此处指黄鹤楼。[2]蒲萄：葡萄。此处用未熟的青葡萄比喻水色清澈碧绿。[3]"犹自""岷峨""锦江"三句：武昌的江水还自带着岷山、峨眉山下的雪浪和成都锦江的颜色。[4]南山遗爱守：赞美

朱寿昌是行仁政的太守。[5]剑外：四川剑阁以南地区。苏轼家乡在四川眉山，故自称剑外客。[6]《江表传》：书名，晋虞溥撰，记述三国史实，吴国事迹犹详。在此代指三国典籍。[7]狂处士：指三国名士祢衡，其才学高而行为狂放，触怒曹操，被曹操假江夏太守黄祖之手杀害。[8]鹦鹉：鹦鹉洲。此句意谓祢衡被杀，鹦鹉洲因而冷落，如同孟浩然死后，李白称"江山空蔡州"。[9]追黄鹤：崔颢《黄鹤楼》诗有"昔人已乘黄鹤去"句。

○评析

此词作于苏轼贬居黄州期间。上阕描绘长江的壮丽景色，景中寓情，表达了对故乡的深深思念。下阕直抒胸臆，谈古论今，悼惜祢衡，追怀李白，谴责曹操、黄祖，带有人生如梦、只有文章万世不朽的感慨，以此抒发胸中郁勃不平之气。这首词既表现出朋友间的深厚情谊，又在议论中流露出自己豁达旷荡的人生态度。

# 李公择求黄鹤楼诗，因记旧所闻于冯当世者

黄鹤楼前月满川，抱关老卒饥不眠[1]。夜闻三人笑语言[2]，羽衣着屐响空山。非鬼非人意其仙，石扉三叩声清圆。洞中铿鈜落门关[3]，缥缈入石如飞烟。鸡鸣月落风驭还[4]，迎拜稽首愿执鞭。汝非其人骨腥膻，黄金乞得重莫肩[5]。持归包裹敝席毡，夜穿茅屋光射天。里闾来观已变迁，似石非石铅非铅。或取而有众愤喧，讼归有司今几年。无功暴得喜欲颠，神人戏汝真可怜。

愿君为考然不然，此语可信冯公传。

○题解

李公择名李常（1027—1090），江西建昌（今江西永修）人。宋仁宗皇祐元年（1049）进士，为苏轼、苏辙兄弟至交。李常时知鄂州，向苏轼索诗。苏轼遂将以前从冯京处听到的一则传说写成歌行长诗以赠。冯当世名冯京（1021—1094），鄂州江夏（今湖北武昌）人，宋仁宗皇祐元年（1049）状元，后官至参知政事，谥文简。

○注释

[1]抱关：守护城门。[2]"夜闻"句：北宋王巩《闻见近录》："鄂州黄鹤楼下，有石光澈，名曰石照。其右巨石，世传以为仙人洞也。一守关老卒，每晨兴即拜洞下。一夕，月如昼，见三道士自洞中出，吟啸久之，将复入洞，卒即从之。道士曰：'汝何人耶？'卒具言其所以，且乞富贵。道士曰：'此洞间石，速抱一块去。'卒持而出，石合，无从而入。明日，视石，黄金也。凿而货之，衣食顿富，为队长所察，执之以为盗也。卒以实告官，就其家取石，至郡则金化矣，非金非玉，非石非铅，至今藏于军资库中。"[3]洞中：指黄鹤楼前的吕公洞。铿铉：象声词，形容声音洪亮。[4]风驭：谓乘风而行。[5]重莫肩：扛不动。

○评析

从王巩《闻见近录》所引材料来看，诗中所言故事在宋代传播很广，细节也略有出入，但主旨是说人不应该追求非分之财。诗中"羽衣着屐响空山""缥缈入石如飞烟""鸡鸣月落风驭还"句，写仙人的虚无缥缈、迷离恍惚，委婉有致，把那个神秘的夜晚写得极其梦幻。苏轼因好友求诗，就叙述了这个故事，既有求实问真之意，更有对凡夫俗子求财之心的善意讽刺。后来这则故事在不少黄鹤楼诗歌中都被提及，苏轼的这首诗也被作为诗典一再引用。

**苏辙**（1039—1112），字子由，苏洵之子，苏轼之弟。宋仁宗嘉祐二年（1057）进士，官至尚书右丞、门下侍郎。晚年居颍川（今河南许昌），自号颍滨遗老。其诗文深受父兄影响，早期古文议论风发，晚期诗作风格趋于淡泊沉静，为"唐宋八大家"之一。有《栾城集》。

## 赋黄鹤楼赠李公择

前年见君河之浦，东风吹河沙如雾。北潭杨柳强知春，樽酒相携终日语[1]。君家东南风气清[2]，谪官河壖不称情[3]。一麾夏口亦何有[4]，高楼黄鹤慰平生。荆江洞庭春浪起[5]，汉沔初来入江水[6]。岸头南北不相知，惟见风涛涌天地。巫峡潇湘万里船，中流鼓楫四茫然。高城枕山望如带，华榱照日光流渊[7]。楼上骚人多古意[8]，坐忘朝市无穷事。谁道武昌岸下鱼，不如建业城边水[9]。

○题解

李公择即李常。诗题下原注"公择时知鄂州"，该诗写于1072年。

○注释

[1]"前年""东风""北潭""樽酒"四句：回忆两年前二人的密切往来。[2]君家东南：李公择为江西建昌人。[3]谪官河壖：神宗熙宁三年（1070），李常被贬通判滑州。河壖，河边地。[4]一麾：一面旌麾，旧时作为出为外任官的代称。此句指熙宁四年（1071）李常复官出任鄂州守。[5]荆江：长江自湖北枝江至湖南岳阳城陵矶段的别称。[6]汉沔：汉水。汉水的一段流经沔县南，遂称沔水。[7]华榱：雕

画的屋椽。[8]楼上骚人：登楼的文士、诗人。多古意：多发思古幽情。[9]"谁道""不如"二句：一反"宁饮建业水，不食武昌鱼"之意而用之，称赞武昌是个好地方。

○评析

诗中先写所赠之人的清誉与经历："君家东南风气清，谪官河壖不称情。"再写所赠之人所处的地理环境与景物特征。既然鄂州最知名的景致是黄鹤楼，苏辙也就笔注一端，以黄鹤楼为着力点，用其雄壮高伟来开慰鼓励好友："高楼黄鹤慰平生。"苏氏兄弟都是从政的文人，但文风不同，苏轼的诗文多浪漫想象，如前面赠李常的诗就写传说故事，而苏辙的诗文沉稳朴实，中规中矩，文采显然不及其兄。

**黄庭坚**（1045—1105），字鲁直，自号山谷道人，晚号涪翁，洪州分宁（今江西修水）人，著名的诗人、词人、书法家。宋英宗治平四年（1067）进士。历任叶县尉、国子监教授、校书郎、著作佐郎、秘书丞。因参修《神宗实录》被新党诬其失实，屡次贬官，1105年逝于宜州贬所。早年受知于苏轼，与张耒、晁补之、秦观合称"苏门四学士"。诗与苏轼齐名，人称"苏黄"。其诗风奇崛瘦硬，力摈轻俗之习，开一代风气，为"江西诗派"开山之祖。有《山谷词》。

## 头 陀 寺

头陀全盛时，宫殿梯空级[1]。城中望金碧，云外僧戢戢[2]。人亡经禅尽，屋破龙象泣[3]。惟有简栖碑[4]，文字岿然立。

○题解

诗题下有原注谓"鄂州节推陈荣绪惠示《沿檄崇阳道中》六诗，老懒不能追韵，辄自取韵奉和"。节推是节度推官的省称，掌勘问刑狱，地方上的推官多为幕僚。陈荣绪为节推的名字。沿檄，指官员调任或外出公干。老懒，作者自谦之辞。

○注释

[1] 梯空：腾空。此处形容头陀寺宫殿高耸之状。[2] 戢戢：密集貌。此处指僧人聚集。[3] 龙象：龙与象。水行中龙力大，陆行中象力大，故佛家用来比喻诸阿罗汉中修行勇猛有最大能力者。此处代指寺中高僧。[4] 简栖碑：指南朝齐王巾（字简栖）所作《头陀寺碑文》，收入《昭明文选》中。

○评析

　　这是一首唱和之作。全诗以头陀寺往日之繁盛与今日之衰败对比，在感慨僧散寺破的同时，又将存留于寺中的《头陀寺碑文》拈出，以显石碑之不朽，蕴含着作者对人世间兴亡存废的深刻思考。

**米芾**（1051—1107），初名黻，字元章，号襄阳漫士、鹿门居士、无碍居士，又号海若山人、淮阳外史、净名庵主等，襄州襄阳（今湖北襄阳）人。历知雍丘县（今河南杞县）、涟水军（今江苏涟水县）、无为军（今安徽无为县），官至礼部员外郎。人称"米襄阳""米南宫"。米芾在书法上与苏轼、黄庭坚、蔡襄并称"宋四家"，诗词亦为人所重，曾有百卷之数的《山林集》，大多散佚，存世的《宝晋英光集》中录有词作一卷。

## 水调歌头　中秋

砧声送风急[1]，蟋蟀思高秋。我来对景，不学宋玉解悲愁[2]。收拾凄凉兴况，分付尊中醽醁[3]，倍觉不胜幽。自有多情处，明月挂南楼。　　怅襟怀，横玉笛，韵悠悠。清时良夜，借我此地倒金瓯[4]。可爱一天风物，遍倚阑干十二，宇宙若萍浮。醉困不知醒，欹枕卧江流。

○注释

[1]砧声：捣衣声。[2]宋玉：战国时楚国诗人。悲愁：《楚辞·九辩》："悲哉！秋之为气也。"[3]醽醁：美酒名。[4]金瓯：酒杯的美称。

○评析

此词借中秋赏月之机，面对无限情景和无穷情趣，以空灵回荡之笔，表达作者旷逸豪宕的襟怀。由于赏月兴致高、时间长，以致神思飘逸，油然而生"宇宙若萍浮"的宏伟感受，全然不落宋玉式文人"悲秋"的窠臼。

**秦观**（1049—1100），字少游，一字太虚，别号邗沟居士、淮海居士，江苏高邮人。"苏门四学士"之一，北宋文学史上的重要作家，被尊为婉约派一代词宗。宋神宗元丰八年（1085）进士，官至太学博士、国史馆编修，于北宋后期的政治斗争中屡受贬谪。长于议论，文丽思深，兼有诗、词、文赋和书法多方面艺术才能，尤以婉约之词驰名于世，有《淮海集》《淮海词》等。

## 钗头凤　别武昌

临丹壑[1]，凭高阁，闲吹玉笛招黄鹤。空江暮，重回顾，一洲烟草，满川云树[2]。住住住。　　江风作，波涛恶，汀兰寂寞岸花落。长亭路，尘如雾，青山虽好，朱颜难驻[3]。去去去。

○注释

[1] 丹壑：赤石构成的峰峦沟壑。词中用以描绘黄鹤楼的地势险峻。[2] "一洲""云树"二句：化用崔颢《黄鹤楼》"晴川历历汉阳树，芳草萋萋鹦鹉洲"句。[3] 朱颜：形容美好的容颜。此处指黄鹤楼的雄伟壮丽。难驻：难以保持。

○评析

此词表达了作者告别武昌时依依不舍的眷恋之情，抒发了对世事艰险、自身前景难测的彷徨忧愁的心绪。上阕化用李白、崔颢吟颂黄鹤楼的名句，再现了当年黄鹤楼之雄伟壮丽，表达了对武昌城风景的留恋与对前代文人骚客的赞美、仰慕。下阕语气顿转，用对比和暗喻的手法，描述此时此地的风狂浪恶、兰寂花落，联想自己屡遭贬放的经历，长途漫漫，迷蒙如雾，前景难测，由此而感叹"青山虽好，朱颜难驻"。此词情感真挚强烈，韵律跌宕起伏，化用前人名句而融会自如。

**孔武仲**（1042—1097），字常父，临江新淦（今属江西）人，孔子第四十七代裔孙，与兄文仲、弟平仲称"临江三孔"。宋仁宗嘉祐八年（1063）进士，元祐六年（1091）知洪州（今江西南昌），后又徙宣州（今安徽宣城）。绍圣三年（1096），坐元祐党籍夺职，退居池州（今安徽贵池），卒于任。著有《书说》《诗说》《论语说》、制文及杂文等百余卷。宋代即有人辑录兄弟三人作品为《清江三孔集》。

## 晚登庾楼

却从江汉望匡庐，湓口风波日愈疏[1]。满瓮尚留桑落酒[2]，登盘今有武昌鱼。斜阳柳色明埼岸[3]，纤月波光湿太虚[4]。鹦鹉洲前吊豪士[5]，重将词赋为君书。

○注释

[1]湓口：古城名，以地当湓水入长江口而得名。汉初灌婴始筑此城。故址在今江西省九江市。后改名湓城，唐初又改浔阳。疏：疏远。作者虽是江西人，但已离开家乡日久。[2]桑落酒：古代美酒名。[3]埼岸：曲折的河岸。[4]太虚：天空，此指江中所映天空。[5]吊豪士：吊唁祢衡这样的豪杰之士。

○评析

这是一首登临写景诗。首联写登临所见，极目远眺，遥想匡庐风物。颔联写身畔诸物，无论是桑落酒还是武昌鱼，均含闲适之意。颈联写景明快，刻画细致：斜阳之下，金黄色的柳丝垂拂曲折蜿蜒的江岸；而江水映照的天空中，一弯纤月随着粼粼的波光在细微地颤动。末二句由景入情，借所见之鹦鹉洲以凭吊前代的豪士，使全诗陡然添上了几许清刚之气。

**孔平仲**（1044—1111），字毅父。宋英宗治平二年（1065）进士，初授分宁（今江西修水）县主簿。熙宁三年（1070）后，历任密州（今河南密县）教授、秘书丞、集贤校理等。后出知衡州，转任韶州。徽宗即位，召为户部员外郎，迁金部郎中，后因朝廷党争而被罢免。孔平仲长于史学，工文辞。其诗豪放流丽，近于苏轼。

## 和经父登黄鹤楼

复霭重沙望不穷[1]，坐收千里一樽中。天边江汉波涛阔，地下神仙窟宅通。窗影偷来湓浦白[2]，檐光飞入沔城红[3]。豁然已尽登临兴，云阁章亭漫在东[4]。

○注释

[1]复霭：厚重的云雾。重沙：层层沙粒。[2]湓浦：湓水，今名龙开河，源出江西瑞昌西清湓山，东流经九江，北流入长江。[3]沔城：此处指与黄鹤楼隔江相对的汉阳城。[4]云阁：蛇山之巅有白云阁。章亭：奇章亭，亦在蛇山上，为纪念唐敬宗宝历年间任武昌军节度使的牛僧孺而建。

○评析

这首律诗纯粹叙事写景。事是登临饮酒，景是黄鹤楼及其周遭地理环境。"复霭重沙"写出了另一种面貌的武昌城。"坐收千里"是言黄鹤楼之高。颔联对仗句较有特色，既有空间上的大气阔远，又有实景与虚境的相互变换。尾联乃是本诗的出彩处。读者本以为诗人已经结束了黄鹤楼的游览，但没想到又提示出还有白云阁与奇章亭的存在，从而达到了意兴不尽、引人向往的艺术效果。

张耒（1054—1114），字文潜，自号柯山，世称宛丘先生，楚州淮阴（今属江苏）人。宋神宗熙宁六年（1073）进士。曾知润州，后被指为元祐党人，数遭贬谪，晚居陈州。张耒为诗文服膺苏轼，与黄庭坚、秦观、晁补之并称"苏门四学士"。其诗平易舒坦，不尚雕琢，词风格与柳永、秦观相近。有《柯山词》《张右史文集》。

## 送杨补之赴鄂州支使

相逢顾我尚童儿，二十年来鬓有丝[1]。涕泪两家同患难，光阴一半属分离。扁舟又作江湖别，千里长悬梦寐思。何日粗酬身世了，卜邻耕钓老追随[2]。

○题解

送别对象杨补之，是作者张耒的姐夫，此时即将赴鄂州担任支使。支使，唐代地方要员的属官，位在判官之下。节度使、观察使属下皆有支使，监察侍御史巡按州县如事务繁重时也安排支使。

○注释

[1]"相逢""二十"二句：初相见时我还是个孩子，二十年过去了，我的头上已出现了白发。[2]"何日""卜邻"二句：我们什么时候能完成各自官差琐事，两家结为邻居，过着耕田钓鱼的农家生活？粗酬，初步完成。

○评析

北宋后期政局紊乱多变，看来张耒和杨补之两家因同经患难而聚少离多。故这首送别诗虽情意深厚却情绪低沉。在艺术上此诗虽借鉴了贺知章、赵嘏的诗，却能泯除痕迹，如同己出。虽语言浅显明白，却真情流露,富有感染力。

## 送杨念行监簿侍行赴鄂渚

楚天南去水冥冥,鄂渚悠悠到几程。京洛信稀千里隔[1],江湖春尽一帆轻[2]。莫辞送别青春满,会是相逢白发生[3]。饱读诗书取卿相,不应如我老无成[4]。

○题解

杨念行即杨道孚,字克一,北宋末期徽宗朝画墨竹名手,是张耒的外甥。此时张耒的姐夫杨补之赴湖北任鄂州支使,杨道孚(已任主管文书账册的"监簿")作为儿子陪伴父亲莅职,作者以诗送行。

○注释

[1]"京洛"句:诗人中年以后多居江淮间,而姐夫和外甥常在京城,故云。[2]"江湖"句:杨氏父子到鄂州,乘船离去速度很快。[3]"莫辞""会是"二句:谓此时外甥还青春年少,但再相逢就可能是多年之后了。[4]"饱读""不应"二句:勉励外甥认真读书才有前程。

○评析

全诗明白如话,似在诉说,似在叮咛。前两句写送杨念行和其父同赴鄂州,水路悠悠,不知何日可到。三、四句暗含"别时容易见时难"的感叹,有不易察觉的伤别惜别之情。后四句是写寄望杨念行饱读诗书,取得卿相之尊,不要像自己一样蹉跎失意。

**贺铸**（1052—1125），字方回，号庆湖遗老、北宗狂客，卫州（今河南卫辉）人，祖籍山阴（今浙江绍兴）。先为武弁，宋哲宗元祐五年（1090）以李清臣、苏轼等荐，改文资。后通判泗州、太平州。哲宗绍圣三至五年（1096—1098）曾任江夏宝泉监。徽宗大观三年（1109）致仕，卜居苏州。为人豪爽精悍，诗词雅丽，主要以填词名家，有《庆湖遗老集》《东山词》。

## 登头陀寺峰顶庵

磴道凌虚挂白虹，头陀上方黄鹄东[1]。沧溟五夜浴新日[2]，老木三伏来凄风。北梦南云展张阔[3]，纵江横汉并吞雄[4]。楚乡绝境此其一[5]，付与微吟多病翁[6]。

○注释

[1]黄鹄：黄鹤，此指黄鹤楼。[2]五夜：五更。[3]北梦南云：云梦泽。展张阔：云梦泽铺展阔大的样子。[4]纵江横汉：指长江与汉水。[5]绝境：头陀寺这一绝美之境。[6]病翁：诗人自己。

○评析

这是一篇登临写景之作，尽显头陀寺所在江城的独特地貌特征。首句"磴道凌虚挂白虹"，气势凌厉，将山势之高、石阶之险呈现于读者的眼前；次句点出头陀寺的地理位置。颔联写景，将清晨江上日出的奇丽、盛夏山林间古木的苍老与由此而带来的清凉以工整的对仗展现出来，意境清远幽深。颈联更通过云梦泽的阔大与江汉水的雄肆，将楚地绝美之境展现出来。尾联将"楚乡绝境"与"多病翁"对举，表达出佳景给了作者诗情和慰藉。

## 中秋日怀寄潘邠老赋

西戍角声清且哀[1]，东城鼓动殷然雷。雨阑伏槛月可待，风横舣舟君不来[2]。得酒未容欢独伯[3]，把书端与睡为媒。雪堂敛谷急还舍[4]，更约头陀黄菊开[5]。

○题解

潘邠老又作潘豳老，即潘大临，一字君孚，原籍浙江，祖辈迁居黄冈。与其弟潘大观同为江西派诗人，与苏轼、黄庭坚、张耒、贺铸等人游，雅受尊重。原诗题下有注："潘将归黄冈获田，故有落句。丁丑江夏赋。"获田，收割庄稼。落句，指诗的末句或尾联。丁丑，表明此诗写于1097年。

○注释

[1]西戍角声：西边戍楼上的号角声。[2]舣舟：停泊的船只。[3]"得酒"句：指不愿在得酒之后独自饮酒为欢。伯，通"霸"。[4]雪堂：苏轼在黄州时，曾寓居临皋亭，就东坡筑雪堂。此代指潘邠老处黄州所在之地。[5]头陀：头陀寺。此句谓两人曾经约定中秋前后同到头陀寺赏菊。

○评析

此诗写于中秋日，诗中充盈着对友人的怀念之情。首联一句写西边城楼的号角之声，一句写东边城楼上的擂鼓之声，由此传达诗人早晚都在盼望朋友到来的心情。颔联写中秋之夜，微雨已停，诗人伏槛待月，可朋友仍然未来。颈联极写朋友未至时的孤独落寞：酒杯在手，却难以成欢；把书以观，而昏然欲眠。末二句幻想着在黄冈获田的老友急急忙忙收谷的样子,期盼着重阳节菊花开时能与他相会。全诗以中秋候人的情节展开,将朋友之间的真挚情感写得异常感人。

## 送左禹赴江夏尉

泛泛青翰舟[1],亭亭黄鹤楼。江山信清洒,人物想风流[2]。美酒遣归思,新诗题旧游[3]。有鱼知不食,端作置书邮[4]。

○题解

左禹字涂叟,贺铸友人,事迹不详。江夏尉,江夏县县尉,县尉是比县令(知县)、县丞职位还低的地方基层官员,职责是维持治安。

○注释

[1]泛泛:漂浮貌。青翰舟:舟名,刻饰鸟形,涂以青色,故称。[2]想:向往。[3]旧游:贺铸此前在"丙子九月"即1096年曾到过武昌,故称"旧游"。[4]"有鱼""端作"二句:谓明知武昌鱼味道鲜美却并不食用,因为鱼儿正好能够为我们传递书信。端,正好。置书邮,本作"致书邮",传递信件、文书的驿使。

○评析

此诗首句中叠字的运用使得音韵和美、句式整齐,"青"和"黄"同时又是颜色对,开篇即显示了一定的语言技巧。中间两联清新直白,饶有意趣。最后一联则提到了武汉的知名特产——武昌鱼,却避开了鱼只是食物的常识,想象鱼儿可以传递书信,这与秦观《踏莎行·郴州旅舍》的"驿寄梅花,鱼传尺素"同出一辙。

## 答致仕吴朝请潜登黄鹤楼见招

　　城隅黄鹤莫登临，端使悲翁动楚吟。日下长安人共远[1]，天围梦泽岁方阴[2]。北风欲雪雁飞急，南渚始冰鱼伏深。谁似草堂安隐客，下帷隐几不求心[3]。

　　○题解

　　吴朝请名潜字达夫，是作者的忘年交。此诗写于哲宗绍圣四年，即1097年。

　　○注释

　　[1]日下：京都。旧时以"日"指帝王，故以"日下"指京都。[2]梦泽：云梦泽，此指楚地。岁方阴：正值年末，岁尾。[3]下帷：放下室内悬挂的帷幕，引申指闭门苦读。隐几：靠着几案，伏在几案上。

　　○评析

　　该诗首句即劝人莫登黄鹤楼。黄鹤楼为天下名胜，为何勿登？原来作者害怕伤心人（"悲翁"）触动诗情（"楚吟"）。与都城的权力、繁华相比，这里是浸染着《离骚》情绪的悲伤楚地，何况现在又是阴冷的暮冬时节呢！颈联描写楚地冬景十分生动，也是一幅少有的黄鹤楼冬景图。尾联再次奉劝友人在寒冷落寞的冬季不要登楼，以免触动去国怀乡的悲伤心绪，不如学学南郭子綦在家闭门苦读，隐几坐忘。

## 雪后同吴达夫、慎献玉登黄鹤楼

岁律峥嵘腊尽头[1],风吹朔雪到南州[2]。三湖簸荡鲛鼍恐[3],七泽迷漫狐兔愁[4]。狂客定回青雀舫,猎儿初试皂貂裘[5]。江楼伏槛迎新霁,群玉峰前练带流[6]。

○题解

慎献玉也是作者友人,曾任金坛县令。该诗与前面劝人岁末天寒不要登楼的诗不过相隔数日,只是雪后天晴,诗人心情大好。

○注释

[1]岁律:岁时;节令。[2]南州:泛指南方地区。[3]三湖:泛指楚地湖泊。鼍:即扬子鳄。[4]七泽:相传古时楚有七处沼泽。后以"七泽"泛称楚地诸湖泊。[5]狂客、猎儿:均指豪勇之士。青雀舫:泛指华贵游船。皂貂裘:黑色的貂皮袍。[6]练带:把长江比作白色的丝带。

○评析

贺铸和友人吴达夫、慎献玉雪后登黄鹤楼,留下了这幅黄鹤楼雪景图。作者做过武官,为人豪放激昂,这首诗也同样洋溢着雄浑之气。"三湖簸荡鲛鼍恐,七泽迷漫狐兔愁",非有大手笔者不能为;"狂客""猎儿"也是诗人早年的本相。最后两句收束全诗,由动归静,写雪后万籁俱寂、银装素裹、山峰如玉、江水如练的情景,也将全诗的气氛归于沉静。

# 磨 剑 池

祖龙砺长剑[1],昔道此南巡。徒挟雄铓利,湘川奈水神[2]。

○题解

本诗为《江夏八咏》之一,诗题下原注:"丁丑九月,采江夏陈迹未著于时者赋之,以补郡图经之阙焉。"写作时间仍在1097年。图经,当指《江夏图经》,今不存。磨剑池,原题注:"在头陀峰顶。相传始皇南巡磨剑于此,石亦存焉。"但据宋王象之《舆地纪胜》卷六十六载:"磨剑池,在头陀寺山顶,相传秦皇磨剑于此。王得臣以为秦宗权之弟宗衡破岳鄂,所至皆称为小秦王,是池盖指宗衡也。"秦宗权,晚唐时叛将。王得臣(1036—1116),字彦辅,自号凤台子,安州安陆(今属湖北)人,北宋学者。可知到宋代关于磨剑者有两说,持后说的王得臣与贺铸为同时代人。但贺铸或者不知道,或是不愿意采信后说。

○注释

[1]祖龙:指秦始皇。《史记·秦始皇本纪》苏林集解:"祖,始也;龙,人君象。谓始皇也。"[2]"湘川"句:《史记·秦始皇本纪》记载:"(二十八年)浮江,至湘山祠。逢大风,几不得渡。上问博士曰:'湘君何神?'博士对曰:'闻之,尧女,舜之妻,而葬此。'"

○评析

贺铸《江夏八咏》诗,皆为五言绝句,一篇咏一景。此篇《磨剑池》与秦始皇相关。作者别出心裁地选取这位手持利剑的一代雄主在面对湘水而不得渡时的尴尬场景加以刻画,暗示楚地神灵和老百姓对当年秦灭楚的耿耿于怀。

## 灵 竹 寺

孟公泣竹地[1],今是布金园[2]。不保五亩宅,非无百代孙[3]。

○题解

本诗为《江夏八咏》之一,原诗有注:"相传孟宗故居也。"据宋王象之《舆地纪胜》卷六十六记载:"灵竹院,在江夏。《寰宇记》云:'本孟宗泣竹之所。天祚中,孙晟有记。'"天祚,公元935—937年,五代十国时期南吴睿帝杨溥年号。

○注释

[1]孟公:孟仁,即孟宗,三国时吴人,以孝著称。其母嗜笋,冬天无笋,孟宗到竹林中哀叹悲泣,竹笋为之出。事见《三国志·吴志·孙皓传》裴松之注引晋张方《楚国先贤传》。[2]布金园:布施金银的园宅,指佛寺。[3]"不保""非无"二句:谓即使不以五亩之地栽种桑麻五谷以养家传子,百代之后也仍然会有人来瞻仰。

○评析

"孟宗哭竹"为"二十四孝"中广为人知的故事之一。此诗与三国时孟仁相关,颂其至孝之性。

## 江夏寓兴(二首选一)

风与樯乌便,依先塞雁来[1]。山经七泽断,潮自九江回[2]。渔父犹知隐,骚人枉炫才[3]。朋游正相远,梅信为谁开[4]。

○题解

　　此诗为北宋哲宗绍圣三年（1096）十二月贺铸再来鄂州，担任江夏宝泉监时所作。宝泉监的职责是监管铜钱铸造。

○注释

　　[1]侬：我。[2]"潮自"句：贺铸此次赴江夏任，由京师南下，经金陵（今江苏南京），后沿江而上，道经九江。[3]骚人：原指屈原，此处指诗人自己。[4]梅信：梅花开放所报春天将到的信息，亦暗指信函。

○评析

　　该诗前四句有旷达之意。首联"风与樯乌便，侬先塞雁来"，堪与黄庭坚名句"未到江南先一笑，岳阳楼上对君山"相比。颔联二句，写景亦算宏阔，反映出江城山水的独特面貌。然颈联一转为骚怨，以"犹知隐""枉炫才"表现出官场倾轧下忧谗畏讥的心态。末二句更以友朋日益疏远、信函稀少表达世态炎凉之感。全诗由旷达而渐趋迷茫的心理变化，与起承转合的明晰结构相表里。

**李新**(1062—?),字元应,号跨鳌先生,仙井(今四川仁寿)人。宋哲宗元祐五年(1090)进士,官南郑县丞。哲宗元符三年(1100)在南郑应诏上万言书,夺官贬遂州。徽宗大观元年(1107)遇赦,摄梓州司法参军。徽宗宣和五年(1123)为茂州通判。有《跨鳌集》。

## 龙　　笛

长天云扫碧龙鳞[1],黄鹤楼前白玉轮。秋意正随羌笛怨,夜深愁杀倚栏人[2]。

○注释

[1]碧龙鳞:形状如鱼鳞的云彩。[2]倚栏人:指诗人自己。

○评析

绝句短小,多求韵味于诗外。此诗首句写长空之上的龙鳞云,次句写黄鹤楼顶上的月亮如白玉轮,第三句又点明是素秋季节,一种澄明空净的背景底色铺满了整个画面,不知从何处传来羌笛幽怨的声音,再给这幅黄鹤楼秋夜图加入了一层凄怆的气氛。于是,就有了一位心中充满愁苦的倚栏人。联系作者遭贬斥边地的经历,可以断定是诗人的自我抒怀。

**游仪**,生卒年不详。字伯庄,长平(今河南西华县)人。早年到过都城临安(今杭州),随即游览各处名山大川,后归隐武溪(今湖南泸溪)。

## 黄 鹤 楼

长江巨浪拍天浮,城郭相望万景收[1]。汉水北吞云梦入[2],蜀江西带洞庭流。角声交送千家月,帆影中分两岸秋。黄鹤楼高人不见,却随鹦鹉过汀洲[3]。

○注释

[1]城郭相望:指武昌、汉阳两城隔江相望。[2]"汉水"句:谓众多湖泊的水汇入汉江。[3]汀洲:此处指鹦鹉洲。

○评析

该诗写得气势干云,境界阔大。汉水北吞云梦,长江西带洞庭,在江城掀起拍天巨浪。江中吴船蜀筏上下来往,两岸城郭矗立,生息着十万人家,还有角声月影、鹤楼汀洲,都在诗人的大手笔下浑然一体。该诗作于南宋初年,在高宗绍兴年间脍炙人口,有人书之于南楼,后又为之刻石立碑,誉为"宋诗绝唱"。

**李纲**（1083—1140），字伯纪，号梁溪先生，邵武（今属福建）人。宋徽宗政和二年（1112）进士，北宋末任太常少卿。靖康元年（1126），以尚书右丞任亲征行营使，击退金兵。后为南宋首任宰相，与赵鼎、李光、胡铨合称"南宋四名臣"。为抗金志士，后来的著名将领如宗泽、韩世忠等都在其麾下成名，谥忠定。能诗词，风格沉雄劲健。有《梁溪集》一百八十卷。

## 自鄂渚移居澧阳

萍漂梗泛又迁居[1]，叹息谋身术已疏[2]。愿访湘妃遗佩浦[3]，试追汉傅吊累书[4]。干戈满眼伤群盗，松梓连云念故庐。泽畔行吟觉憔悴[5]，前身疑是楚三闾[6]。

〇题解

此诗作于南宋高宗建炎二年（1128）。此前一年，李纲贬官从常州来湖北，取道崇阳到武昌。途中得到朝廷新规定，"谪降官不许同处一州"，李纲被指定移居澧阳，于是有感而作此诗。澧阳在今湖南澧县。

〇注释

[1]萍漂梗泛：形容自己像水上浮萍和细木，居处难定。又迁居：又遭流徙。[2]"叹息"句：感叹不会为自身考虑。[3]湘妃遗佩浦：《楚辞·九歌·湘君》："捐余玦兮江中，遗余佩兮澧浦。"[4]汉傅：汉长沙王太傅贾谊，有《吊屈原赋》。[5]泽畔行吟：《楚辞·渔父》："屈原既放，游于江潭，行吟泽畔，颜色憔悴。"[6]"前身"句：难道我是屈原转世？不然怎么同样屡遭贬谪？

〇评析

李纲一生的理想是"安宗社，保生灵"（《奏陈利害札子》），而且"勇于报国，锐于用兵"（《靖康要录》卷九），故遭到小人诬陷，以致屡遭贬谪。但是他没有屈从，反而以节义自勉。"愿访湘妃遗佩浦"，就是要以屈原为榜样；"试追汉傅吊累书"，就是要效法贾谊。虽然干戈满眼、群盗纵横，令人不觉产生息隐故园之想，但最后李纲还是坚定地表示要像屈原那样以身报国。李纲多数诗文"雄深雅健，磊落光明"，该诗也是伤而不悲，"虽九死其犹未悔"。

**岳飞**（1103—1142），字鹏举，相州汤阴县（今河南汤阴）人，抗金名将，位列南宋"中兴四将"之首。宋、金议和中，岳飞遭秦桧、张俊等人诬陷，以"莫须有"罪名被杀害。孝宗时岳飞冤狱获平反，改葬于杭州西湖畔。追谥"武穆"，又追谥"忠武"，追封鄂王。他的不朽词作《满江红·怒发冲冠》，是千古传诵的爱国名篇。

## 满江红　登黄鹤楼有感

遥望中原，荒烟外，许多城郭。想当年，花遮柳护，凤楼龙阁。万岁山前珠翠绕，蓬壶殿里笙歌作[1]。到而今，铁骑满郊畿，风尘恶。　　兵安在？膏锋锷[2]。民安在？填沟壑[3]。叹江山如故，千村寥落。何日请缨提锐旅，一鞭直渡清河洛[4]。却归来，再续汉阳游，骑黄鹤[5]。

○题解

这首词写于南宋高宗绍兴四年（1134），当时岳飞屯兵鄂州（今湖北武昌），请缨出兵收复襄阳六州。出兵前夕，岳飞到黄鹤楼登高，北望中原，心潮起伏，浮想联翩，写下此词。

○注释

[1]万岁山、蓬壶殿：宋徽宗时在汴京（开封）西北构筑的土山苑囿、亭台宫殿。现开辟为万岁山风景区。[2]膏锋锷：谓血肉裹住了刀矛箭头，意即将士们伤亡很多。[3]填沟壑：（老百姓）死在山里路边。[4]一鞭直渡：部队快速行动，渡过江河。河洛：此处泛指被金兵占领的广大北方地区。[5]骑黄鹤：重登黄鹤楼。

○评析

这是一首壮怀激烈的抒情感怀词。作者运用对比的手法，描述当年京城繁花似锦、歌舞升平的盛世景象，转瞬间变成敌骑横行、将士喋血、民死路途的惨状。最后则表达了作者请缨北伐、澄清中原后重游黄鹤楼的战斗决心和必胜信念。全词悲壮凄凉，却又豪情万丈。

**叶梦得**（1077—1148），字少蕴，自号石林居士。吴县（今属江苏苏州）人。宋哲宗绍圣四年（1097）登进士第，徽宗朝自婺州教授召为仪礼武选编修官，累迁翰林学士，出知蔡州和颍昌。南宋初杭州，复为翰林学士兼侍读，官至户部尚书、尚书左丞。绍兴十六年（1146），拜崇庆军节度使致仕。叶梦得治学广泛，著述甚多，有《石林燕语》《石林词》等。

## 闻莫尚书、周侍郎已自鄂州过江入汉上

再见狂胡力请平[1]，将军无事罢屯营[2]。传军已割淮堧地[3]，牙帐仍收鄂渚兵[4]。胜日身犹堪杖策，衰年耳自厌鸣钲[5]。角巾初了东归约[6]，安用区区岘首名[7]。

○题解

南宋高宗南渡十年后听信秦桧主张，与金国议和，绍兴十一年（1141）罢三宣抚司，收韩世忠、岳飞兵权，并杀害岳飞。年底，宋朝与金国议定宋、金以淮河为分界线，随即派遣代理尚书莫将、刑部侍郎周聿充任京西路分画地界官，从鄂州走汉水前往鄂北豫南。

○注释

[1]狂胡：指金人。力请平：极力要求议和。此句美化朝廷，把宋高宗、秦桧主和说成金人力请议和。[2]"将军"句：绍兴十一年（1141）四月，宋高宗、秦桧罢三宣抚司，收韩世忠、岳飞兵权。[3]"传军"句：绍兴十一年（1141）十二月，宋、金以淮河为分界线。堧，河边的空地。[4]"牙帐"句：岳飞的岳家军曾驻扎在鄂州（今武昌），绍兴十一年（1141）岳飞被冤杀后，朝廷遂收编其军。[5]"胜日""衰年"二句：谓自己年岁尚富时还能为国事奔走，此时年高耳聋，怕听战

鼓声。[6]角巾：方巾，有棱角的头巾，为古代隐士冠饰。东归：指回故乡。因汉唐皆都长安，中原、江南人士辞京返里多言东归。[7]岘首：山名，即湖北襄阳的岘山。晋羊祜任襄阳太守，有政绩。后人以其常游岘山，故于岘山立碑纪念，称"岘山碑"。此句表明作者想退隐，不再以功名为念。

○评析

该诗前四句纪实，客观上反映了高宗南渡之后委曲求和、自毁长城的屈辱行径，也间接地体现了原本主战的作者惋惜而又无可奈何的态度。后四句直接抒怀，承认自己年老体衰、厌战且求归隐的打算。这种思想感情与前面岳飞的《满江红》当然不能同日而语，但在当时的历史条件下，作者的表现也可能有一定的代表性。

王十朋（1112—1171），字龟龄，号梅溪，温州乐清四都（今浙江乐清）人。宋高宗绍兴二十七年（1157）中进士第一。先授承事郎，兼王府小学教授。孝宗时任侍御史。立朝刚直，以名节闻于世。其诗"浑厚质直，恳恻条畅，如其为人"（《王梅溪文集·序》）。著有《梅溪集》及奏议等五十四卷。

## 黄 鹤 楼

云锁吕公洞，月明黄鹤楼。抱关非故卒[1]，谁见羽衣游。

○注释

[1]"抱关"句：谓守门者不是以前的老兵了。这名老兵就是苏轼"闻于冯当世"的传说中进入洞中得到黄金、最终一无所得的人。

○评析

苏轼的《李公择求黄鹤楼诗因记旧所闻于冯当世者》影响很大，以至于许多年后，南宋状元诗人王十朋又拿着苏诗故地重游。这首诗和苏诗"黄鹤楼前月满川，抱关老卒饥不眠。夜闻三人笑语言，羽衣着屐响空山"之间形成互文。此诗名气的得来，一半就是借着苏诗的风行。历史和现实、传说与实境在这首小诗中交错变化，而诗意和感慨总会在诗人和读者中产生共鸣。

## 南 楼

江汉西来于此会，朝宗东去不须分。银涛遥带岷峨雪[1]，烟渚高连巫峡云。鹦鹉洲悲狂处士，蛟龙池化故将军[2]。登临长愿如今日,尘静元规楚不氛[3]。

○注释

[1]银涛:银白色的波涛。此处指江水。[2]故将军:指刘备。[3]尘静:尘土不扬,喻国家安定。元规:东晋名将庾亮,字元规。此处提到庾亮是因其曾在鄂州南楼与人谈笑。不氛:"氛"本指凶气,此以"不氛"指楚地能享太平。

○评析

王十朋所作诗大多是爱国忧民之作。此诗首联或稍显平淡,颔联则对仗工整,联想丰富,因江汉之银涛、烟渚而想起上游的岷峨与巫峡,可称奇远。颈联写与江汉之地有关的历史人物,暗含褒贬。末联有忧国之思,显其本色。

**张孝祥**(1132—1170),字安国,号于湖居士,历阳乌江(今安徽和县)人,宋高宗绍兴二十四年(1154)中状元,授承事郎、签书镇东军节度判官。历任秘书郎、著作郎、中书舍人等职。乾道五年(1169)以显谟阁直学士致仕。诗文、书法俱佳,尤工词,风格宏伟豪放。有《于湖居士文集》。

## 压 云 亭

登临多好处[1],第一压云亭[2]。水作高低白,山分远近青[3]。人家半烟树,客柁满春汀[4]。剩欲留连晚[5],归时更摘星。

○题解

压云亭在黄鹄山顶。宋王象之《舆地纪胜》卷六十六记载:"压云亭,在黄鹄山椒,隶统制司,又有雅歌堂。"山椒即山巅,以其高入云中而称之压云。

○注释

[1]多好处:有很多好处所。[2]"第一"句:为"压云亭第一"的倒置。[3]"水作""山分"二句:白色的水有高有低,青色的山有远有近。作,呈现。[4]柁:同"舵",此处代指船。[5]剩欲:颇想;犹欲。

○评析

张孝祥的写景诗往往明快中见工巧。此诗颔联以"白""青"二字,将江城水国的色彩作了凝练概括。颈联"半""满"的运用也准确而巧妙,本地人家大多隐于烟雾缭绕的丛林间,而不远处却可以看到客船泊满了江边,画面多姿多彩,生动形象,引人入胜。末联更是突发奇想,竟然想在压云亭停留至夜间以便摘取天上的星辰,又以此来暗喻此亭之高,可谓奇笔。

**范成大**（1126—1193），字致能，一字幼元，早年自号此山居士，晚号石湖居士。平江府吴县（今江苏苏州）人。宋高宗绍兴二十四年（1154）中进士，任著作郎、吏部侍郎。曾出使金国，不辱使命，归来任中书舍人。官至参知政事，进资政殿学士，加大学士。晚年退居石湖。与杨万里、陆游、尤袤合称南宋"中兴四大诗人"。有《石湖居士诗集》《石湖词》《吴船录》等。

## 鄂州南楼

谁将玉笛弄中秋，黄鹤飞来识旧游。汉树有情横北渚[1]，蜀江无语抱南楼[2]。烛天灯火三更市，摇月旌旗万里舟。却笑鲈乡垂钓手[3]，武昌鱼好便淹留[4]。

○题解

该诗作于南宋孝宗淳熙四年（1177）中秋节。

○注释

[1] 汉树：汉阳的云树。[2] 蜀江：长江。以其上游流过巴蜀而来。[3] 鲈乡垂钓手：典出西晋张翰，其因思念故乡吴中（今苏州）的莼羹、鲈鱼脍，从京城长安辞官回家。范成大也是吴中人，故自称"鲈乡垂钓手"。[4]"武昌"句：谓因为武昌鱼味美而在鄂州长时停留。

○评析

诗人在中秋节月夜登临蛇山南楼，目眺汉阳云树，可见江水平流，灯火映天，舟中旌旗晃月，自然记起李白、崔颢的著名诗句，信手拈来化用于诗。末二句更联想到故乡前贤因爱家乡风味而急忙辞官的趣事，但反其意而用。全诗反映了诗人此时轻松愉快的心绪，因而给人以温馨雅致之感。

## 水调歌头　细数十年事

细数十年事，十处过中秋[1]。今年新梦，忽到黄鹤旧山头。老子个中不浅[2]，此会天教重见，今古一南楼。星汉淡无色，玉镜独空浮[3]。　　敛秦烟，收楚雾，熨江流。关河离合、南北依旧照清愁。想见姮娥冷眼，应笑归来霜鬓，空敝黑貂裘[4]。酾酒问蟾兔[5]，肯去伴沧洲？

○题解

宋孝宗淳熙四年（1177）五月，范成大自四川制置使召还，取水路东下。八月十四日至鄂州（今湖北武昌），十五日晚赴知州刘邦翰设于黄鹄山南楼上的赏月宴会。是夜，"天无纤云，月色奇甚，江面如练，空水吞吐"（范成大《吴船录》）。其平生所遇中秋月色，此夕最为动人。这首当时即被传诵的《水调歌头》，就是在如此雅兴中写成的。

○注释

[1]"细数""十处"二句：范成大《吴船录》曰："向在桂林时，默数九年之间，九处见中秋，其间相去或万里，不胜漂泊之叹，尝作一赋以自广。及徙成都，两秋皆略见月。十二年间，十处见中秋。"[2]"老子"句：传东晋庾亮登南楼赏月，其下属皆欲走避之。亮曰："诸君少住，老子于此处兴复不浅。"因据胡床与众咏谑。事见《世说新语·容止》。[3]玉镜：指中秋之月。[4]"空敝"句：《战国策·秦策》记苏秦始将连横说秦王，书十上而说不行，"黑貂之裘敝，黄金百斤尽，资用乏绝，去秦而归"。此句说自己多年来为国事奔走，不知不觉年岁已大，衣服都破旧了。[5]蟾兔：代指月亮。

○评析

　　明月是诱发词人诗兴最重要的触媒。全词以月为线索,上阕实写,交代赏月之时间、地点、因缘和月色之奇;下阕宕开笔墨,展开联想与想象,抒发家国离合之痛、身世漂泊之感和归隐沧洲之愿,但句句皆与"月"字相关合。全词境界开阔,风格飘逸,语言如弹丸,流利自如,写景抒情,笔端多变化,是一首成功的中秋赏月词。

**陆游**（1125—1210），字务观，号放翁，山阴（今浙江绍兴）人。宋孝宗时，赐进士出身，曾官礼部郎中。为中国古代存诗最多的诗人，自言"六十年间万首诗"，现存诗9300余首。其诗风格雄奇奔放，沉郁悲壮，洋溢着强烈的爱国主义情怀。有《渭南文集》《剑南诗稿》《放翁词》等。

## 黄 鹤 楼

手把仙人绿玉枝[1]，吾行忽及早秋期。苍龙阙角归何晚[2]，黄鹤楼中醉不知。江汉交流波渺渺，晋唐遗迹草离离[3]。平生最喜听长笛，裂石穿云何处吹？

○注释

[1]绿玉枝：即绿玉杖，用美玉制成的手杖。[2]苍龙阙：苍龙，二十八宿的东方七宿。此处代指南宋都城临安，因临安在武昌之东，故云苍龙。[3]晋唐：晋代、唐代。此处泛指往古岁月。

○评析

宋孝宗淳熙五年（1178），陆游奉诏自成都还都城临安觐见。这对于一直在期盼机遇的陆游来说，无疑是极为难得的，从"手把仙人绿玉枝"句即可看出其欣喜的心情。但岁月不饶人，毕竟诗人已经五十四岁了，岁月在等待中悄悄流失，所以他又深深叹息道："归何晚！"初夏时节，他自蜀中经过武汉，悲欣交集，在黄鹤楼大醉一场，其中除了个人的身世遭际之外，也寄托了历史兴亡的深深感慨。

# 南　楼

十年不把武昌酒[1]，此日阑边感慨深[2]。舟楫纷纷南复北[3]，山川莽莽古犹今[4]。登临壮士兴怀地，忠义孤臣许国心[5]。倚杖黯然斜照晚[6]，秦吴万里人长吟[7]。

○题解

南宋孝宗乾道六年（1170），陆游从家乡赴四川夔州上任，八月经过鄂州时"集于南楼"。他在《入蜀记》卷五中记曰："（南楼）在仪门之南石城上，一曰黄鹤山，制度闳伟，登望尤胜。鄂州楼观为多，而此独得江山之要会，山谷（黄庭坚）所谓'江东湖北行图画，鄂州南楼天下无'是也。"八年之后的孝宗淳熙五年（1178），陆游从四川东归，再次经过武昌，旧地重游时写下此诗。

○注释

[1]"十年"句：谓距离上次入蜀途中在武昌饮酒转眼快十年了。十年是约数，实际上是八年多。[2]"此日"句：谓手扶栏杆，因时光匆匆而感慨良多。[3]"舟楫"句：描写船只南来北往。长江从西往东流，为何不说船只西上东下，而说南来北往？因为作者此句之意不在写商贸往来，而是暗指此时宋金议和，南北使者往来交涉。[4]"山川"句：谓山河古今依旧。[5]"登临""忠义"二句：意谓武昌历来是壮士抒发豪兴、志士仁人决心报国的地方。[6]倚杖：诗人在同时写的《黄鹤楼》诗中有"手把仙人绿玉枝"句，即扶着美玉做成的手杖。[7]秦吴万里：秦吴两地相隔万里之遥。秦指陕西，陆游在蜀八年多，曾因公事到过川陕边界之地。吴，指诗人将归去的江东。

○评析

　　宋孝宗乾道六年（1170），四十五岁的陆游首次游武昌并登南楼。当时孝宗登基不久，想有所作为，正为收复中原而积极备战。当时陆游正当盛年，锐意进取，故登楼想到的多是前人的豪迈乐观之作。而此次出川东返时，诗人已经老了近十岁，孝宗也因投降势力的包围和影响，不断派出使者与金人议和，故诗人禁不住悲观失望。如果说"舟楫纷纷南复北，山川莽莽古犹今"还只是慨叹，那么"登临壮士兴怀地，忠义孤臣许国心"终究还是在勉力呼喊。末句的"秦吴万里人长吟"，表明诗人始终不放弃收复失地的家国情怀。

# 旅次有赠

　　黄鹤楼前逢剑客，青衣江口见诗人[1]。天涯莫起漂零感，物外终为自在身。买马求船虽少日[2]，阻风中酒动兼旬[3]。中原早晚胡尘静[4]，缑月嵩云要卜邻[5]。

○注释

　　[1]"黄鹤""青衣"二句：作者因公务在四川多年，往返必经武昌，故以黄鹤楼、青衣江代指两地。剑客、诗人，都是旅途中遇到的友人。[2]买马求船：有时骑马，有时乘船，形容旅途劳顿。[3]中酒：醉酒。动兼旬：经常一连多日。[4]胡尘：胡人兵马扬起的沙尘，喻胡兵的凶焰。[5]缑：指缑氏山，在今河南偃师。用作修道成仙之典。嵩：指嵩山，在河南登封北，为五岳之中岳。卜邻：选择邻居。末二句谓等中原恢复了，大家一起到缑氏山或嵩山做邻居，过神仙般的日子。

○评析

陆游的作品中始终贯穿着炽热的爱国主义精神，这首诗歌也是一样。"中原早晚胡尘静"即对收复北方金人占领区有坚定信心，这既是宽慰与他志同道合的友人，也是激励执着追求的自己。从艺术手法上看，这首诗前三联皆对仗，尤其是首句"黄鹤楼"与"青衣江"对仗天然工稳，显示了很好的语言技巧。所以该诗比起广为人知的《示儿》诗的直白，更富于艺术性。

# 夏夜对月

薄云归欲尽，残雨久犹滴。月入疏林间，庭户粲珠璧[1]。梅天苦蒸郁，爽气始此夕。岂无一舴艋，放浪江天碧[2]。散发黄鹤楼，醉弄白玉笛。真当舞鱼龙[3]，讵止裂金石。

○注释

[1]"薄云""残雨""月入""庭户"四句：写云散雨收，月光照进树林，庭院珠光璀璨。[2]"放浪"句：享受江天一碧如洗的美景。[3]舞鱼龙：江中水族闻声起舞。

○评析

这是陆游诗中难得的一首轻松愉快之作。在闷热的黄梅雨季，突然一夜云散雨收，明月在天，凉风拂地，此时散发弄舟于水上，远眺宛如仙境中的黄鹤楼，身畔回响着传诵千年的笛声，这笛声何止穿金裂石，连江潮中的水族也为之欣然起舞。作者的愉悦之情通过该诗得到了完满表达。

**项安世**（1129—1208），字平父，号平庵。其先括苍（今浙江丽水）人，后家江陵（今属湖北荆州）。宋孝宗淳熙二年（1175）进士，宁宗开禧二年（1206）起知鄂州，迁户部员外郎、湖广总领。后官至太府卿。项安世于《左传》《周易》诸经皆有见解，著有《周易玩辞》十六卷、《项氏家说》《平庵悔稿》等。

## 重过鄂州

南柯梦散不知年，东海骑鲸作醉仙。我自偶经前赤壁，谁言曾倚旧青毡[1]。辕门甲马三更发[2]，古寺钟鱼一夏眠[3]。惭愧白棠花下叟[4]，当时刍狗尚流传[5]。

○注释

[1]旧青毡：《太平御览》卷七〇八引晋裴启《语林》："王子敬在斋中卧，偷人取物，一室之内略尽。子敬卧而不动，偷遂登榻，欲有所觅。子敬因呼曰：'石染青毡是我家旧物，可特置否？'于是群偷置物惊走。"后遂以"青毡故物"泛指仕宦人家的传世之物或旧业。[2]辕门甲马：泛指军旅生活。[3]钟鱼：寺院撞钟之木。因制成鲸鱼形，故称。亦借指钟、钟声。[4]白棠花下叟：指诗人自己。[5]刍狗：古代祭祀时用草扎成的狗。后因用以比喻微贱无用的事物或言论。

○评析

诗人做过鄂州知府，此次重回故地，往事犹如梦中。他向往自由自在读书饮酒的生活，而战乱不歇只能过着"倚马辕门，三更必发"的军旅生活。末二句的"惭愧"二字不可忽视，由此可断这两句是指自己当年解德安之围的事情还在流传。该诗多用对比和转折，灵动活泼。

**陈谦**（1144—1216），字益之，号水云，浙江永嘉（今浙江温州）人。宋孝宗乾道八年（1172）进士。曾通判江州，知常州，提举湖北常平，官至宝谟阁待制。

## 鄂州南楼

折羽沉弦思杳茫[1]，南楼依旧倚斜阳。江湖草树不相识[2]，吴蜀舟车只自忙[3]。万里秋声惊客枕，一天凉月浸胡床[4]。古今多少英雄恨，认取江南旧武昌。

○注释

[1]折羽沉弦：折箭埋弓。羽、弦分别代指箭与弓。此句暗含作战不利的意思。[2]江湖：与下句"吴蜀"相对，指江西湖广等地。草树不相识：形容人地生疏。[3]"吴蜀"句：江夏之地为吴蜀交会之处，但人们各走各的路。[4]"万里""一天"二句："万里秋声""浸胡床"等语，虽为景语，实际又暗含金兵压境时的忧虑之感。

○评析

这是一首登临抒怀诗。诗中有与楼相伴的夕阳、江中湖边的水草树木、行役的舟车、满布夜空的月光，这些或阔大、或优美的景物描写，给人留下深刻的印象。《宋史·陈谦传》载：开禧二年（1206），宋兵北伐失败，金人率大军南下，"金兵深入，陷应城，楚汉川，汉阳空城走，武昌震惧。谦以宝谟阁待制副宣抚，即日置司北岸，命土豪赵观覆之中流，士马溺死甚众。余兵皆返走。未几，夺职，罢。后复知江州"。陈谦此诗或作于此危难之际。诗中对南楼附近景物的描写，充满着对大好河山的留恋，而"古今多少英雄恨，认取江南旧武昌"则饱含着对当时形势的担忧。

**袁说友**（1140—1204），字起岩，号东塘居士，建安（今福建建瓯）人，南宋著名学者、诗人。宋孝宗隆兴元年（1163）进士，嘉泰年间官至参知政事。留心典籍，主持修撰《成都文类》等重要地方文献。有《东塘集》。

## 同鄂州都统制司登压云亭

一带城头四望全[1]，压云亭上更无边。手攀北斗轻飞肉[2]，目盼南楼仅及肩[3]。城郭千年高复下，江湖万里后还先。平生颇负昂霄志，便欲乘风送上天。

○题解

都统制司，官署名。南宋时都统制为各支屯驻大军的统帅，其官署称为都统制司。此处以机构名称代替人名。

○注释

[1]"一带"句：谓在压云亭上可以俯瞰武昌城所有城楼。[2]飞肉：飞禽。[3]"目盼"句：谓南楼也只有压云亭的"肩膀"那么高。这里把楼、亭都拟人化了。

○评析

此诗登临抒怀，颇具气势。诗中用了四句写压云亭之高，甚至认为其超过了气势雄伟的南楼，其中暗含超越前贤之意。颈联亦客观地显示了事物变化、后来居上的客观存在。末二句直抒胸臆，颇有踌躇满志之意。

## 游武昌东湖

只说西湖在帝都[1],武昌新又说东湖。一围烟浪六十里,几队寒鸥千百雏。野木迢迢遮去雁,渔舟点点映飞乌[2]。如何不作钱塘景[3],要与江城作画图。

○题解

东湖,指今武昌的沙湖,以风景秀美而著称。

○注释

[1]帝都:指南宋都城临安(今杭州)。[2]飞乌:又名金乌、三足乌、踆乌等,指太阳。[3]钱塘:钱塘江,此处代指杭州。

○评析

此诗为较早吟咏武昌沙湖的作品。中间二联写景如画,将湖面之广阔与湖上飞鸟之繁多、丛林之茂密与渔舟之闲适,以对仗形式表现出来。从诗中不难看出,南宋时的沙湖尚未开发经营,少人文景观而多野趣。且该诗首将沙湖称为东湖,并将其与杭州的西湖加以比较,并在末二句有誉美东湖之意,手法别致。

**辛弃疾**（1140—1207），字幼安，自号稼轩居士，山东东路济南府历城县（今济南市历城区）人。金兵占据中原时，辛弃疾投入山东义兵抗金，高宗绍兴三十二年（1162）归南宋，历任承务郎、天平节度掌书记、建康府通判等职，后更任过湖北、湖南、江西、两浙东路等处安抚使。一生以恢复为志，整军经武，廉政爱民。擅长填词，时人称之为"词中之龙"。其词艺术风格多样，沉雄豪迈又不乏细腻柔媚。有《稼轩长短句》等传世。

## 水调歌头　折尽武昌柳

折尽武昌柳[1]，挂席上潇湘[2]。二年鱼鸟江上，笑我往来忙[3]。富贵何时休问[4]，离别中年堪恨，憔悴鬓成霜，丝竹陶写耳[5]，急羽且飞觞。　　序兰亭，歌赤壁，绣衣香[6]。使君千骑鼓吹，风采汉侯王。莫把离歌频唱，可惜南楼佳处[7]，风月已凄凉。在家贫亦好，此语试平章[8]。

○题解

该词题下有小序："淳熙己亥，自湖北漕移湖南，周总领、王漕、赵守置酒南楼，席上留别。"淳熙己亥，南宋孝宗淳熙六年（1179），是年作者从湖北转运副使调任湖南转运副使。湖北总领周嗣武、转运判官王正之，鄂州知州赵善括等人在南楼设宴为作者饯别，辛弃疾即席写下此词。

○注释

[1]"折尽"句：古人有折柳赠别的习俗。[2]挂席：升起船帆。[3]"二年""笑我"二句：诗人两年前调来湖北，担任过江陵知府兼湖北安抚使，又任转运副使，江上鱼鸟都笑他忙碌。[4]"富贵"句：谓没有空闲享乐。[5]丝竹陶写：语出《世说新语·言语》："谢太傅语

王右军曰：'中年伤于哀乐，与亲友别，辄作数日恶。'王曰：'年在桑榆，自然至此，正赖丝竹陶写。'"陶写，怡情乐性。[6]绣衣：汉武帝时置绣衣直指官，衣绣持斧，分部逐捕盗贼。宋代各路之提点刑狱使即类此官。此句指当时在座的人。[7]"莫把""可惜"二句：不要多说离别的苦楚，辜负了南楼风月。[8]平章：辨别、评议。"此语试平章"是"试平章此语"的倒置，意谓不妨请各位谈谈对"在家贫亦好"的看法。

○评析

这是一首饯别之作。离情别意之中，又夹杂着一分宦游的疲惫、一分年华老大的伤悲和一分浓浓的乡思。丝竹声的喧嚣，并不能掩盖词人内心深处的凄凉。词的上阕，离中叙悲，悲中寻乐，实则强乐而更悲。下阕回味往昔共游的欢乐，又以劝慰的口吻，想象人去楼空、风流不在的凄凉。回环往复式的抒情结构，恰与词人离宴上特定而复杂的心理变化相应。

## 摸鱼儿　更能消几番风雨

更能消、几番风雨，匆匆春又归去。惜春长怕花开早，何况落红无数。春且住，见说道、天涯芳草无归路。怨春不语。算只有殷勤，画檐蛛网，尽日惹飞絮[1]。　长门事，准拟佳期又误。蛾眉曾有人妒。千金纵买相如赋，脉脉此情谁诉[2]？君莫舞，君不见、玉环飞燕皆尘土。闲愁最苦。休去倚危栏，斜阳正在，烟柳断肠处[3]。

○题解

该词题下有小序:"淳熙己亥,自湖北漕移湖南,同官王正之置酒小山亭,为赋。"可知此词与前之《水调歌头》之作几乎同时,不过此次为诗人设宴者只有同僚王正之,地点则在黄鹤山脚的小山亭。

○注释

[1]算:料想;推测。殷勤:一再,反复。此三句表面实写精美的建筑上尽是蛛网尘絮,实质是暗喻政局不明。[2]"长门""准拟""蛾眉""千金""脉脉"五句:用汉武帝陈皇后典。司马相如《长门赋序》曰:"孝武皇帝陈皇后时得幸,颇妒,别在长门宫,愁闷悲思。闻蜀郡成都司马相如天下工为文,奉黄金百斤,为相如、文君取酒,因于解悲愁之辞。而相如为文以悟主上,陈皇后复得亲幸。"实际上,陈皇后并没有再次得到汉武帝的宠幸,故词中说一定有妒者从中作梗,致使她痴情无处可诉。长门,汉代宫名。[3]"斜阳""烟柳"二句:既写实,又抒发内心苦闷。

○评析

辛弃疾以其雄壮奔放的词风为后人所熟知,而这首词则显示了辛词的另一面。象征手法的运用是此词最显著的特色。上阕明为惜春而实为感伤国事,下阕以陈皇后故事寄托遭人构陷的愤怒,都具有言在此而意在彼的效果,使全词情感显得深沉而厚重。辛弃疾之所以采用这样的写法,除艺术上的考虑之外,也有其情不得已的现实原因。鉴于国事和自身的遭际,他都不能放言无忌、直抒胸臆,而只能以这样一种百转千回的方式表达出来。

**刘过**（1154—1206），字改之，号龙洲道人。吉州太和（今江西泰和）人。四举不第，流落江湖，布衣终身。曾为陆游、辛弃疾等所称赏，亦与陈亮、岳珂友善。其词多抒写抗金抱负，风格狂逸豪放，与辛弃疾词相近。有《龙洲集》《龙洲词》。

## 糖多令　芦叶满汀洲

芦叶满汀洲。寒沙带浅流[1]。二十年、重过南楼。柳下系舟犹未稳[2]，能几日、又中秋。　　黄鹤断矶头[3]。故人今在不。旧江山、浑是新愁。欲买桂花同载酒，终不是、少年游。

○题解

该词题下有小序："安远楼小集，侑觞歌板之姬黄其姓者，乞词于龙洲道人，为赋此《唐多令》。同柳阜之、刘去非、石民瞻、周嘉仲、陈孟参、孟容。时八月五日也。"安远楼，即南楼，在宋代武昌城南，孝宗淳熙十三年丙午（1186）冬落成。王象之《舆地纪胜》卷六六载："孟宗宅，在城南一里，今安远楼其故基也，旧为灵竹寺，即泣竹之所也。"祝穆《方舆胜览》卷二八亦云："灵竹院……本孟宗泣竹之所，天圣中孙晟有记，今安远楼即其故基。"刘过参加的这次小集并非安远楼落成的那次，而是一年或几年后的八月五日。侑觞，劝酒。"糖多令"即"唐多令"，本为僻调，少有能填者。自刘过此词出，和者如林，此调遂显。刘辰翁即追和七阕，周密则因其有"重过南楼"语，为更名曰"南楼令"，可见其影响之大。

○注释

[1]"寒沙"句：谓沙洲边的水清而且浅。[2]"柳下"句：谓自

已到这里还没多久。[3]黄鹤断矶:黄鹤矶,又名黄鹄矶,在今湖北省武汉市。

○评析

此词豪放婉转,有稼轩之神韵。起首两句写景,"二十年"一句点时,极显今昔之感。"柳下"三句,申言时光之速。"犹未"与"又"呼应,尤觉委婉。下阕追忆故人不在,"旧江山、浑是新愁",从虚处落笔,而含蕴不尽。本有旧愁,是一层;添了新愁,是一层;愁到了"浑是"之程度,极言分量之重,又是一层。结语欲自解而不能解,读之有无穷哀感。

# 忆鄂渚

我离鄂渚已十年,吴儿越女空华鲜。不如上游古形势,四十余万兵筹边[1]。中原地与荆襄近[2],烈士烈兮猛士猛。泽连云梦寒打围[3],城接武昌晓排阵。书生岂无一策奇,叩阍击鼓天不知[4]。却思仙人白玉笛,胡床醉倚南楼吹[5]。貂蝉兜鍪两岑寂[6],若耶溪傍还作客[7]。空余黄鹤旧题诗,醉笔颠狂惊李白[8]。

○注释

[1]筹边:筹划边境的事务。[2]荆襄:荆州、襄阳一带。当时中原地区为金人占领,荆襄为南宋与金国的边界之地。[3]打围:包围。[4]阍:皇宫之门。天不知:谓自己的建议无法上达朝廷。[5]"却思""胡床"二句:说自己报国无门,只能在南楼饮酒吹笛。[6]兜鍪:古代战士戴的头盔,秦汉以前称胄,后称兜鍪。"貂蝉""兜鍪"分别代指美女和勇士。[7]若耶溪:溪名。出浙江绍兴若耶山,北流入运河。相传为

西施浣纱之所。作者是江西泰和人，此时流落在绍兴，当然是"客"。

[8]"空余""醉笔"二句：谓十年过去，对鄂渚的记忆只剩下崔颢和李白在黄鹤楼题诗的故事了。

○评析

此诗当为刘过暮年所作。诗中前八句将吴越之地的闲适安逸与荆襄之地一直存在的紧张局势作对比，"不如"二句更道出当时剑拔弩张的战争气氛。对吴儿越女衣饰华鲜的讽刺，道出了这位主战派诗人的心声。后八句抒发自己报国无门的愤慨心情，"叩阍击鼓天不知""胡床醉倚南楼吹""若耶溪傍还作客"，所反映出来的作者的无奈与自责之意，清晰可见。

**姜夔**（约1155—1209），字尧章，别号白石道人，饶州鄱阳（今属江西）人。南宋著名词人，其诗属江湖诗派。少年孤贫，屡试不第，一生未仕，转徙江湖。早有文名，颇受萧德藻、杨万里、范成大、陆游、辛弃疾等人推赏，以清客身份与张镃等名公巨卿往来。工诗词、精音律、善书法，对词的造诣尤深，别开清空骚雅一派。著有《白石道人歌曲》《白石道人诗集》等。

# 春日书怀（四首选一）

武昌十万家，落日紫烟低[1]。亭亭头陀塔[2]，高处白鸟栖。白鸟忽飞去，春山空四围。南楼有佳人[3]，再召且再辞。闭门课文事，撄物深天机[4]。斯人不可致，白鸟会来归[5]。

○注释

[1]"落日"句：指黄昏时炊烟不散。[2]头陀塔：头陀寺中的佛塔。[3]佳人：美人。此处喻指不为名利所动的清高之士，实暗指诗人自己。[4]"闭门""撄物"二句：谓因为闭门潜心文章之事，不为外物所惑，故能通达灵性。撄物，撄宁于物。撄宁是道家所追求的一种修养境界，指心神宁静，不被外界事物所扰。[5]"斯人""白鸟"二句：谓自然界的白鸟飞去又可能飞回，而深悟天机的人却不会招之即来。

○评析

姜夔《春日抒怀》共有四首，今选其一。姜夔为人清奇高傲，不汲汲于功名，兼之文采出众，素为当时名流所推重。此诗开篇写景宏阔，从大处着眼，描绘落日映照之下，人口繁庶、炊烟处处的景象；接着刻画头陀寺中高耸的寺塔、塔尖上栖息的白鸟。当白鸟飞去时，周遭的春山变得寂静。后六句写一位屡受征召而屡次婉拒的清高之士：每日闭门读书作文，不为名利所惑，以彻悟天机为乐，这多少带有夫子自道之意。

## 翠楼吟　月冷龙沙

月冷龙沙[1]，尘清虎落[2]，今年汉酺初赐[3]。新翻胡部曲[4]，听毡幕、元戎歌吹[5]。层楼高峙。看槛曲萦红，檐牙飞翠。人姝丽。粉香吹下，夜寒风细。　　此地。宜有词仙，拥素云黄鹤，与君游戏。玉梯凝望久，叹芳草、萋萋千里。天涯情味。仗酒祓清愁[6]，花销英气。西山外。晚来还卷，一帘秋霁[7]。

○题解

该词题下有小序："淳熙丙午冬，武昌安远楼成。与刘去非诸友落之，度曲见志。予去武昌十年，故人有泊舟鹦鹉洲者，闻小姬歌此词，问之颇能道其事，还吴为予言之。兴怀昔游，且伤今之离索也。"序文写于作词十年之后。安远楼，在武昌城南孟宗宅故址，孟宗宅改建为灵竹寺，至此又改建为安远楼。落之，祝贺楼的落成。本词是姜夔的自度曲。词中"层楼高峙""檐牙飞翠"句，状安远楼之壮丽，词名或取于此。据姜夔自述，此词作于宋孝宗淳熙十三年（1186）安远楼落成之际。时隔十年后，仍有歌妓在传唱，可见此曲在当时流传之广。

○注释

[1]龙沙：即白龙堆，沙漠名。语出《后汉书·班超传赞》："坦步葱雪，咫尺龙沙。"后用以泛指塞外。[2]虎落：古代用以遮护城邑或营寨的篱笆。[3]"今年"句：指南宋朝廷恩赐群臣，欢宴聚饮。汉，唐以来诗词中多借指今朝。酺，朝廷特赐的聚会饮酒。[4]胡部曲：唐

时胡地的乐曲。[5]元戎：大将；主将。[6]"天涯""仗酒"二句：谓靠饮酒解除沦落天涯的愁绪。[7]"西山""晚来""一帘"三句：傍晚时分，卷帘远眺，只见西山外一派晴朗的秋色。

○评析

该词上阕紧扣"安远"二字，实写楼之内外。将此楼命名之深义、外观之壮丽、楼中之盛况，逐层铺叙。下阕写词人多层次的、复杂的心理活动：此地宜有词仙，而竟不见，遂怅惋不已，是一层；因无词仙，愁不能释，故仗花酒以消愁，言外有中原无人之意，又是一层；末写晚晴气象，劝勉作楼者能有所为，期望备至，又是一层。三层意思前后勾连，左呼右应，用笔纵横自如，宛如游龙，甚为后人所称道。

**戴复古**（1167—1248？），字式之，号石屏、石屏居士，台州黄岩（今属浙江台州）人。南宋著名江湖派诗人。一生不仕，浪游江湖，后归家隐居。曾从陆游学诗，并推崇杜甫、陈子昂，曰："飘零忧国杜陵老，感遇伤时陈子昂。"（《论诗十绝》）诗多忧国伤时和反映民生疾苦之作。有《石屏诗集》。

## 到 鄂 渚

连宵歌舞醉东楼，不信樽前有别愁[1]。半夜月明何处笛，长江风送故人舟[2]。十年浪迹游淮甸[3]，一枕高眠到鄂州。明日拟苏堤上看[4]，当春杨柳政风流[5]。

○注释

[1]"不信"句：谓饮酒能消除离愁别绪。[2]"长江"句：谓老朋友乘坐的船在长江上顺风而行。[3]"十年"句：戴复古于三十岁左右开始游历，出游地是临安城。后来北行，来到鄂州和淮河流域靠近前线的地方，想在从军入幕一途中寻找出路，结果失望而归。淮甸，淮河流域。[4]"明日"句：谓不久还会回到杭州。[5]政：通"正"。恰好；正好。"当春杨柳政风流"是双关语，既指春天的杨柳，也指春风得意之人。

○评析

诗人游历的出发地是临安城，故诗的前四句似在写临安朋友送行的场面。临安本是销金窟，所以有连宵歌舞，诗人和朋友也以酒浇愁。从临安乘船赴鄂州，诗中说是"一枕高眠"，显然语带夸张。诗中拟想在鄂州短暂停留后，还是要返回临安。该诗的时空思维跳跃性很大，但格律精细，音节婉畅，流转如珠，颇便诵读。

## 鄂 州 南 楼

鄂州州前山顶头，上有缥缈百尺楼。大开窗户纳宇宙，高插栏干侵斗牛[1]。我疑脚踏苍龙背[2]，下瞰八方无内外。江渚鳞差十万家，淮楚荆湖一都会。西风吹尽庾公尘，秋影涵空动碧云。欲识古今兴废事，细看文简李公文[3]。

○注释

[1]斗牛：本指二十八宿中的斗宿和牛宿，此借言楼之高耸，侵入云霄。[2]"我疑"句：谓登上南楼就好像站在空中的苍龙背上，居高临下。[3]文简李公：指宋代史学家李焘（1115—1184），字仁甫，一字子真，号巽岩，眉州（今四川眉山）人。李焘于本朝典故致力尤多，曾仿司马光《资治通鉴》作《续资治通鉴长编》，是研究宋史的重要资料。卒后谥文简。

○评析

该诗前四句极写南楼胜景，用"缥缈百尺""高插栏干"言其高，用"大开窗户纳宇宙"言其大，起首便气势恢宏。中间四句先由登楼时的主观感受入手，以脚踏苍龙、下瞰八方的俯视感暗衬南楼的高耸之状，又以"江渚鳞差十万家"描绘出江城鄂州这一都会的繁盛。末四句则联想到与南楼相关的庾亮，在古今兴废的反思中，引出对历史的关注。由景入手，以怀古咏史结尾，又用"细看文简李公文"这样极为奇特的诗句收束，显示出独特的艺术魅力。

# 水调歌头　题李季允侍郎鄂州吞云楼

轮奂半天上，胜概压南楼。筹边独坐，岂欲登览快双眸。浪说胸吞云梦[1]，直把气吞残虏，西北望神州。百载一机会，人事恨悠悠[2]。　　骑黄鹤，赋鹦鹉，谩风流。岳王祠畔[3]，杨柳烟锁古今愁。整顿乾坤手段[4]，指授英雄方略，雅志若为酬[5]。杯酒不在手，双鬓恐惊秋[6]。

○题解

李季允，南宋官员，名埴，眉州丹棱（今属四川）人。南宋宁宗嘉定十四年（1221）以侍郎衔出任沿江制置副使兼知鄂州（今武昌），同年修建成吞云楼。吞云楼，不见文献记载。戴复古当年正在武昌逗留，其诗给后人留下了吞云楼的史痕。

○注释

[1]胸吞云梦：比喻气概宏阔。[2]"百载""人事"二句：因同年金兵进犯蕲黄一带而被南宋击败，一时人心大振，希望乘胜反击，收复中原，以雪前耻。此处几句皆表达这种心情。[3]岳王祠：祭祀岳飞的祠庙。南宋宁宗时，岳飞被追封为鄂王，并建立祠庙。[4]整顿乾坤：这里有收拾旧河山之意。[5]"雅志"句：高尚远大的志向如何才能实现？若为，怎能。[6]"杯酒""双鬓"二句：谓如果不能实现收复中原素志，痛饮庆功酒，人们都难免愁白双鬓。

○评析

借景、物写人，是这首词的最大特色。上阕紧扣楼的名称做文章，借其华美、壮丽与吞云的气势,来表现人"气吞残虏"的英雄气概。下阕写登楼所见之景:黄鹤山、鹦鹉洲、岳王祠。写此景致实为表现诗人的报国雄心与壮怀激烈。通观全篇,楼与人、景与情,浑然合一,既写楼之形,又传人之神。故虽是传统登楼题材,却并不落俗套。

## 鄂渚张唐卿、周嘉仲送别

武昌江头人送别,杨柳秋来不堪折。汉阳门外望南楼[1],昨日不知今日愁[2]。英雄握手新相识,人情正好成南北[3]。酒阑人散最关情[4],一雁西飞楚天碧。

○题解

戴复古一生大部分时间都在外游历,大约三十岁时外游,七十岁才回家。他在游历途中,结交了不少诗友词客,也写下了很多赠答诗,其中不少诗篇还写出了真挚的友情。此诗就是其赠答诗的代表作品,但是诗中所提张唐卿、周嘉仲的生平事迹不详。

○注释

[1]汉阳门:在武昌江边,从此处可仰望南楼和黄鹤楼。[2]"昨日"句:谓昨天还在欢聚,不会感受到今天的离愁。[3]"人情"句:谓南北分途,此时情感最浓烈。[4]关情:牵动情怀。

○评析

该诗开篇似借鉴了白居易《琵琶行》起句"浔阳江头夜送客,枫叶荻花秋瑟瑟",营造出了一种伤别的氛围。中间四句则由今日的伤别回想到昨日的欢聚。朋友南北分飞,也就把友情带到了各地,所以诗人说

"人情正好成南北"。末二句写牵动别情的最后时刻,觉得自己犹如孤雁一样飞走,孤独而伤感。全诗明白如话,又多押入声韵,短促低沉,具有声情相合的效果。

**魏了翁**（1178—1237），字华父，号鹤山，邛州蒲江（今属四川）人。南宋宁宗庆元五年（1199）进士，官至端明殿学士。谥文靖，追赠秦国公。能诗词，善属文。有《鹤山大全集》。

## 卜算子　李季允埴约登鄂州南楼即席次韵

携月上南楼，月已穿云去[1]。莫照峨眉最上峰，同在峰前住[2]。　东望极青齐，西顾穷商许[3]。酒到忧边总未知[4]，犹认胡床处[5]。

○题解

嘉定十五年（1222），魏了翁由四川潼州知府召为兵部郎中，遂由四川赴都城临安（今杭州），途经武昌时应时任沿江制置副使兼知鄂州（今武昌）的李埴之约登南楼，于是有此词作。

○注释

[1]"携月""月已"二句：说披着月光登上南楼，但之后月亮被云彩遮住了。[2]"同在"句：指两人同乡。此二句叙乡谊。[3]青齐：指青州和齐州（今济南），都在山东。商许：指商丘和许州（今许昌），都在河南。山东和河南当时仍在金国占领之下。[4]酒到忧边：喝酒时谈到忧心边界战事。总未知：不知前景如何。[5]"犹认"句：指东晋时大将军庾亮在南楼坐在胡床上赏月。

○评析

该词上阕写南楼风光变化，难免惹起两个异乡人的乡愁。下阕更放眼远望长江以北的河南、山东，想到中原大片国土仍被金人占据，因而饮酒也不能解愁。末二句更以东晋庾亮的行止,暗示南宋和东晋同样偏安一隅,强烈的家国情怀尽在不言中。

**阳枋**（1187—1267），字正父。原名昌朝，字宗骥，合州巴川（今四川铜梁）人。居字溪小龙潭之上，因号字溪。早年从朱熹门人度正游，世称"大阳先生"。宋理宗端平元年（1234）冠乡选。淳祐元年（1241）获赐同进士出身。历昌州监酒税、大宁理掾。五年（1245），改大宁监司法参军。八年（1248），为绍庆府学官。晚年以子炎卯贵，加朝奉大夫致仕。有《字溪集》十二卷。

## 鄂渚大雪

横堤疏柳啸寒风，吹起黄云一色同。鹦鹉洲边家十万[1]，晓来都在水晶宫[2]。

○注释

[1]"鹦鹉"句：鹦鹉洲在城外江边，故实际是指武昌十万人家。十万为大约数字。[2]水晶宫：此处指大雪之后银装素裹、琼玉玲珑的景象。

○评析

此诗写雪景，生动可喜。由"鹦鹉洲边家十万"句，可想象当时武昌人口的稠密，柳永《望海潮》写北宋时的杭州也不过是"参差十万人家"。末句把冰天雪地中的武昌民居作了夸张的美化。

**白玉蟾**（1194—1229？），原名葛长庚，字白叟，又字如晦，号海蟾、海琼子，生于琼州（今海南琼山），祖籍闽清（今属福建）。七岁能诗赋。父亡母嫁，弃家游海上，初至雷州，继为白氏子，遂改姓白，名玉蟾。后隐于武夷山学道。宋宁宗嘉定中，诏征赴京，馆太乙宫，封紫清明道真人，道教内丹派尊为"南五祖"之一。有《海琼玉蟾先生文集》《海琼问道集》等。

## 酹江月　武昌怀古

汉江北泻，下长淮[1]、洗尽胸中今古。楼橹横波征雁远[2]，谁见鱼龙夜舞。鹦鹉洲云，凤凰池月，付与沙头鹭。功名何处，年年惟见春絮。　　非不豪似周瑜，壮如黄祖，亦随秋风度[3]。野草闲花无限数，渺在西山南浦。黄鹤楼人，赤乌年事，江汉亭前路[4]。浮萍无据，水天几度朝暮。

○注释

[1]下长淮：注入长江、淮河。[2]楼橹：指大船。[3]随秋风度：随时光流逝。[4]"黄鹤""赤乌""江汉"三句：谓前面那些人物、事件都出现在江汉亭前的古道上。赤乌，三国吴大帝孙权的年号（238—251），其间孙权以鄂州为国都，命名"武昌"，武昌由此成为重镇。江汉亭，在武昌倅厅（州郡副职办公地）。

○评析

这是一首悲凉雄壮的怀古诗，堪与东坡《赤壁怀古》词相表里。全词层次分明，线索清楚。所见之江山、所怀之人物、所思之历史，在词中次第展开，而以人生无常的感慨统摄。功名不足恃，英雄不足恃，在永恒的宇宙面前，只留下历史的片段，让人细细回味。

# 武昌怀古十咏(十首选四)

## 南　　楼

凭暖朱栏醉已酥[1]，楼前眼缬望中疏[2]。汉阳草树看来短，淮岸渔家淡欲无[3]。薄暮鸦翻千点墨，晴空雁草数行书。多情庾亮吟魂远，风泛芦花秋满湖。

○注释

[1]凭暖朱栏：长久倚栏，红色的栏杆都暖乎乎的。酥：酒后身体发软。[2]眼缬：眼花。望中疏：所看到的一切都模模糊糊。[3]"淮岸"句：谓更远的地方几乎看不见。

○评析

此诗最大的特点在写景诗句中的炼字艺术。首句"凭暖朱栏"用一个"暖"字写凭栏已久，第二句用"疏"字形容醉眼蒙眬时看物的特点，都可谓至妙。二句未见人，但人已如在目前。后面数句中"看来短""淡欲无"，以及"鸦"翻墨、"雁"草书的描写，也均体现出诗人在刻画景物方面的匠心。此诗于醉眼迷离之际，缅怀前贤，而"风泛芦花秋满湖"的描写，似乎又勾勒出了一个暮年王朝的背影。

## 黄　鹤　楼

白云黄鹤迹成遗，何独当年丁令威[1]。洞里不知朝市改[2]，人间再到子孙非。笛声吹断秋江黯，月影飞来夜漏稀。大醉倚楼呼费祎：蓬莱山下几斜晖。

○注释

[1]丁令威:东晋陶潜《搜神后记》:"丁令威,本辽东人,学道于灵虚山。后化鹤归辽,集城门华表柱。时有少年,举弓欲射之。鹤乃飞,徘徊空中而言曰:'有鸟有鸟丁令威,去家千年今始归。城郭如故人民非,何不学仙冢累累。'遂冲上高天。"后用以比喻人世的变迁。
[2]洞里:仙人修炼之所。

○评析

道家以求仙飞升为修行目的,但白玉蟾对飞升与永恒似乎并没有抱太多的幻想,当年的丁令威也是遗人逸事。洞中修仙,人间再到,只不过惹来满怀的伤感。倒不如在黄鹤楼上大醉一番,远远地看着东方的蓬莱仙境吧。白玉蟾的生平到了他三十六岁时就没有了记载,有人说他归隐了,有人说他死去了,即使成仙了,也还是消失在历史的尘埃中不可考索,只有他的诗文留在人间。

## 江 汉 亭

西风黄叶满秋城,水鸟飞无沙碛腥。淮浪白如头似白[1],沔山青与眼俱青[2]。何人得见莲花女?此地空余江汉亭。一自郑生双佩断[3],幽情渺在蓼花汀[4]。

○注释

[1]淮浪:此指汉水。[2]沔山:指龟山。[3]郑生双佩:郑生指郑交甫,传为周朝人。西汉刘向《列仙传·江妃二女》记载:"(江妃二女)出游于江汉之湄,逢郑交甫。(交甫)见而悦之,不知其神人也。谓其仆曰:我欲下请其佩……(二女)遂手解佩,与交甫。交甫悦受而怀之中,当心。趋去数十步视佩,空怀无佩。顾二女,忽然不见。"比句谓汉江灵妃离去不回。[4]幽情:深远的感情。

○评析

此诗前四句写登上江汉亭所见景致。因时在秋季,故见黄叶满城;水鸟隐没之际,可闻沙石之腥;东望淮河,可见浪涛奔涌;西观沔山,又见山林青翠。末四句由水乡泽国想到采莲女,又因之而想到郑交甫遇见汉女的故事,可谓精骛八极、心游万仞。

## 鹦 鹉 洲

无人为叫祢平原[1],表祖粗人岂识文[2]。鹤在鸡群怀月露[3],豹将虎变欠风云[4]。凤凰池上才方酒[5],鹦鹉洲边已自坟。道大不容才见忌[6],渔阳挝断不堪闻[7]。

○注释

[1]祢平原:指祢衡,因他是平原郡(今属山东)人,故称。[2]表祖:三国时的刘表与黄祖。二人均是军阀,故不重文事。[3]怀月露:谓胸中有诗情。[4]"豹将"句:谓君子没成大器是缺乏风云际会,即少了时机。[5]凤凰池:魏晋南北朝时设中书省于禁苑,掌管机要,接近皇帝,故称中书省为"凤凰池"。[6]道大不容:指曹操不能容忍祢衡狂傲之事。[7]渔阳挝断:南朝宋刘义庆《世说新语·言语》:"祢衡被魏武谪为鼓吏,正月半试鼓,衡扬枹为《渔阳掺挝》,渊渊有金石声,四座为之改容。"此暗指祢衡被杀害事。

○评析

这首怀古诗夹叙夹议,对历史的回顾与语典的运用暗含作者对祢衡悲剧命运的认识。诗人称赞祢衡之才如"鹤在鸡群""豹将虎变",谴责刘表、黄祖"粗人岂识文"。而尾联更表现出作者对祢衡的同情和惋惜。

**文天祥**（1236—1283），初名云孙，后改字宋瑞，一字履善。自号文山。江西吉州庐陵（今江西省吉安市）人，南宋末年政治家、文学家，抗元名臣。与陆秀夫、张世杰并称为"宋末三杰"。理宗宝祐四年（1256）状元及第，官至右丞相，封信国公。恭帝德祐元年（1275）在江西起兵勤王，帝昺祥兴元年（1278）在广东海丰于五岭坡被俘，翌年被押解至燕京（今北京），囚禁四年。元世祖忽必烈至元十九年（1282）十二月初九，文天祥在大都（今北京）柴市从容就义。著有《文山乐府》《指南录》《指南后录》等。

## 齐天乐　庆湖北漕知鄂州李楼峰

南楼月转银河曙[1]，玉箫又吹梅早。鹦鹉沙晴[2]，葡萄水暖[3]，一缕燕香清袅[4]。瑶池春透。想桃露霏霞，菊波沁晓。袍锦风流，御仙花带瑞虹绕[5]。　玉关人正未老[6]。唤矶头黄鹤，岸巾谈笑[7]。剑拂淮清[8]，槊横楚黛[9]，雨洗一川烟草。印黄似斗。看半砚蔷薇[10]，满鞍杨柳[11]。沙路归来，金貂蝉翼小[12]。

○题解

齐天乐，词牌名，属于长调。湖北漕，宋代荆湖北路转运使的简称。知鄂州，即鄂州府知事。李楼峰是李雷应的字。李雷应身兼荆湖北路转运使和鄂州府知事两职是南宋度宗咸淳九年（1273）的事，时文天祥任湖南提刑，所以该词应写于此际。

○注释

［1］月转银河曙：月亮西沉，银河发光，即天将亮的时刻。［2］"鹦鹉"句：鹦鹉洲上沙滩一片光亮。［3］"葡萄"句：像青葡萄一样的江

水变得温润。[4]燕香：古时的一种香料。[5]御仙花带：饰有荔枝花纹的腰带。[6]玉关：指玉门关。此句谓对方还年轻，正可大有作为。[7]岸巾：掀起头巾，露出前额，形容态度洒脱或衣着简率不拘。[8]"剑拂"句：宝剑轻拂，淮水安流。比喻练兵准备收复淮河流域。[9]楚黛：楚地山清水秀。此句谓以武装屏障楚地。[10]半砚蔷薇：一半的洗砚池漂着蔷薇花瓣。[11]"满鞍"句：杨柳的枝条拂遍马鞍，形容骑马游春的情形。[12]金貂蝉翼：皇帝左右侍臣的冠饰。汉代侍中和中常侍的头冠上有黄金珰，附貂尾、蝉翼等装饰。

○评析

文天祥和李雷应是同年进士。南宋度宗咸淳九年（1273）春天某日是李雷应的生日，故在湖南任提刑的诗人特地写诗向身兼荆湖北路转运使和鄂州府知事的这位同年表示祝贺。一般祝寿庆生之词，自然少不了良辰美景、雍容华贵、文采风流之类的歌颂和祝愿，不过此词在"玉关人正未老"一语之后，仍以"剑拂淮清，槊横楚黛，雨洗一川烟草"的美好图景来鼓励年齿尚富的朋友建大功立大业。所以该词不是一般的庸俗应酬，更不是违心谄媚，华丽而不失雅正。

**郑起**（1199—1262），初名震，后改今名，字叔起，号菊山，连江（今属福建）人。南宋末年爱国诗人郑思肖之父。少试礼部不第，遂弃举子业，潜心穷理尽性之学，束躬修行。起为人方直严毅，与公卿大夫交往，言不及利，语不阿媚。著有《易注》《深衣书》《倦游稿》《三山郑菊山先生清隽集》《南北要览》等。

## 再登南楼

客中重上倚层台，天阔云收八面开。雁带岳阳秋晓过，浪涵巴峡影西来。诸营种柳今何在，老子登楼得几回。自是江山雄壮处，兴亡不必问寒灰[1]。

〇注释

[1] 寒灰：死灰。此二句中"江山雄壮处"自是称赞武昌，"兴亡不必问寒灰"是说历史变迁不尽靠古迹来证明。

〇评析

此诗前四句写南楼周边景致，由近及远，颔联想象阔远，对仗足成佳句。颈联借典巧妙，不露痕迹。尾联所反映的历史观，与一般人的一朝一代之忠迥异，可见作者的兴亡、大同等观念是着眼于和平与民生的。

## 送友人之鄂

湖海声名落搢绅[1]，由江而鄂溯鳞鳞。烦君黄鹤楼头看，天下英雄有几人[2]。

○注释

[1]湖:指两湖一带。海:指江浙一带。搢绅:同"缙绅",古代为官宦或儒者的代称。此句指友人在长江中下游的绅士群体中名声很大。[2]"天下"句:不是说明诗人眼界过高,而是说成为英雄不容易,但还是要力争有所作为。

○评析

这是一首赠别诗。首二句是说友人名声为官宦人家所知,现在是沿江逆流而上去鄂州。次二句是说如登上黄鹤楼,请想想天下英雄有几人。这不只是对南宋末世士风不振的鞭挞,亦是对友人振起并以匡扶危国为己任的嘱托。

**罗与之**,南宋人,生卒年不详。字与甫,一字北涯,号雪坡,螺川(今江西吉安南)人。宋理宗端平间屡试不第,隐居以终。晚年潜心性命之学,诗多写山水景物和隐逸趣味,其诗为刘克庄所赏。有《雪坡小稿》两卷。

## 黄 鹤 楼

翚飞栋宇据城端[1],车马尘中得异观。双眼莫供淮地阔[2],一江不尽蜀波寒。老仙横笛月亭午,骚客怀乡日欲残。独抚遗踪增慨慕,徘徊不忍下层栏。

○注释

[1]城端:城头或城中高处。[2]双眼莫供:表示不忍看。淮地:指北方金国占领区。南宋时,淮河一线为宋金南北对峙的边界。

○评析

南宋时期,长江以北的广大土地都是金人的占领区。故作者感慨站在黄鹤楼上,还是不要往北方瞭望了吧!滔滔江水带来无尽的凄凉,似乎也在哀叹难以收复的痛楚。修炼的真人可以无忧无虑地横笛吹奏,而多感的诗人却在深深地怀念着故国。登楼不仅没有放松心情,反而更增添了深重的烦忧。纵观古往今来的众多黄鹤楼诗,写哀情者过半,这是因为这座高楼承载了太多的历史,历经过太多的沧桑。

**陈杰**（1210？—？），字寿夫，一作焘父，洪州丰城（今属江西）人。南宋理宗淳祐十年（1250）进士，授赣州簿。曾知江陵县，累官工部郎中、江南西路提点刑狱兼制置司参谋。还做过知州和短期朝官。宋亡，隐居绍兴东湖。有《自堂存稿》。

## 黄孟博辞往鄂渚赠别

与君生共一雌辰[1]，枌社相违整十春[2]。肯为江山轻万里，不嫌风雨住兼旬[3]。携书又作鹦洲客，有弟能娱鹤发亲。岂不劝君归去好，回头我自愧鲈莼[4]。

○题解

黄孟博，据传自称为黄庭坚六世孙，与陈杰为同乡且同庚。故其前往鄂州时，陈杰以诗送别。此时已是南宋灭亡前夕。

○注释

[1]雌辰：雌甲。年逾花甲之同庚者二人，其幼者之甲子为雌甲子。[2]枌社：枌榆社的省称，汉高祖刘邦的故里。此处泛指家乡、故里。相违：此处指无甚交往。[3]兼旬：二十天。[4]鲈莼：鲈鱼与莼菜。为思乡之典。末二句谓为何不劝你回家，是因为我自己也不能归隐。

○评析

诗人与黄孟博自故乡一别已整整十年未见，从而使得离别时更添几分感情。诗中赞美黄孟博为国事奔波劳碌，却又亟言旅途之苦，意在叮嘱友人保重。而自己尘心未熄，不能归隐，也觉自愧。此诗笔力雄健，气度不凡。

**方回**（1227—1307），字万里，号虚谷，徽州歙县（今属安徽）人。南宋理宗景定三年（1262）进士，曾知严州。入元，授建德路总管兼府尹，不久罢官。工诗文，论诗宗奉"江西诗派"。有《虚谷集》《桐江集》等。

## 次韵谢李寅之鄂渚见寄

### 其 一

龙沙象徼各行役[1]，汉树江云频寄诗[2]。政尔一天心不隔，其如两地梦相思。投簪得谢今无事[3]，命驾寻盟会有时[4]。未爱镜湖矜敕赐[5]，更能宣室对神厘[6]？

○题解

次韵，也称"步韵"，即依照所和诗的用韵次序写和诗。李寅，诗题下原注："名直清，号南麓，江陵府人。丙子生，今年六十八。"李寅到武昌后给方回寄诗二首，故作者依韵和诗二首。方回二诗作于元世祖至元二十年（1283），此时方回五十七岁，已从建德总管府尹上罢退，回到歙县老家。

○注释

[1]"龙沙"句：原文自注："予极北至松漠，君极南逾桂岭。"象徼，南方产象，因称南方边界为象徼。徼，边界。[2]"汉树"句：谓频频从鄂州寄诗给我。[3]投簪：丢下固冠用的簪子，比喻弃官。[4]寻盟：重温旧盟。[5]镜湖：古代长江以南的大型农田水利工程之一，在今浙江绍兴会稽山北麓，东汉顺帝永和五年（140）在会稽太守马臻主持下修建。以水平如镜，故名。敕赐：皇帝的赏赐。相传唐代贺知章辞官归乡时，"诏赐镜湖剡川一曲"。[6]宣室：汉代未央宫中之

宣室殿。《史记·屈原贾生列传》："上因感鬼神事，而问鬼神之本。贾生因具道所以然之状。至夜半，文帝前席。"厘：分辨，审察。末句应是反语，意即自己更不能像贾谊那样，夜半在宣室中给皇帝辨察鬼神之本。

〇评析

该诗开篇写和朋友各自曾到很远的地方任职，一直牵挂着对方，乃至于梦中都在相互思念。接着说自己已经归隐，希望有重逢之日。诗的结尾说自己在位时对朝廷没什么建言，退职时也没求赏赐。此诗两句一对，工整谨严；格律谐畅，流转自如；起承转合，法度无爽，确是律诗中的上品。

## 其 二

叩户惊传千里使，开缄快睹七言诗。古希年迫公犹健[1]，不仕风高我所思。儿大知书聊慰意，家贫食粥亦随时。迩来稍喜休兵革，赛社秋场酾祭釐[2]。

〇注释

[1]古希：即古稀，指人七十岁。[2]赛社：旧俗。一年农事完毕后，陈酒食以祭田神，相与饮酒作乐。秋场：秋收使用的打谷场。

〇评析

该诗开篇写自己接到老诗友的信函，惊喜万分，忙不迭地欣赏他的七言诗，同时为他的健康而高兴，为他的退隐而赞叹。接着诗人似是回答老友的问候，说自己的儿子还不错，能知书作诗，家贫食粥倒也无妨。而真正值得高兴的是，近年战争停息，老百姓能高兴地在秋场上庆贺丰年。方回因入元做官，人多訾议其品节。但他的诗关心现实，关注百姓生活，这也是客观存在的。较前诗而言，此诗风格更为明快，而对句谨严方面则有所不及。

**白贲**，字无咎，号素轩，浙江钱塘（今杭州）人。南宋遗民诗人白珽长子，四十岁左右出仕。元仁宗延祐间，以省郎出典山西忻州郡。英宗至治三年（1323）任温州路平阳州教授，后为南安路总管府经历。工诗善画，诗名与元好问相颉颃；能散曲，是元代南籍散曲家之首。有《茅亭涛》，不传。

## ［正宫］鹦鹉曲

侬家鹦鹉洲边住，是个不识字渔父。浪花中一叶扁舟，睡煞江南烟雨。［幺］觉来时满眼青山，抖擞绿蓑归去。算从前错怨天公[1]，甚也有安排我处[2]。

〇注释

[1]"算从前"句：谓从前心里老是不平，埋怨老天爷对自己不好。[2]甚也：怎么也。末句谓怎么也有我的安身立命之处。

〇评析

这是作者借隐者渔父之口而写的小令。小令的内容是自述渔父自由自在、闲适惬意的生活样式。末二句说以前自己还埋怨苍天不公，到如今倒是觉得这样的生活挺适合自己，表现出看淡世俗功名利禄、追求庄子一样随性自适的人生态度。小令明白晓畅，文字浅显，但深具哲理。

**揭傒斯**（1274—1344），字曼硕，龙兴富州（今江西丰城）人。家贫力学，元成宗大德间出游湘、汉。元仁宗延祐元年（1314），由布衣荐授国史院编修官，迁应奉翰林文字同知制诰，官奎章阁授经郎，拜集贤学士，升翰林侍讲学士，主修国史。修辽、金、宋三史，为总裁官，因寒疾卒于史馆，谥文安。为文简洁严整，为诗清婉密丽。与虞集、杨载、范梈同为"元诗四大家"，又与虞集、柳贯、黄溍并称"儒林四杰"。著有《揭文安公全集》。

## 夏五月武昌舟中触目

两髯背立鸣双橹[1]，短蓑开合沧江雨[2]。青山如龙入云去，白发何人并沙语[3]。船头放歌船尾和，篷上雨鸣篷下坐。推篷不省是何乡，但见双双白鸥过。

〇注释

[1]两髯：两个蓄着长须的船夫。背立鸣双橹：一立船头，一立船尾，双橹发出声音。[2]短蓑开合：船夫身穿的短蓑衣在摇橹时一张一合。[3]沙语：小船摩擦水中沙石发出的声音。

〇评析

作者以细腻的笔法刻画了两位船夫冒雨驾船、船歌互答的生动形象，赞扬了他们无所畏惧而又乐观自信的神情，表达了诗人对下层劳动人民的同情和敬意。

## 梦 武 昌

黄鹤楼前鹦鹉洲[1]，梦中浑似昔时游。苍山斜入三湘路，落日平铺七泽流。鼓角沉雄遥动地,帆樯高下乱维舟<sup>[2]</sup>。故人虽在多分散,独向南池看白鸥。

○注释

[1]"黄鹤"句:谓鹦鹉洲在黄鹤楼下的大江边,以一楼一洲作为武昌的代表物。[2]帆樯高下:高低错落的船帆和桅杆。

○评析

武昌是揭傒斯湘、汉之游期间居住最久的地方,印象最深,故友较多,因而在离开后以"梦武昌"为题,抒写自己游览该处的记忆,表达作者对旧游之地和友人的怀念之情。全诗词藻瑰丽,风格凝重,意境壮美。

**余阙**（1303—1358），字廷心，一字天心，先世为色目人，祖籍甘肃武威（今属甘肃），生于庐州（今安徽合肥）。元顺帝元统元年（1333）进士。至正十二年（1352）为淮东都元帅副使，开都元帅，拜江南行省参知政事。此后五六年间，余阙率元兵与红巾军激战百余次。至正十八年（1358）春，陈友谅部攻陷安庆城，余阙自刎，沉水死。有《青阳先生文集》。

## 吕 公 亭

鄂渚江汉会[1]，兹亭宅其幽[2]。我来窥石镜，兼得眺芳洲[3]。远岫云中没，春江雨外流。何如乘白鹤[4]，吹笛过南楼。

○题解

吕公亭，建在武昌黄鹤楼旁祭祀吕祖（即吕洞宾）的一座亭阁。

○注释

[1]江汉会：长江、汉水汇流于此。[2]宅其幽：建筑在幽静的地方。[3]芳洲：指鹦鹉洲。[4]白鹤：化用崔颢"昔人已乘黄鹤去"之句，但因鹤为白色者多，故有意改黄为白。

○评析

诗人登临武昌蛇山吕公亭远眺，景物依旧，但激起了他对前代诗人的仰慕。作者不以黄鹤楼而以吕公亭为诗题，又愿乘白鹤而非黄鹤，大概总有一层别的意思。然而"诗无达诂"，读者未必能够全然解其心思。

**丁鹤年**（1335—1424），字亦鹤年，又字永庚，号友鹤山人，回族，徙居武昌（今湖北省鄂州市）。丁鹤年出身官宦，父职马禄丁官至武昌达鲁花赤。丁鹤年自幼学习儒家经典，十七岁即因精通《诗》《书》《礼》而负盛名。元末明初，为躲避"反色目人"风潮，丁鹤年浪迹江湖，以教书、卖药为生。明洪武十二年（1379）才回到武昌，后隐居曾祖父阿老丁墓旁。曾自编《海巢集》，后人辑为《丁孝子集》。

## 兵后还武昌二首

### 其 一

避乱移家大海隈[1]，楚云湘月首频回[2]。归期实误王孙草[3]，远信虚凭驿使梅[4]。天地无情时屡改[5]，江山有待我重来。白头哀怨知多少？欲赋惭无庾信才[6]。

### 其 二

乱定还家两鬓苍，物情人事总堪伤。西风古冢游狐兔，落日荒郊卧虎狼[7]。五柳久非陶令宅[8]，百花今岂杜陵庄[9]？旧游回首都成梦，独数残更坐夜长[10]。

〇注释

[1]海隈：海滨。作者在元末明初的战乱中曾避难浙江四明山。[2]楚云湘月：概指湖北、湖南的景物。[3]王孙：古代贵族子弟的通称，作者是西域色目人，其先辈为元朝显宦。《楚辞·淮南小山〈招隐士〉》有"王孙游兮不归，春草生兮萋萋"，作者以此意比喻自己长期流落在外地。[4]"远信"句：谓远方的家信也不能靠驿使传递。[5]"天

地"句：感叹元朝政权垮台，明朝起而代之。[6]庾信：本为南朝梁元帝的将军、散骑常侍，公元554年奉命出使西魏，会西魏灭梁，庾信遂留在长安，因思念故国作有《哀江南赋》《枯树赋》等。作者借此前例表达身世感伤。[7]"西风""落日"二句：极写战后城乡荒凉，人烟稀少。[8]陶令：指东晋陶渊明，其曾任彭泽令。[9]杜陵庄：杜甫住过的地方。杜甫流落成都时，在百花潭筑有草堂。[10]"独数"句：写自己因感触太多而夜不能寐，一个人无聊地听报更的声音。

○评析

这两首诗先写诗人在战乱流亡中迟迟难归的心情，继而描述回到家乡后所见的荒凉残破及物是人非的感慨。该诗情感真挚，文字凄美，用典贴切，首尾呼应。诗人作为高度汉化的西域后裔，虽然对蒙元的灭亡心有戚戚，但高度的文化认同使其超越了血统造成的障碍，其作品为中华文化宝库增添了光彩。

# 武昌南湖度夏

南浦幽栖地，当门罨画开[1]。青山入云去，白雨度湖来。石润生龙气[2]，川光媚蚌胎[3]。芙蕖三百顷，何处看炎埃[4]？

○题解

此武昌南湖当为今武汉市武昌（时为江夏）南湖。据《舆地纪胜》记载：南湖"旧名赤栏湖，外与江通，长堤为限，四旁居民蚁附"。

○注释

[1]罨画：色彩鲜明的绘画，此处指门外风景如画。[2]"石润"句：础石被水汽润湿，预知天将雨。苏洵《辨奸论》："月晕而风，础

润而雨。"龙气,《易·乾》:"云从龙。"后因称云雾为"龙气"。[3]"川光"句:湖光秀丽更适合蚌孕珠胎。蚌胎,珍珠。[4]"何处"句:哪里还有炎热的尘埃?

○评析

此诗形象地描述了酷暑中武昌南湖的景色和气候特点,表达了诗人在此度夏的独特感受:湖光山色,湿气浸润,雨丝飞洒,荷花飘香。因满湖幽静,一片清凉,而无比舒适惬意。南湖可谓号称"火炉"武汉的避暑胜地。

## 次凷翁中秋诗韵

西风黄鹤旧矶头,皓月中分此夕秋[1]。乌鹊无依频绕树,鱼龙有喜竞乘流[2]。烟云尽卷天逾大[3],河汉低垂地欲浮[4]。拟买桂花陪胜赏[5],老来佳句恐难酬[6]。

○注释

[1]皓月中分:明月正当天中。[2]"乌鹊""鱼龙"二句:写中秋月明之夜,天上乌鹊绕树飞翔,江中水族乘流嬉戏。[3]"烟云"句:谓秋夜的天空格外明净。[4]"河汉"句:谓远处江空水天相接。[5]"拟买"句:谓本来打算买桂花助兴。[6]"老来"句:谓人老了文思枯涩,写不出好诗来。

○评析

此诗大约写于晚年。作者在元末明初的混乱中曾漂流各地,到晚年时社会渐渐安定,作者也心绪渐平,故其笔下的黄鹤楼中秋之夜一派祥和,只能感叹自己年老写不出好诗。实际上该诗写景逼真,对仗工稳,读来更是朗朗上口。

**杨基**（1326—1378后），号眉庵，原籍嘉州（今四川乐山），生长于吴县（今苏州）。元末入张士诚幕府，明洪武初累官至山西按察使。与高启、张羽、徐贲并称"吴中四杰"。工书画，诗风清润峭拔，时人称其为"五言射雕手"。有《眉庵集》。

## 望 武 昌

### 其 一

吹面风来杜若香，离离烟柳拂鸥长[1]。人家鹦鹉洲边住，一向开门对汉阳。

### 其 二

春风吹雨湿衣裙，绿水红妆画不如[2]。却是汉阳川上女，过江来买武昌鱼。

〇注释

[1]拂鸥长：形容柳条下垂，可以拂拭水面上的鸥鸟。[2]画不如：画不成。意谓如此美景和女子不容易画出来。

〇评析

这两首诗再现了明代初年武汉长江两岸的景致和生活画面，尤其是春风细雨中穿红戴绿的少女们来往于江上的青春靓影，比画图还美，令诗人赞叹不已。

## 吕 仙 祠

两点方瞳漆有光[1],紫髯眉绿面如霜[2]。千年一笑来黄鹤[3],三度长吟到岳阳[4]。日月自随天地老,江山不为古今忙[5]。又携铁笛瑶池去,乱插桃花醉一场[6]。

○题解

《湖北旧闻录》载《钝斋文选》说:"黄鹤楼后有仙枣亭,仙枣亭后有古祠,祀吕仙(洞宾)像。"

○注释

[1]方瞳:方形瞳孔。古人以为长寿之相。[2]"紫髯"句:谓吕洞宾是紫色长髯,绿色眉毛,面白如霜。[3]"千年"句:意谓吕洞宾千年只来过黄鹤楼一次,故句中黄鹤是指黄鹤楼。[4]"三度"句:传说吕洞宾曾三游岳阳楼。句中岳阳指岳阳楼。[5]"日月""江山"二句:谓光阴自然流逝,仙人从不为江山大业奔忙。[6]"又携""乱插"二句:谓吕洞宾又到瑶池中逍遥去了。

○评析

该诗依照诗题,始终以吕仙为描摹、叙事和想象的对象,既不涉及周遭景物,也不直书自己的感受和评论,只是以轻松愉快的笔调,暗中表达诗人随顺自然的豁达胸臆。"日月自随天地老,江山不为古今忙"二句,可谓此诗诗眼。

**管讷**，生卒年不详，字时敏，松江华亭（今属上海市）人。明洪武年间以秀才征，拜楚王府长史，任事四十余年，忠诚谨恪，年七十致仕，楚王留其居武昌禄养，逝于武昌。著有《蚓窍集》。

## 吕 仙 亭

道人高坐朗吟亭[1]，古迹因知此地灵。剑气飞来湘水白[2]，笛声吹入楚山青。阶前丹枣何年熟[3]，枕上黄粱几日醒？快我登临尘事隔[4]，摩挲苍藓读碑铭[5]。

○题解

吕仙亭在黄鹄山上仙枣亭旧址处。《湖广通志》载："传太守与倅弈，有仙人忽至……仙于楼前吹笛，（众）随笛声至楼上，迹之，唯见石镜题诗，末书'吕'字，故今名吕仙亭。"可知吕仙亭与仙枣亭实一亭二名。

○注释

[1]朗吟亭：吕仙亭，以登临者常在此亭吟诗作赋，故名。[2]剑气：古语有"剑气如虹"之说，故此处剑气实指空中长虹。[3]"阶前"句：相传仙枣亭前枣树未尝结果实，忽一日结枣如瓜。太守令小吏往视，小吏窃啖后仙去。后人在此建亭，位在黄鹤楼东。[4]快：愉快。尘事隔：抛开尘世俗务。[5]摩挲苍藓：用手拭去（石碑上的）苔藓。

○评析

吕仙亭在黄鹄山头高处，视野开阔，登临者往往诗兴大发。除了赏景之外，神话传说也为人所乐道。该诗思路亦不出此二途，略有不同的是作者对凡人最热衷的成神仙、享富贵二事逐一点破，而对历史古迹还保持着好奇之心。

# 北　榭

旧家行乐小亭台，珠箔青山罨画开。花月当时人已散，柳风今日燕还来。舞钿犹委宫墙草[1]，步障曾过辇路苔[2]。一代繁华易销歇，白榆霜冷雁声哀。

○题解

北榭，在黄鹄山北，依山而建，最早在北宋哲宗元祐间建，黄庭坚有诗记其事。南宋宁宗嘉定十七年（1224）重修，有《鄂州重修北榭记》石刻，至清乾隆时仍存于黄鹤楼后斗姥阁西壁（《湖北金石存佚考》）。清代嘉庆初年曾经重修。黄鹄山上名胜，皆以黄鹤楼别方位，北榭在黄鹤楼北，与黄鹤楼南的南楼并称。

○注释

[1]舞钿：舞女头上用金翠珠宝等做成的花朵形首饰。[2]步障：用以遮蔽风尘或视线的一种屏幕。辇路：天子车驾所经的道路。

○评析

该诗首联写北榭从前的风景及修饰之美，其后六句皆写此时的荒凉破败。昔年达官贵人的行乐之地，只留给人们"一代繁华易销歇"的感喟和"白榆霜冷雁声哀"的凄清之感。全诗与辛弃疾《永遇乐·京口北固亭怀古》的"舞榭歌台，风流总被雨打风吹去"有异曲同工之妙。

**李梦阳**（1473—1530），字献吉，号空同子，庆阳（今属甘肃）人。明孝宗弘治七年（1494）进士，武宗时官江西提学副使，以事夺职。明代中期文学家，复古派"前七子"的领袖人物，提倡"文必秦汉，诗必盛唐"。有《空同集》。

## 夏口夜泊别友人

黄鹤楼前日欲低，汉阳城树乱乌啼[1]。孤舟夜泊东游客[2]，恨杀长江不向西。

○注释

[1]乱乌啼：一作"乱莺啼"，黄昏归巢的鸟儿纷飞乱叫。[2]东游客：乘舟东游的旅客。此处为作者自谓。

○评析

此诗描述作者与友人于夏口舟中依依惜别时的情景。落日映照黄鹤楼，鸟儿在汉阳树上纷飞乱叫，这空寂苍茫而又迷乱喧闹的氛围，与诗人孤寂复杂的心绪相烘托。作者在此告别友人，即将东游，"恨杀长江不向西"句极为夸张地表达了作者与友人深厚的友情和别离后的孤单心情。

## 武　　昌

武昌城北大江流，沱水夹城鹦鹉洲[1]。楚蜀帆樯风欲趁[2]，蛟龙涛浪暮堪愁。青烟自没汉阳郭[3]，新月故悬黄鹤楼。无限往来伤赤壁[4]，三分轻重本荆州[5]。

○注释

[1]"武昌""沱水"二句：写武昌城、鹦鹉洲、江水支流三者的地理关系。沱，江水的支流、水湾。[2]楚蜀帆樯：本地和川蜀来的船只。风欲趁：欲趁风。[3]"青烟"句：形容烟雾遮住了汉阳城。[4]无限往来：无尽的古往今来。伤赤壁：在赤壁凭吊。[5]轻重本荆州：根本重地是荆州。此处荆州非指荆州一城，而是指当时荆州牧的管辖范围，包括襄阳、荆州、江夏等处。

○评析

该诗从近处景物着眼，一一写到江水、沙洲、城郭、楼台，最终通过帆樯和赤壁等具象，扩及天下大势的意象，用诗的语言强调荆楚之地沟通东西、绾毂南北的重要地位。

**徐桢卿**（1479—1511），字昌穀，一字昌国，世籍洛阳，出生于吴县（今江苏苏州）。明孝宗弘治十八年(1505)进士，授大理左寺副，后贬国子监博士。少时与唐寅、祝允明、文徵明合称"吴中四才子"，后与李梦阳、何景明等并称明"前七子"，为诗熔炼精警。有《谈艺录》《徐迪功别稿》《迪功集》。

## 在 武 昌 作

洞庭木叶下，潇湘秋欲生。高斋今夜雨，独卧武昌城。重以桑梓念，凄其江汉情。不知天外雁，何事乐南征[1]？

○注释

[1]"不知""何事"二句：谓不知天上大雁为何喜欢南飞。

○评析

诗人在萧瑟的秋天客居武昌，夜间淅沥的雨声难免增添他的孤独之感，于是思乡之念油然而生。末二句明知故问，大雁是为避寒而南飞，自己为何要背井离乡呢？该诗纯写孤客羁旅的思乡之念，情景交融，颇为感人。

**杨慎**（1488—1559），字用修，号升庵，四川新都（今成都市新都区）人。明武宗正德六年（1511）状元及第，授翰林院修撰，参与编修《武宗实录》。世宗嘉靖即位，充任经筵讲官。嘉靖三年（1524）召为翰林学士。以《大议礼疏》触犯世宗，谪戍云南永昌卫（今云南保山）。此后虽往返于四川、云南等地，仍终老于永昌卫。熹宗天启初追谥"文宪"，世称"杨文宪"。杨慎诗、文、词、曲及杂著有四百余种，后人辑为《升庵全集》。

## 登黄鹤楼

江上危楼海内名[1]，登临不尽古今情。风前估客蒲帆影[2]，夜半仙人玉笛声。春水雪消巴子国[3]，烟波晴接汉阳城。东南暇日多嘉会，笑指浮云望太清。

○注释

[1]江上危楼：长江边上的黄鹤楼。[2]蒲帆：用蒲草编织的船帆。[3]巴子国：古国名，主要分布在今川东、鄂西一带。

○评析

该诗仍是书写登临黄鹤楼所见景物，帆影、笛声、春水、烟波，尤其是闲暇时黄鹤楼上官、商、士人的燕乐吟诗，构成一幅太平景象，而诗人此时的心情也显得轻松愉快。

**张居正**(1525—1582),字叔大,号太岳,湖北江陵(今湖北荆州)人。明世宗嘉靖二十六年(1547)进士,以庶吉士任吏部左侍郎兼东阁大学士,进礼部尚书兼武英殿大学士。神宗即位后登首辅,整饬朝政,政绩斐然。死后被诬劾,遭削籍抄没,子弟戍边。熹宗时复爵。有《张太岳文集》《书经直解》等。

## 泊汉江望黄鹤楼

枫霜芦橘净江烟[1],锦石游鳞清可怜。贾客帆樯云外见[2],仙人楼阁镜中悬[3]。九秋槎影横清汉[4],一笛梅花落远天。无限沧洲渔父意,夜深高咏独鸣舷[5]。

○注释

[1]枫霜芦橘:以秋天的标志性景物点明时令。[2]贾客帆樯:商旅乘坐的船只。[3]镜中悬:倒映江中。[4]九秋:深秋。[5]"夜深"句:谓深夜时分,自己独自叩击船舷吟诗。

○评析

该诗共八句,用了六句详写江汉交会处所见景物,充满诗情画意和愉悦之感。但读后不难发现这只是诗人的有意铺垫,紧要之处在末二句的感怀。诗人身居高位,不能急流勇退,力图刷新朝政,却发现自己孤掌难鸣。这种预感后来得到了印证。

吴国伦（1524—1593），字明卿，号川楼子、南岳山人。武昌府兴国州（今湖北阳新县）人，明世宗嘉靖二十九年（1550）进士，初授中书舍人，后擢兵科给事中。因遭权奸严嵩忌恨，贬官江西、皖南，严嵩事败后获重新起用，历任福建邵武、广东高州知府，河南左参政，后罢归。与李攀龙、王世贞、谢榛、宗臣、梁有誉、徐中行等七人合称明"后七子"。有《甔甀洞稿》传世。

## 登黄鹤楼

黄鹤仙人去不回，汉滨楼阁迥崔嵬[1]。千帆雨色当窗远，万里江声动地来。云梦天低湘女怨，洞庭叶下楚臣哀[2]。当时玉笛今寥落，独有梅花泛客杯。

○注释

[1]汉滨：江滨。[2]洞庭叶下：《楚辞·九歌·湘夫人》："袅袅兮秋风，洞庭波兮木叶下。"楚臣：指屈原。

○评析

该诗熔写景和抒情于一炉，但情绪有细微变化。前四句以写景为主，有声有色，诗人的心绪平静。后四句明显流露出哀怨和寂寞，大约是首次遭贬或罢归后所作，但还是欲语还休，不失"整密沉雄"诗风。

**郭正域**（1554—1612），字美命，江夏人。明神宗万历十一年（1583）进士，任翰林院编修。继升皇长子讲官，南京国子监祭酒，礼部右侍郎，掌翰林院，后遭诬陷被迫辞官回籍。郭正域博通史籍，诗文极负时名。著有《合并黄离草》《批点考工记》《明典礼志》《韩文杜律》等。

## 黄　鹤　楼

黄鹤高飞去不留，丹梯缥缈锁丹丘[1]。遥连瀛海三千界[2]，似接神仙十二楼[3]。满眼帆樯飞漠漠[4]，一天烟树晚悠悠。却嫌李白少情思，不肯题诗在上头[5]。

○注释

[1]锁：缠绕。丹丘：传说中神仙所居之地。[2]三千界："三千大千世界"的省称。[3]十二楼：指神话传说中的仙人居处。《史记·封禅书》："方士有言'黄帝时为五城十二楼，以候神人于执期，命曰迎年'。"应劭注："昆仑玄圃五城十二楼，仙人之所常居。"诗中皆以黄鹤楼比喻仙境。[4]漠漠：众多貌。[5]"却嫌""不肯"二句：传说李白初登黄鹤楼时见到崔颢题诗，不禁感慨道："眼前有景道不得，崔颢题诗在上头。"

○评析

该诗以仙境形容黄鹤楼，诗意颇有奇妙幻化色彩，反映作者多少有些出世之思。末二句以李白的传说入诗，更增加了该诗的轻快之情。

**熊廷弼**（1569—1625），字飞白，号芝冈，湖广江夏（今湖北武汉市江夏区）人。万历二十六年（1598）进士。万历四十七年（1649），以兵部右侍郎任辽东经略。在职年余，后金军不敢进攻。熹宗即位，魏忠贤专权，被排挤去职。天启元年（1621）辽阳、沈阳失守，熊廷弼再任经略。次年，巡抚王化贞兵败溃退，他同退入关，后被魏忠贤冤杀。有《熊襄愍公集》。

## 八分山石洞

田家曲径绕山阴[1]，忽有神仙洞壑深[2]。窈窕龙洞通地肺，崆峒石窦转天心[3]。青精露滴如堪挹，丹灶云峰不可寻[4]。门外何人迷归路，莫教流水入桃林[5]。

○题解

八分山，在江夏县城（亦即武昌府城）东南五十里（今纸坊附近），以有水如八字分流而得名，旁有八分湖。八分山石洞名白云洞，洞深里许。

○注释

[1]田家曲径：乡间弯曲的小路。[2]神仙洞壑：指白云洞。相传有短尾龙出没。唐贞观时封龙嘉泽侯，又封显应灵惠侯。[3]崆峒：宽敞空阔。[4]丹灶云峰：云峰上炼仙丹的炉灶。[5]"门外""莫教"二句：暗用《桃花源记》的典故。谓溪水不进桃林，就不可能找到桃花源了。

○评析

熊廷弼家原居八分山附近，故对家乡名山非常熟悉和喜爱。该诗赞扬八分山石洞有如世外桃源一样优美宁静，虽然现实中的遭遇也使得他迷惘难择，但是其强烈的入世之心依旧不改。

## 春日过长虹桥

柳匝层层水[1],花妆曲曲堤。斜连鹦鹉北,直接凤凰西[2]。有兴高驴背[3],时游快马蹄。频频桥上过,无复意封泥[4]。

○题解

长虹桥,在武昌城外通往南乡(纸坊方向)的官道上,桥西为黄家湖,至今仍作地名使用。

○注释

[1]匝:包围;环绕。[2]凤凰西:城内凤凰山的西边。[3]高驴背:高坐在驴背上。[4]封泥:《后汉书·隗嚣传》:"元(王元)请以一丸泥为大王东封函谷关,此万世一时也。"此谓守关如封泥,后因以"封泥"喻据守雄关。

○评析

熊廷弼罢官居家期间,常骑驴马经过长虹桥。此处风光优美,交通便利,自然勾起作者的诗兴,以致连遭受的冤屈能否洗刷、自己会否被朝廷重新起用,都懒得去想了。当然,后来的事实证明这不过是他的激愤之言。

**袁中道**（1570—1626），字小修，湖北公安人。与兄宗道、宏道合称"公安三袁"。十六岁为诸生（秀才），明神宗万历四十四年（1616）中进士，由徽州府教授历国子监博士、南京礼部主事、南京吏部郎中，卒于官。文学上主张冲破复古主义，张扬个性，抒发性灵，反对剽窃模拟。有《珂雪斋集》。

## 黄 鹤 楼

登临绝主客，清寂倍堪留[1]。水国无多地，江声益壮秋。青山孤绕郭[2]，芳草尽潜洲[3]。楚稔关天下[4]，民鱼亦可忧[5]。

〇注释

[1]"登临""清寂"二句：谓此次登楼无所谓主人、客人，就自己一个，而这种清静的环境更值得流连。[2]郭：指武昌城。[3]"芳草"句：沙洲上的草木都被水淹没了。[4]稔：庄稼成熟。"楚稔关天下"取"湖广熟，天下足"之意。[5]民鱼：谓人民葬身鱼腹。喻人民遭殃。

〇评析

诗人在秋汛之际登上黄鹤楼，不是与友人同游，也没心情赏景。眼前洪水滔天，四望皆成泽国，诗人不仅担忧百姓无食，更同情被水淹没的无辜生命，因而忧心忡忡。可见其"性灵"说之中，包含着可贵的人本精神。

## 再游黄鹤楼

买看山水兴犹清[1],闲逐儿童楼上行。窗外钟声大别寺[2],杯中堞影汉阳城[3]。峰连建业何曾断[4]?浪接潇湘总未平[5]。小艇犯涛如履地[6],果然水战利南兵[7]。

○注释

[1]买看山水:《世说新语·排调》:"支道林因人就深公买印山。深公答曰:'未闻巢由买山而隐。'"后因称退隐为"买山"。此句意谓退隐下来游山玩水雅兴不减。[2]大别寺:大别山(龟山)中的寺庙。[3]杯中堞影:酒杯中映出城墙的影子。[4]"峰连"句:谓从武昌到南京长江边青山相连。[5]"浪接"句:谓洞庭湖水连通长江。[6]"小艇"句:谓小船搏击浪涛,如履平地。[7]"果然"句:《三国志·赤壁之战》谓"北人不习水战"。

○评析

该诗与诗人前之《黄鹤楼》诗相比,显然是另一种情调。诗人兴致勃勃,居然和儿童比赛登楼。无论是窗外钟声,还是杯中堞影、江岸连山、滚滚怒涛,都体现出一股沉雄豪迈的劲气。

## 秋日同巨源伏之世高游洪山(三首选一)

醒却秾华梦[1],来为冷石游。纡回缘绿嶂[2],枕藉见红楼[3]。雪影江天静,林烟沙渚浮。倚栏神顿爽,信矣癖山丘。

○注释

[1]"醒却"句：谓从荣华富贵的美梦中醒来。[2]绿嶂：翠绿的山岭。[3]红楼：指宝通禅寺。

○评析

本诗原有三首，今选其一。诗人自言从俗务或富贵温柔的梦中摆脱，来到林木茂密、石冷泉清的山中之后，静谧的环境使自己神清气爽，终于确信自己的本性是喜欢山居、接触自然。该诗情景交融，人与自然融为一体。

**彭而述**（1605—1665），字子篯，号禹峰，河南邓州人。明崇祯十三年（1640）进士，授山西阳曲知县。入清后久仕西南，历任云南布政使和贵州巡抚。文史兼治，诗文雄奇峭拔，著作甚丰，代表著作有《读史亭诗集》《读史外篇》等。

## 再登黄鹤楼

飞楼缥缈著江干，霜鬓登临记往年[1]。隔岸春城来槛外[2]，乱帆斜日到尊前。山连秦蜀开荆甸[3]，水下东南尽楚天。回首沧桑生感慨，孙刘兴废几茫然[4]。

○注释

[1]"霜鬓"句：谓自己再登楼时年已老迈。[2]隔岸春城：指汉阳。[3]山：指龟、蛇二山，均为大别山余脉。秦蜀：分指陕西和四川。荆甸：荆楚之地。[4]孙刘：指孙权和刘备，双方曾争夺荆州。

○评析

该诗虽然有一半篇幅写景，而且视野开阔、气魄宏大，但诗意更重在抒怀。无论是个人两次登楼的前后相隔，还是更长远的过往史事，都使作者顿生沧海桑田之感。末句的"孙（权）刘（备）兴废几茫然"无疑给人暗示，即明清易代又何尝不是如此？这其中也有作者为自己易服事人（在明清两朝做官）辩解的意图。

**戒显**（1610—1672），原名王瀚，字悔堂，别号晦山，江苏太仓人。明末尝入复社，明亡后出家为僧，成为灵隐寺具德和尚的法嗣。后游历四方，晚年复归灵隐寺，主持修撰《灵隐志》。能诗，工书法，有《王瀚集》《晦山和尚语录》《晦山和尚诗文集》等。

## 登黄鹤楼

谁知地老天荒后，犹得重登黄鹤楼。浮世已随尘劫换[1]，空山仍入大江流。楚王宫殿铜驼卧[2]，唐代仙真铁笛秋[3]。极目苍茫渺何处，一瓢高卧乱云头[4]。

○注释

[1]尘劫：佛家语，泛指尘世的劫难，此处暗喻明亡清兴。[2]楚王宫殿：指武昌城内的明楚藩王宫。铜驼：用"铜驼荆棘"之意。《晋书·索靖传》："靖有先识远量，知天下将乱，指洛阳宫门铜驼，叹曰：'会见汝在荆棘中耳！'"用以形容山河残破、世族败落或人事衰颓。此处叹息楚藩王宫的荒凉破败。[3]仙真：指吕洞宾道人。铁笛：仙人随身的笛。[4]一瓢：此处借以形容僧人持瓢行乞。

○评析

该诗对于明末清初翻天覆地的巨变，虽然还免不了悲凉的感慨，但终于能够接受和适应。末句"一瓢高卧乱云头"反映了作者无可奈何的心境。

**刘子壮**（1609—1652），字克猷，号稚川，黄州（今湖北黄冈）人。明崇祯年间举于乡，在明末清初的乱世中寒窗苦读，清顺治六年（1649）参加殿试时作《万言策》，深获顺治帝赏识，定为殿试魁首（即状元），授国史馆修撰。后充会试同考官，寻告归，翌年病卒。能诗善文，诗文以气胜，有《屺思堂文集》《屺思堂诗集》等。

## 黄 鹤 楼

晴川与黄鹤[1]，气势遥纵横[2]。静见水声合，空疑山势争。三洲秋色远[3]，万树午风清。帆影中流处，遥遥江汉情。

○注释

[1]晴川：指晴川阁，在汉阳禹功矶上，阁名取自崔颢《黄鹤楼》诗中"晴川历历汉阳树"句。黄鹤：武昌黄鹤楼。[2]纵横：作者自注："对峙呼应。"[3]三洲：泛指长江中或岸边的沙渚。

○评析

该诗文字雅洁，情感深沉，气势宏大，动静结合。末二句言有尽而意不尽，不曾明言的情感，留给读者丰富的想象空间。

**谭篆**，生卒年不详，字玉章，号灌湘，湖广景陵（今湖北天门）人。清顺治十五年（1658）进士，授翰林院侍读学士。有《灌村诗集》《高话园诗集》《四枝馆诗集》等。

## 楚故宫

寒日下红墙[1]，西风扫大荒。城乌啼故树，野雀守空仓。相国怀沙痛[2]，王孙抱柱伤[3]。不情呜咽水[4]，江汉日汤汤。

○题解

明朝开国皇帝朱元璋洪武三年（1370），封其第六子朱桢为楚王（死后称楚昭王），在黄鹄山（蛇山）之阳中段营建楚王府。《江夏旧志》记曰："楚王故宫在高观山下。前临大街，左阅马厂，右长街宫。广二里，袤倍之。明末兵燹，殿寝池馆俱为灰烬。"明代各位楚藩王均居住此处。

○注释

[1]红墙：指楚故宫院落或房屋的断壁残墙。[2]相国：指西汉贾谊，贾谊曾任长沙王傅和梁王傅。怀沙：《楚辞·九章》中有《怀沙》篇，写屈原自己的放逐生活和誓死不改的节操。[3]抱柱：《庄子·盗跖》："尾生与女子期于梁下，女子不来，水至不去，抱梁柱而死。"后以"抱柱"比喻坚守信约。[4]不情：无情。

○评析

诗人经过楚故宫时，面对一片焦土和断壁残垣，难免唏嘘感叹。诗中赞扬了贾谊护持长沙王和梁王的一片忠心，也为王子王孙们的不幸命运而伤怀。末二句写江汉之水日夜东流，似乎无情，而呜咽又似有情，实际正体现了诗人的复杂感受。

**刘醇骥**（1607—1675），字千里，号廓庵，广济（今湖北武穴）人。清康熙初年以岁贡入都，但不肯出仕，以著述、讲业为志。为文宏丽，诗宗盛唐，雄深雅健。有《芝在堂文集》。

## 江夏城楼雨后眺月

列筵广宴人初散，缅邈城头避暑过。雨里汉阳风浪远，云中楚国暮钟多。高低访古回乌帽，南北怀人坐绿莎。涌月台前江水满[1]，洞天何处不笙歌？

○注释

[1]涌月台：在黄鹤楼与南楼之间，有"涌月台"三字石刻，讹传为曹操手书。康熙《湖广武昌府志》以为此石刻"必唐宋后人为之"。

○评析

该诗题为"江夏城楼雨后眺月"，但除了"雨里汉阳风浪远，云中楚国暮钟多"二句纯属写景之外，其余六句都语带讥讽。在作者看来，众多游乐者不是附庸风雅的官员，就是为利奔走的商贾，所以他们能列筵广宴，享受神仙一样的日子。在清顺治到康熙初年，百姓生活尚很艰难，作者对游乐者的讽刺，表明其多少具有一些贫民立场。

**王岱**，生卒年不详，字山长，号了庵，湖南湘潭人。明崇祯十二年（1639）举人。入清后屡试不第，康熙十八年（1679）举博学鸿词不遇，因生性耿直，二十二年（1683）贬为浙江澄海知县。工诗善书画，著述甚丰。有《且园近集》《且园近诗》《了庵集》。

## 周梅城隐九峰约过未果

寒烟残九点[1]，君住最空明[2]。云白上方雪，峰青下界晴。灵文惭未读，鸾啸漫传声[3]。为问花源者，何年初避兵[4]？

○题解

九峰，康熙《湖广武昌府志》云："九峰山，（在武昌城）东五十里，山环如城郭，有狮子、钵盂、宝盖、沙碧、石门、扬锣、马驿、丁管、黄檗九峰。"

○注释

[1]"寒烟"句：谓山峰因寒烟笼罩，只能看到高处的九个山尖。[2]"君住"句：意即友人住在最开阔明亮的高处。[3]鸾啸：鸾鸟的啼鸣。鸾鸟又称青鸟，为神仙传送书信。此二句谓还没读过周梅城的妙文，但多次听到他的名声。[4]"为问""何年"二句：把周梅城比作桃花源中人，为避战乱而隐居九峰山。

○评析

该诗前四句描写九峰山中雪后初晴、寒烟缭绕的景致，后四句表达自己对这个只闻其名而未读过其文的隐者访而不遇的遗憾。诗中流露出钦美隐者、想知道他何时开始在此隐居之意。该诗情景交融，文字雅洁。

**胡介祉**（1627—1664），字茨村，一字存仁，号循斋，直隶大兴（今属北京市）人。清康熙朝吏部尚书胡绍龙之子，由荫生仕至河南按察使。工诗善曲，勤于藏书、校书、刻书。有《谷园诗集》《谷园曲谱》《曲录》。

## 宝塔灯辉

洪山古道场，化塔标巀嶪。创始自何年？岩壑振高洁。丹梯凌虚无[1]，紫云互明灭。升巅类转蓬[2]，摩空似盘穴。炉气霏烟霞，铃声响环玦[3]。渐见灯辉流，夜色更幽绝。层层祇树光，面面昙华结。朱栀映烂熳，宝座显曲折。近拟舍利红[4]，远若繁星列。洵知三昧火，大地照俱彻。慧觉路非遥[5]，湛然生禅悦[6]。金篦刮眼膜，回首消一切[7]。

○注释

[1]丹梯：朱红色的登塔梯道。凌虚无：架在空中。[2]类转蓬：形容楼道像随风飘转的蓬草一样旋转而上。[3]"铃声"句：宝塔的尖檐上有铃，其响声如美玉相叩。[4]舍利：此句以红色的舍利比喻宝塔的灯光。[5]慧觉：佛教用语，指能领悟佛法的智慧。[6]禅悦：谓入于禅定，使心神怡悦。[7]"金篦""回首"二句：意谓学法有如治疗眼疾，得道以后就能明了"色空"的道理。金篦，古代治眼病的工具。形如箭头，用来刮眼膜，据说可使盲者复明。

○评析

该诗表达了三层意思：首写洪山宝塔的高峻及周边环境优美；继而用具象和连串的比喻详写夜来宝塔灯光的明亮与玄妙；最终表明自己学佛悟道，终会明白"色即是空"的根本道理，看淡尘世的功名利禄。

## 梅亭夕照

梅亭秀城南[1],屹立压睥睨[2]。复岭互延衺,连峰递亏蔽[3]。潭幽可濯缨,树远拟浮荠[4]。晴明湛平芜,空翠湿岩砌。落日气更清,夕烟吐仍翳。倒射江光来,一一增妍丽。璇宫隐复见,贝阙启乍闭[5]。恍如青芙蓉,骈植金波际[6]。又似五色芝,遥挂若木势[7]。倏忽余霞收,流景渺难系[8]。手无鲁阳戈[9],怃然悲尘绁。坐听上方钟[10],松露滴衣袂。

○注释

[1]梅亭:梅亭山,在江夏城南。明初陈友谅之子陈理在此衔玉向朱元璋投降。山上有封建亭,朱元璋在受陈理降时,得报第六子朱桢出生,遂决定"他日以此子王楚"。后来梅亭山又成为楚藩王宫宫女的住所。[2]"屹立"句:谓梅亭山比其他的山要高些。[3]递亏蔽:依次互相遮蔽。[4]拟:好像。浮荠:浮在水上的蒺藜。[5]璇宫、贝阙:均为珠玉辉煌的宫阙。[6]骈植:并立。[7]若木:神话中西方的参天大树。[8]"流景"句:变幻中的景观无法留住。[9]鲁阳戈:出自《淮南子·览冥训》。鲁阳是战国时楚国县公,正与韩国作战,太阳快下山了,鲁阳于是对着太阳挥舞手上的戈,太阳为之重新升出来。后以"鲁阳戈"谓力挽危局的手段或力量。[10]上方钟:寺庙中的钟声。

○评析

该诗首先直写山水,继而集中笔力,运用一连串的生动比喻,描写夕阳下火烧云的多彩多姿。但转眼间余霞褪去,变幻的景物再难留下踪影。诗人感叹谁也没有回天之力,让夕照长存,虽然若有所失,但还是只能回到尘世中来。

**顾景星**（1621—1687），字赤方，号黄公，蕲州（今湖北蕲春）人。明末贡生，南明弘光朝时考授推官。入清后屡征不仕。清顺治八年（1651）回蕲州，杜门不出，名其堂曰"白茅堂"。富藏书，工诗词，诗作多反映民生疾苦。有《白茅堂集》。

## 涌 月 台

不见却月戍[1]，虚传涌月台[2]。月来照石镜[3]，月去暗苍苔。有客携樽至，何人吹笛来？浮云无处所，尝傍大江隈。

○注释

[1]却月戍：指赤壁之战时，曹操曾在夏口（今汉阳）修筑军用的却月城。[2]"虚传"句：指"涌月"二字为曹操手笔乃为讹传。[3]石镜：石镜亭，一名石照亭，在黄鹤楼西临崖，原有石如镜，遂以亭护之。明崇祯癸未（1643），石失亭废，至清康熙甲申（1704）才由总督喻成龙重建。如果顾景星此时见有石镜，则证明该诗作于1643年以前。

○评析

该诗虽然提到黄鹤楼附近的却月戍、涌月台和石镜三处景点，但都着墨不多，重点是表达自己的视觉感受，即月亮的出没和浮云的来去，给人一种空灵变幻的美感。

## 鹄山望桃柳

### 其 一

春城过雨柳齐芽，弱绿参差俯万家。半醉沿山铿屐齿，爱从斜日看桃花。

### 其 二

桃花深处暖云浮[1]，隔树红妆倚翠楼[2]。正是潇湘春色好，明朝欲买洞庭舟[3]。

○注释

[1]"桃花"句：谓桃花繁盛好像一派红云浮动。[2]翠楼：女子所居之屋。[3]洞庭舟：去湖南洞庭湖的船。

○评析

该诗写春天登上黄鹄山观赏柳树和桃花，正所谓桃红柳绿，春意盎然。作者登山饮酒，心情愉悦，在观看了江城景色之后，还兴致勃勃表示要前往湖南。

## 高观山再看桃花次韵

旧时山下卖桃翁，曾见山桃几度红。鹿苑当年园寝地[1]，兔葵今日楚王宫[2]。正宜细雨门深闭，不是看花客莫通。惆怅郊原春色贱，小开攀折恼村童[3]。

○题解

高观山亦作高冠山，黄鹄山的最高处，故实为黄鹄山的一部分。

○注释

[1]园寝：建于帝王墓地上的庙。此句谓楚藩王宫中的园寝如今成了养鹿的园囿。[2]兔葵：植物名。此句谓楚藩王宫废墟长满兔葵。[3]"惆怅""小开"二句：谓人们不懂得珍惜郊外原野的春景，村童们把含苞待放的花朵都折下了。

○评析

该诗书写在高观山上看桃花，实际是抒发两种感叹：一是看到山下楚藩王宫的荒凉破败，江山易主之感油然而生；二是惋惜人们不会欣赏美好的春景，如同不珍惜前代的遗产。

## 黄鹤楼夜眺

暝色动巍峨[1]，江声万井多。烟生浑陆海[2]，灯出倒星河[3]。旧鬼犹闻哭，军谣不似歌。郧乡西去路，在在有横戈[4]。

○注释

[1]巍峨：高峻的样子，此处指黄鹤楼。[2]"烟生"句：谓烟雾迷茫，使陆地和水面浑然莫辨。[3]"灯出"句：谓城中灯火闪耀，有如天空中的星河。[4]"在在"句：形容战事未息，道路不通。

○评析

顾景星祖辈是江苏人，元末才在湖北蕲州（今蕲春）定居，明末清初战乱时,顾景星曾在各处流浪。此诗写于清初,前六句写景兼叙事,表达战局初定后武昌依旧处于迷茫、悲伤的环境。末二句表示自己只能继续流浪,但前路艰难,令人忧虑。

## 武昌舟中

春浪拍天浮,春烟指戍楼。舟行移两岸,人语下中流[1]。兵革长经眼[2],风尘会白头。楚江杜蘅绿,吾意在沧洲。

〇注释

[1]"人语"句:谓人们一边说话,一边随船到江中。[2]长经眼:眼中时常看过。

〇评析

该诗书写江中所见景物,除了烟波之外,有意以戍楼暗指可能到来的战争或战火初熄,所以人们匆忙离开或回家。"兵革长经眼,风尘会白头"二句,道出了诗人厌倦战乱、决心隐居江湖的原因。全诗语气平淡的背后,埋藏着诗人深重的忧思。

**徐惺**（？—1696），字子星，号即山，江南江宁（今南京）人。清顺治六年（1649）进士，累官至湖北布政使。丁忧侨居江夏，辟高观山为东山小隐，亭台楼榭，极具匠心，顾景星为之写《东山小隐记》。居江夏前后十五年，于经历之处多有题咏。有《横江词》。

## 高观园咏牡丹

黄鹄峰头笛韵斜，蓝关秦岭不争差[1]。浮华觑破皆如水，不用先开顷刻花[2]。

○题解

高观园，在高冠山上，高冠山实为黄鹄山之一部分，且为黄鹄山最高处。徐惺在此建有"东山小隐"。

○注释

[1]"黄鹄""蓝关"二句：谓黄鹄山最高峰与秦岭的蓝关也相去无几。蓝关秦岭，蓝关在陕西，是秦岭东段的一个隘口。不争差，差不了多少。[2]顷刻花：牡丹花俗称富贵花，但花期也不长，故诗人称之为"顷刻花"。

○评析

该诗诗小意深。秦岭、蓝关在长安附近，而黄鹄山在"处江湖之远"的南鄙，两者距离权力中心远近不同，但作者以为两处风光相差无几。或许作者担心人们看不出此中深意，小诗的后两句又以不羡牡丹花似的富贵雍容，表明自己看破荣华如梦的人生态度。所以该诗应该是诗人丁忧退隐之后的作品。

## 过 九 峰

空山是处拥蓬麻[1],今到峰头翠转加。九点晴峦初日照[2],一天老树碧云遮[3]。自闻龙语曾开井[4],却向狮崖好试茶[5]。最爱远公心地净[6],清谈坐久摘枇杷。

○注释

[1]是处:每处;各处。蓬麻:代指各种农作物。[2]九点:指九座峰头。[3]一天老树:布满天空的大树。[4]"自闻"句:传说山中天空曾见白龙。[5]狮崖:即狮子峰。[6]远公:东晋高僧慧远。

○评析

诗人路过九峰山,喜爱此处的农家生活和清幽宁静的景致,故将此地麻、茶、人户,尤其是旭日白云、峰峦老树,一一笔之于诗。末二句睹景思人,表示自己最为心仪慧远,则把热爱自然之情引向了出世之思。

## 期黄公石虹尚白悔人集东山

### 其 一

客老集难得,诗多况益贫[1]。可能天上月,长侣树中春[2]。白发添诗兴,青山半故人[3]。一杯思共醉,矫首看苍旻。

### 其 二

念我悲方剧,人从江上来。芙蓉将欲采,丛桂已先开。小阁看山近[4]，层林待鸟回。一时成胜事[5]，不减仲宣才[6]。

○题解

期，相约，盼望之意。黄石虹、尚白悔人，生平不详。东山，此指作者在高观山上的"东山小隐"。

○注释

[1]"客老""诗多"二句：谓年龄大了，难得聚会，诗人朋友近来更加贫困。[2]"可能""长侣"二句：谓可能只有天上的月亮长时间与林间的春天为伴。[3]"青山"句：谓青山就像自己的半个老友。[4]小阁：即作者的"东山小隐"居所。[5]胜事：美好的事情。[6]仲宣：即王粲，东汉末"建安七子"之一。

○评析

年老之后难得交际，何况只有少数几个处于贫困中的诗人朋友！故第一首诗从春天写起，抒发自己只能和明月、山林相伴，孤寂难耐，翘首以望朋友的情景。第二首写秋天，好不容易盼来了朋友，诗人自然是欣喜异常，热情地陪伴朋友赏荷赏桂、登楼看山、林间漫步、吟诗作赋。诗末还自信地宣称，一场小聚会成为美谈，因为雅集之人都有不输于王粲的才华。

**赵士麟**（1629—1699），字麟伯，号玉峰，河阳（今云南澄江县）人。清康熙三年（1664）进士，任贵州平远县推官，累官至浙江巡抚。在浙江任上兴修水利，浙人称官员治水利民者，"唐有白居易，宋有苏东坡，清有赵士麟。"有《读书堂文集》。

## 南还黄鹤楼被火

客岁登临欲觅仙[1]，无端劫火忽燎然[2]。楼凭翠嶂阿房焰，槛对晴川祓庙延。黄鹤远翔苍霭外，白云还锁碧峰前[3]。可怜兴废茫无定[4]，独有江流不记年[5]。

〇题解

黄鹤楼在明末被焚之后，清顺治十四年（1657）曾经重建，但顺治鹤楼"规制卑陋，不足以壮皇舆"。到康熙三年（1664）三月即发生火灾，新修的黄鹤楼仅存在了七年。

〇注释

[1]客岁：去年。觅仙：寻找仙人或仙迹，此处比喻登楼。[2]"无端"句：应是指1664年黄鹤楼被烧毁一事。[3]"黄鹤""白云"二句：谓黄鹤远飞天外，只剩下白云缭绕青山。[4]兴废：此处既指王朝兴亡，也包括名胜建筑。[5]江流不记年：江水不知朝代和年岁，照旧东流。

〇评析

黄鹤楼在1643年被毁，1657年重建，仅仅七年后又遇火灾焚毁。二十年间黄鹤楼"存—毁—建—毁"的反复变迁自然引发作者的无限感慨。所以该诗后四句的意思是：遇仙不过是神话，人力的所作所为也是兴亡难料，只有大自然中的白云、青山和江流才会长久。

**朱彝尊**（1629—1709），字锡鬯，号竹垞，晚号小长芦钓鱼师、金风亭长，浙江秀水（今浙江嘉兴）人。清康熙十八年（1679）举博学鸿词科，授检讨。二十二年（1683）入直南书房。曾参与纂修《明史》。为"浙西词派"的创始人，与王士祯并称"南朱北王"，又与陈维崧并称"朱陈"。工诗词，富收藏。有《曝书亭集》。

## 闻鹤楼成赋寄楚中一二知己

平生未鼓湘江柁，万里投诗黄鹤楼[1]。壮观百年今在眼[2]，异时独上迥含愁[3]。碧窗下涌樊山月，红叶斜连鄂渚秋[4]。为报故人多酿酒，飞筵真作汉南游[5]。

○题解

远在浙江的朱彝尊得到黄鹤楼建成消息，寄诗给湖北的友人表示祝贺。

○注释

[1]"平生""万里"二句：诗人自言没到过两湖之地，只能在万里之外为复建的黄鹤楼赋诗。未鼓湘江柁，未曾驾过驶往湘江的船。[2]"壮观"句：谓百年壮观今又复现。[3]"异时"句：谓到我独自登楼之日，一定会产生深沉的感触。[4]"碧窗""红叶"二句：推想到时登楼所见景观，但地理位置有误，猜想鄂城的樊山（西山）距黄鹤楼不远。[5]汉南：汉水之南，指武汉一带。末二句虽是玩笑，也表达了作者来此一游的愿望。

○评析

黄鹤楼名声传播久远，其或毁或建都引人注目。故新楼落成之后，远在浙江的诗人也致信湖北友人表示高兴。诗中不仅想象了登楼之后所能见到的景观，还提醒友人多备好酒，以期来此一游。

**金德嘉**（1630—1707），字会公，号豫斋，广济（今湖北武穴市）人。清康熙二十年(1681)进士，授翰林院检讨，改编修，奉命纂修《明史》，分修《大清一统志》。二十八年(1689)被劾革职，返乡后设敬业堂课士，造就人才甚众。有《居业斋文集》《居业斋诗钞》。

## 黄鹤楼即事

高楼自古足登临，此日逢君载酒寻。花信正来梅落后[1]，春光渐入柳丝深。江山并是樽前客[2]，风雨谁知醉里心[3]？仙子有时还弄笛，愿将幽感托清音。

○注释

[1]"花信"句：谓蜡梅凋谢之后，更多的鲜花盛开。[2]"江山"句：谓江山添酒兴。[3]风雨：比喻人生经历。此句谓酒后才能推心置腹地交流。

○评析

该诗抒写了诗人与朋友在黄鹤楼上饮酒的所见所感。春光明媚，江山如画，席上谈笑风生，彼此推心置腹，诚为人间乐事！诗人文笔天成，对仗不着痕迹，文字雅洁，音韵尤其优美。

## 石 镜 亭

有物胚胎万象先，一轮皎洁自中天。照残今古妍媸事，历尽乾坤大小年[1]。云梦春星低共曙，洞庭秋水远生烟。从兹直上昆仑顶[2]，探取河源银汉边[3]。

○注释

[1]大小年：大年和小年。此处指太平之年和灾乱之年。[2]兹：指石镜亭。[3]河源：江河的源头。银汉：天河。李白《将进酒》："黄河之水天上来。"

○评析

该诗以石镜为浑然天成的天外来物，认为它阅尽人间的美丑，经历了太平之世和灾乱年头，更映照着春天的云梦、秋天的洞庭，而且直通地上的昆仑山顶，一探江河与天河的连接之处。该诗想象丰富，大有李白的浪漫主义色彩。

**施闰章**（1619—1683），字尚白，一字屺云，号愚山，晚号矩斋，施南宣城（今属安徽）人。清顺治六年（1649）进士，授刑部主事，累官至翰林院侍读。文章淳雅，尤工于诗。有《双溪诗文集》《愚山诗集》等。

## 登江夏洪山寺塔

峰头开古寺，塔下俯浮云。山势龟蛇斗[1]，江流沔汉分[2]。柳荒陶侃庙，风竞伏波军[3]。南望湖光白，鸿归渡夕曛。

○题解

洪山寺，原在随州大洪山，名"宝通寺"。唐代移武昌城外东山（即洪山）。宋制置使孟珙、都统张顺重建。明楚昭王增修，明宪宗赐额。寺后有塔，兴建于元代，为纪念原在随州大洪山时的灵济慈忍大师，故名灵济塔。

○注释

[1]龟蛇斗：龟山和蛇山隔江相峙。[2]沔汉：汉水的别称。[3]伏波：指东汉将军马援，曾领兵征服南方。

○评析

该诗主要写登临洪山寺塔时所见景物，视野开阔，疏淡有如写意。诗句中提到古人陶侃和马援，看似无意的古今之叹，实则蕴含接受南北统一的态度。

**毛际可**（1633—1707），字会侯，号鹤舫，晚号松皋老人，浙江遂安（今淳安）人。清顺治十五年（1658）进士，授河南彰德府（今安阳）推官，后调陕西城固、祥符知县。康熙十七年（1678）以事罢官，返籍读书著述。二十三年（1684）受浙江巡抚委托，主修《浙江通志》，任总裁。毛际可擅长古文，与同乡毛奇龄、毛先舒同时，因而有"浙江三毛，文中三豪"之说。著述丰富，有《松皋文集》《安序堂文钞》《会侯先生文钞》等。

## 泊鹦鹉洲

澄江一望净无烟[1]，此夜还泊汉口船。秋色苍苍迷远浦，疏林历历自晴川[2]。移樽坐对菰芦月，倚笛寒惊雁鹜天。欲吊正平何处是[3]，洲横江夏几千年[4]。

○注释

[1]澄江：清澈的江水和明净的江上天空，表明时值秋季。[2]"疏林"句：由崔颢《黄鹤楼》诗中"晴川历历汉阳树"一句变化而来。[3]正平：东汉末文士祢衡字正平。[4]"洲横"句：点明鹦鹉洲就在武昌城外大江边。

○评析

该诗书写泊船武昌江边时所见秋景，以澄江、远浦、疏林、寒月等物着力营造出一种宁静萧瑟的图景。末二句特意点出泊舟之地鹦鹉洲正是祢衡葬地，更增添了一分凄美。

## 三姝媚　初冬饮黄鹤楼同李蠖庵诸同年赋

篱花开未了[1]，正木叶霜寒，枫红渐少。高阁重登[2]，觉星星双鬓，已成衰老。俯仰当年还共忆，曲江春晓，云影波光，晴明荡漾，芳樽齐倒[3]。　　漫说崔郎诗好，但我辈凭栏，各抒怀抱。涌月台边见新蟾，转盼又生林杪。指点轻舟何日是，严陵归道[4]？更叹侧身天地[5]，尚依刘表[6]。

○题解

三姝媚，一种曲牌名，始于元代，后来因曲调失传而少有人作。

○注释

[1]篱花：菊花。[2]高阁：指黄鹤楼。[3]曲江：唐代都城长安有曲江池，为著名游乐之地。此处以曲江代指清代都城北京的游乐之地。此四句系回忆当年友人在京城时的愉快交往。[4]严陵：一作严子陵，东汉人，不愿出仕，隐居在浙江桐庐富春山。[5]侧身天地：寄身天地之间，即人生在世。[6]依刘表：通常简称"依刘"。《三国志·魏志·王粲传》："诏除黄门侍郎，以西京扰乱，皆不就，乃之荆州依刘表。"后用来指依附有权力地位的人。

○评析

该诗上半阕描写在黄鹤楼所见景色，秋光满眼，犹如人生过去大半，遂引起对当年在京城与同年们豪放游乐的回忆。下半阕描写在黄鹤楼赋诗的情景。虽然崔颢的诗写得好，但都是各抒怀抱吧。又由新月感到时光易过，而且寄人篱下，难免有思归之念。全诗情景交融，一出胸臆，轻快自然，富节奏感。

## 渔家傲　黄鹤楼同汤次曾赋

不道年光真已暮[1],楼头吹笛梅初吐,缥缈烟波萦客绪,王郎语:"此邦信美非吾土[2]。"　两鬓霜华消不去[3],胸中磈礧杯中醑[4],醉后狂呼还自许。相尔汝,奚囊诗卷同千古[5]?

○注释

[1]不道:不料。年光真已暮:一年时间又到岁末。[2]王郎:东汉末"建安七子"之一的王粲。王粲作有《登楼赋》,有"虽信美而非吾土兮,曾何足以少留"之句。[3]"两鬓"句:谓自己两鬓花白。消不去,花白鬓发去不掉,比喻无法返老还童。[4]"胸中"句:即借酒浇愁之意。醑,美酒。[5]奚囊:《新唐书·李贺传》:"(贺)每旦日出,骑弱马,从小奚奴,背古锦囊,遇所得,书投囊中。"后因称诗囊为奚囊。

○评析

岁末羁旅,黄鹤楼上的诗人看到近处的蜡梅初开,远方的烟波缥缈,不由想起王粲《登楼赋》中的名句,于是顺手拈来以表乡愁。接下来重叹时光催人老,故而以酒浇愁,仗着酒兴大言:谁的诗能流传千古呢?多重愁绪却以轻快戏谑的语调表达,泪中带笑、笑中含泪,也是文人的一种生活态度。

**朱伦瀚**(1680—1760)，字涵齐，号亦轩，一号一三。先世为山东历城人，奉天（今沈阳）汉军正红旗人。清康熙五十一年（1712）武进士，官正黄旗汉军副都统，娴技勇，能左右射。书法兼融众体，各极其妙。有绘画天赋，尤以右手中指作画擅绝一时。细笔山水之工，亦颇造微入妙。有《间青堂诗集》。

## 武昌秋兴

黄鹤高楼耸碧空，晴川杰阁汉阳东[1]。云吞夏口三秋雨[2]，帆挂天门半夜风。城郭夹江悬一镜，山川分势走长虹[3]。遥怜赤壁烟波外，落日寒沙照眼红。

○注释

[1]汉阳东：晴川阁在汉阳城的东边。[2]三秋：深秋。[3]一镜、长虹：均指长江。山川分势：山河各有其势。

○评析

作者是武将而能诗画，故该诗有如一幅山川形势图，视野辽阔，大处落墨，颇有气势。但是表达何种情感，隐而不宣，留待读者自由想象。

**顾寿开**，生卒年不详，字熊庆，一字玉洲，江苏吴江（今苏州）人。清雍正五年（1727），作《大水行》记江汉水灾。有《玉洲诗集》。

## 汉江棹歌（七首选四）

### 其 一

千秋鹦鹉赋空留，芳草曾无旧日洲。欲向斜阳吊祠墓，烟波无际没沙鸥[1]。

### 其 二

郎家南浦妾东湖[2]，隔水盈盈唱想夫。不信石尤容易阻[3]，双飞轻燕疾于凫[4]。

### 其 三

莎岸缘流夜寂寥，墙花拂面柳垂腰。郎来好记团圞影，明月湖边明月桥[5]。

### 其 四

南湖墩子立薰风[6]，映日荷开照水中。试向胭脂山下问，问谁颜色似花红[7]？

○注释

[1]"欲向""烟波"二句：祢衡墓在鹦鹉洲。南宋陆游《入蜀记》称洲上有茂林神祠，至作者写此诗时均已"沦没不可复识"。[2]东湖：

在县西四里,后称沙湖。[3]石尤:即石尤风,打头逆风。传闻石氏女嫁为尤郎妇,二人情好甚笃。尤为商远行,妻阻之,不从。尤出不归,妻忆之,病亡。临亡长叹曰:"吾恨不能阻其行,以至于此。今凡有商旅远行,吾当作大风,为天下妇人阻之。"[4]双飞轻燕:汉阳的一种渡船。[5]明月湖:在武昌城内,湖上有明月桥。府、县志载其名而无地址方位。[6]南湖:在武昌城内,高观山之南。湖中有墩,随水消长,一名墩子湖,夏天有荷花胜景。[7]胭脂山:在黄鹄山之阴,一名鞭指山,土石均呈赤色。

○评析

此处所选四诗,写江洲、湖泊和小山,除第一首因怀古带有伤悲之情以外,其他三首或写爱情,或写美景,轻松活泼,有民间竹枝词风格。

**袁枚**（1716—1798），字子才，号简斋，浙江钱塘（今杭州）人。清乾隆四年（1739）进士，授翰林院庶吉士，曾出知江宁等县。年四十即辞官，在南京清凉山附近的小仓山筑随园，读书会友，自号随园老人。为诗主性灵，善白描，自成一格。与赵翼、蒋士铨合称"江右三大家"，与赵翼、张问陶合称"性灵派三大家"，为"清代骈文八大家"之一。又与大学士纪昀齐名，时称"南袁北纪"。有《小仓山房诗文集》《随园诗话》等。

## 黄 鹤 楼

万里青天月，三更黄鹤楼。湘帘才手卷[1]，汉水拍天流。山影如争渡[2]，渔歌半入秋。深宵无铁笛，空自泊孤舟[3]。

○注释

[1]湘帘：用湘妃竹做的帘子。[2]"山影"句：倒映水中的山影，因波浪起伏而好像在移动。[3]"空自"句：杜甫《绝句》："窗含西岭千秋雪，门泊东吴万里船。"

○评析

该诗写黄鹤楼上所见秋夜之景：月下楼台静静伫立，江汉波涛涌流，山影随流水起伏，笛声暂歇而渔歌又起，船只泊在岸边等待明天的客人。文字绘声绘色，画面有动有静，全诗给人淡泊、雅致之感。

## 黄鹤楼看雪

汉水茫茫摇白浪，一楼高踞浪花上[1]。相传黄鹤此间飞，至今犹画仙人像[2]。仙人一来不再来，我竟两次腾麻鞋[3]。更值天公张玉戏[4],雪花片片飞瑶台。鹦鹉洲,汉阳树,远望迷离一匹布[5]。妙手描成白泽图,长江化作银河渡。卅年看雪俱在家,今年看雪天之涯。达人行乐足向神仙夸[6],可奈想杀小仓山里千梅花[7]。长揖与仙约,借我黄仙鹤。骑上鹤发翁[8],鹤翅休氄毿[9]。趁此高楼西北风,送我连夜还山中。一天明月一枝笛,踏破琼瑶万万重[10]。

○注释

[1]一楼:指黄鹤楼。[2]"至今"句:黄鹤楼上有费祎、吕洞宾等仙人的刻像。[3]腾麻鞋:穿上麻鞋登楼腾空。[4]张:开幕。玉戏:指下雪。[5]一匹布:形容近处的鹦鹉洲和远处的汉阳树,都像处在一张布幔的后面,模模糊糊的。[6]达人:豁达之人。[7]小仓山:作者在南京清凉山的小仓山筑有住所——随园。[8]鹤发翁:白发老人,指作者自己。[9]氄毿:羽毛松散貌。[10]琼瑶:此指雪花。

○评析

该诗前面大部分写自己在黄鹤楼所见雪景:高楼兀立,雪花漫天飞舞,江天茫茫一片,琼楼玉宇,有如仙境。中间部分说前之看雪都在家中,自然引出思归之念。后面的部分想象如何借来仙鹤,在一片明月和笛声中穿越千里,回到南京的小仓山再看梅花。该诗有李白式的浪漫主义色彩,想象奇特,文句清新自然,长短随意,朗朗上口。

**赵翼**（1727—1814），字云崧，一字耘崧，号瓯北，又号裘萼，晚号三半老人，江苏阳湖（今常州）人。清乾隆二十六年（1761）进士，曾官贵西兵备道，旋辞官，主讲安定书院。长于史学。论诗主"独创"，反模拟，与袁枚、张问陶并称清代"性灵派三大家"。所著《廿二史札记》与王鸣盛《十七史商榷》、钱大昕《二十二史考异》合称"清代三大史学名著"。有《瓯北诗钞》。

## 题黄鹤楼十六韵

杰构依天堑[1]，登临气象千。危矶黄鹤浦，重镇赤乌年。势控荆襄下，兵从晋宋前[2]。舟车当四达，海寓扼中权[3]。胜概斯称最，名区久未湮。楼真千尺迥，地以一诗传[4]。百级旋螺上，重檐乱鼠穿[5]。凭栏俯斜日，挂槛竖长川。远挹庾楼月，高凌鄂树烟[6]。江吞沔口阔[7]，城对汉阳坚。估舶如浮鸭[8]，渔槎有缩鳊[9]。洲犹芳草色，笛正落梅天[10]。事往皆成古，吾来倘遇仙。鸿泥留笠屐[11]，鲸浪少戈铤[12]。灯火沿流满，鱼盐入市阗[13]。翻疑骑鹤客[14]，多半在腰缠。

○注释

[1]杰构：此指黄鹤楼。[2]"兵从"句：谓从东晋到南宋，武昌多次发生战争。[3]海寓：海宇。中权：中枢，枢纽之地。[4]一诗：应是指崔颢的《黄鹤楼》诗。[5]乱鼠：比喻纵横交错的飞檐。[6]鄂：原在荆州江陵一带。南朝刘宋时，以武昌城为鄂州州治。[7]沔口：汉水注入长江之处。[8]估舶：商船。[9]缩鳊：缩颈鳊鱼，即团头鲂，武昌鱼。[10]"笛正"句：化用李白"黄鹤楼中吹玉笛，江城五月落梅花"诗句之意。[11]鸿泥：雪泥鸿爪。喻指事情过后遗留下的痕迹。

[12]鲸浪：巨浪，如巨鲸般的大浪。戈铤：戈和铤。借指战争。此句意谓不要有惊天巨浪和战争杀戮。[13]市阓：充满市场。[14]骑鹤客：登临黄鹤楼的人。

○评析

该诗因篇幅长而内容丰富，既写出了黄鹤楼气魄宏大，景致优美；又写出了武昌地理位置的优越、物产的丰饶和商业的发达；还写出了希望时局安定、农渔和商贾都能安居乐业的期盼。长诗将写景、叙事、抒情熔于一炉，一气呵成，体现了诗人的探索和创新精神。

**钟令嘉**（1706—1775），字守箴，晚号甘荼老人，江西余干（今饶州）人。适蒋氏，以教子蒋士铨（1725—1784，与赵翼、袁枚合称乾隆"江右三大家"）获封安人，随子游历甚广，卒年七十。有《柴车倦游集》，已佚。清人沈善宝《名媛诗话》评为"诗工议论，笔亦遒劲"。

## 黄 鹤 楼

谁见鹤飞去？神仙不再过。《招魂》才士尽[1]，遗韵酒人多[2]。文字风犹霸[3]，江山气不磨。南朝资锁钥[4]，天险究如何[5]？

○注释

[1]《招魂》：《楚辞》中有《招魂》篇，一般认为是宋玉为吊唁屈原而作。[2]"遗韵"句：实为"酒人遗韵多"的倒置，意思是诗人多喜饮酒，才留下许多诗作。[3]风：《诗经》中有"国风"，后因称诗为"风"。[4]南朝：泛指割据长江以南的历代王朝，如三国东吴，东晋，南朝的宋、齐、梁、陈，南唐，吴越，南宋，南明等。资锁钥：以（长江或汉江）为关键（门户要地）。[5]天险：长江。

○评析

女诗人登楼，对神仙之谈表示不以为然。她首先想到的是由《楚辞》开创而逐步形成的辞赋，认为这种文化的影响和江山气魄一样不会磨灭。至于偏安江南的小王朝以长江为天险，丝毫于事无补。该诗的确笔力遒劲，议论富于跳跃性，全诗似要表达"文章千古事"的意思，不过仍有些隐晦。

**汤思孝**，生卒年不详，字元祥，江苏宜兴人。出生不满周岁即失怙，由母亲教授诗文。刻苦自学，终成高才，其慢词尤见称于时。所著多散失，仅存《哭四忠诗叙》《乐府和》。

## 泊汉阳门

秋尽枫丹霜暗催，羁途野泊此徘徊[1]。锁江烟漠鱼龙冷，绕树风号乌鹊哀[2]。汉口船随孤鹜去，矶边人带晚霞来。故乡有梦愁无寐，待遣更深莫放怀[3]。

○注释

[1]"秋尽""羁途"二句：以秋末的寒霜迫使枫叶变红起兴，于是引起游客思归之心，遂有下句孤身作者在船边的迟疑和犹豫不决。[2]"绕树"句：谓北风在林中呼号，乌鸦绕树乱飞。[3]莫放怀：放不下心。

○评析

诗人在秋末冬初漫游至武昌，泊船汉阳门外江边，只见烟雾笼罩江面，乌鸦绕树哀啼，孤鹜晚霞，一派萧瑟。在渲染了如此凄清哀凉的意境之后，作者叹息又将面临一个孤独难眠的长夜了。全诗塑造了一个憔悴愁苦的流浪诗人的形象。

## 惜余春慢　过楚故宫

怨鸟啼残[1]，恨花开过[2]，早则着罗时节[3]。消愁无地，吊古多情，觅觅故藩遗迹。何处歌台舞衣[4]，泊草停烟，淡黄蝴蝶。缭垣边冷遍[5]，鬼灯藜刺[6]，恶红惨碧。　　想畴昔、堕马妆成[7]，回波筵罢[8]，多少峡云梁雪[9]。只今惟见，瘦骼泥鬃[10]，嘶彻断风斜日[11]。御菜园中贮娇[12]，旧事宣和[13]，有谁重说？更转思[14]，汉理宫人[15]，曾记梅亭衔璧。

○注释

[1]怨鸟：指杜鹃。啼残：在残春中啼鸣。[2]"恨花"句：惋惜花谢了。[3]罗：质地较薄的丝织物。着罗即穿上罗衫（春衫）。[4]"何处"句：应是"歌台舞衣（在）何处"的倒置。[5]垣：楚藩故宫的围墙。[6]鬼灯：鬼火；磷火。藜刺：荆棘丛生。[7]堕马妆：一作堕马髻，古代妇女发髻名。《风俗通》："堕马髻者，侧在一边。"[8]回波筵：正式筵席之后的补充筵席。[9]峡云：三峡的云，借指传说中的巫山神女。梁雪：梁园之雪。梁园，西汉梁孝王刘武在今河南商丘东所建造的游乐苑。雪，比喻美女。[10]瘦骼泥鬃：形容马匹瘦骨嶙峋，鬃毛上沾满泥巴。[11]"嘶彻"句：在斜阳晚风中嘶鸣。[12]御菜园：当年是楚藩歌姬居所。[13]旧事宣和：北宋徽宗时朝政紊乱至极，1126年即有"靖康之变"，金军攻破都城汴京（开封），掳掠徽、钦二帝，北宋灭亡。[14]更转思：再往下想。[15]汉理宫人：陈理的宫中人。陈理是元末陈友谅的儿子，在武昌称大汉皇帝。

## ○评析

诗人在轻衫薄袖的春末夏初经过明代楚藩故宫遗址，所见恰如辛弃疾《永遇乐·京口北固亭怀古》词所形容："舞榭歌台，风流总被雨打风吹去。"诗人由楚藩故宫的荒凉残破，进一步联想到宋徽宗的仓皇被掳、陈理的屈辱求降，多少帝王和帝王子孙得势时的骄奢淫逸与其失势后的悲惨结局形成的对比，虽然令人感慨，但一代又一代的梦中人都无法唤醒！

**舒正载**，生卒年不详，字伯厚，号西樵，湖南溆浦人。清乾隆四十二年（1777）获选拔任湖北荆门州州判，历云梦、汉阳、武昌、潜江知县。育《竹根斋诗文集》。

## 仙 枣 亭

迢迢亭子俯江波，江上风帆日日过。佳树极能留客坐，名山初不厌诗多[1]。仙家酒市招黄鹤[2]，渔父烟村着绿蓑。共是人间行乐地，桑麻到处有弦歌[3]。

○题解

仙枣亭在黄鹤楼东。相传亭前有枣树，从不结实，忽一日现枣实如瓜。太守令小吏往视，小吏窃食之，遂仙去。

○注释

[1]"名山"句：谓名山本来就应该有众人题诗。[2]"仙家"句：传说黄鹤楼旁有一家姓辛的人开的酒店，有道士多次来买酒，辛氏不计酬。道士饮酒后取橘皮在墙壁上画鹤，并说"客至拍手引之，鹤当飞舞以侑觞（佐助饮兴）"。辛氏得以致富。一天道士又来，取所佩铁笛吹奏几曲后，白云、黄鹤从空中飞来，道士跨鹤飘然而去。辛氏就在其地建楼。[3]桑麻：指农事。

○评析

该诗以仙枣亭为题，用写意笔法描绘了在黄鹤楼上所见景物——江波风帆、名山佳树、酒客渔父、桑麻弦歌，既呈现了乾隆朝繁荣安定的社会生活，也充分流露了作者的愉悦之情。

**洪亮吉**（1746—1809），初名洪莲，字华峰，又名礼吉，字君直，一字稚存，号北江，晚号更生居士，江苏阳湖（今属常州）人。清乾隆五十五年（1790）榜眼，授编修，累官至贵州学政。嘉庆四年（1799），以极论时弊获罪戍伊犁，翌年赦还，居家撰述至终。洪亮吉精于史地、声韵、训诂之学，善写诗及骈体文，诗文主张"另具手眼，自写性情"，讲究"气格"。有《卷施阁诗文集》《更生斋诗文集》《附鲒轩诗集》《北江诗话》等。

## 江行杂咏（二十首选一）

黄鹤矶头打桨迎，欲从楼上望宵晴[1]。题诗不复知崔颢[2]，始觉仙人不近名[3]。

○题解

本诗为竹枝词。竹枝词是起源于鄂西川东一带与乐舞结合的民歌。唐代诗人刘禹锡在鄂西任官时，曾仿竹枝词写诗多首。宋代以降，文人创作竹枝词成为风气。竹枝词多为七言四句，短小质朴，文句通俗。

○注释

[1]宵晴：夜晚的晴空。[2]"题诗"句：似说自己题诗时也不考虑和崔颢比什么高下了。[3]"始觉"句：谓像神仙那样不管名声最好。

○评析

洪亮吉《江行杂咏》共有二十首，今选其一。囿于篇幅和风格的限制，竹枝词一般都明白晓畅，但个别含蓄之处又令人难猜。该诗就是一例，作者究竟是嘲笑多数题诗者连崔颢都不知道，就像有关传说中的成仙者一样寂寂无闻，还是说自己题诗时不管不顾，就像过路神仙一样不考虑此后有名无名？这些都留待读者细细玩味。

**李鼎元**（1750—1815），字和叔，一字味堂，号墨庄，四川绵阳（今绵阳市）人。清乾隆四十三年（1778）进士，改翰林院庶吉士，散馆授检讨，改内阁中书，升宗人府主事。嘉庆初任内阁中书舍人，曾作为册封琉球国王副使出使琉球，回国后官至兵部主事。工诗善画，有《师竹斋诗集》《使琉球记》《球雅》。

## 雨霁登黄鹤楼

黄鹤孤楼压渚宫，满城烟景接长空。无边楚色潇潇雨，不断江声浩浩风。鹦鹉洲连春草绿，凤凰山带夕阳红。白云霭霭仙人去，万古愁销一笛中。

〇评析

该诗书写雨后登黄鹤楼所见。以满城烟景形容人户之多，以楚色江声形容声势之壮，而鹦鹉洲的春草、凤凰山的夕阳，无一不显江城之美。末二句奇特的神话传说，更把诗人带到了玄妙的幻想之中。全诗文句轻快，对仗谨严，诵读起来朗朗上口。

**喻文鏊**(1746—1816),字冶存,一字石农,又号考田山人,湖北黄梅人。清乾隆朝(1736—1796)贡生,任湖北竹溪县学教谕,以训导有方著称。湖广总督邀其入幕,喻文鏊力辞不赴。工诗善文,曾遍游江淮齐鲁,善写山川风物,亦能洞察古今治乱。有《考田诗话》《红蕉山馆诗文集》。

## 王西园鸿典大令招饮黄鹤楼

木落江深鸦鹳哀,江头片月涌孤台。百年宾主同今夕[1],几处悲歌对酒杯。笛冷梅花随鹤去[2],潮吞大别卷秋来。横空雁唳清宵迥,《九辩》谁怜宋玉才[3]。

○题解

王鸿典,字西园,时任江夏知县。

○注释

[1]百年:是"人生百年"之意。此句感叹人的一生如同今晚的筵席。[2]"笛冷"句:取李白"黄鹤楼中吹玉笛,江城五月落梅花"诗句,但用来感慨笛声和梅花一齐随黄鹤而去,即时光一去不返。[3]《九辩》:《楚辞》中有《九辩》,一般认为《九辩》是宋玉借屈原之口表现屈原思想情感的模拟之作,但能体现宋玉卓越的文学才华。

○评析

喻文鏊因当时官场龌龊而不屑与之为伍,为示清高仅愿出就教职,而且也偶尔与官员应酬往来,但内心又为自己怀才不遇而不平。所以即使是在官员请客的宴会上他也没有好心情,悲叹和哀怨使得该诗与赏景游乐的气氛格格不入。

## 吊熊襄愍公

江陵死，几人相[1]？江夏诛，几人将[2]？锦袍花鏖银麒麟，白牌封剑真将军[3]。生手已易袁应泰[4]，掣肘更来王化贞[5]。臣罪当诛血一缕，不死封疆死门户[6]。臣心可剖疏千言，不任经臣任枢部。东厂罗织贤与良，邦国殄瘁人先亡[7]。中原从此遂破裂，九边传首祸最烈[8]。九边风雪黄云高，魂兮归来何处招？痛吟性气先生集[9]，江头松竹寒萧萧。

〇注释

[1]"江陵""几人"二句：谓张居正死后，没有几人配称宰相。[2]"江夏""几人"二句：谓熊廷弼被杀之后，没有几人配称将军。[3]"锦袍""白牌"二句：分别以文武官员的服饰代指张居正和熊廷弼。[4]"生手"句：谓熊廷弼在辽东经营颇见成效，但明熹宗即位之后听信谗言，罢免熊廷弼，以不熟悉辽事的袁应泰代之，短短四月，辽阳失守，关门大震，熹宗始悟，重新起用熊廷弼。[5]"掣肘"句：谓熊廷弼重任辽东重担之后，奸党又安排轻狂自大的巡抚王化贞分其权。[6]"不死"句：谓熊廷弼不是死在疆场，而是死在门户之内。[7]殄瘁：困苦。《诗·大雅·瞻卬》："人之云亡，邦国殄瘁。"[8]九边传首：熊廷弼被杀后，尸骨弃于荒野，传其首级（头颅）九处边关示众。[9]"痛吟"句：谓读《熊襄愍公集》时还痛心。

〇评析

该诗对明代两位著名的湖北人即张居正和熊廷弼表示敬意和哀悼，但因为是在熊廷弼墓前凭吊，所以内容仍以熊廷弼为主。该诗叙事简练,高度概括了熊廷弼的艰难处境和不向邪恶势力低头的倔强性格。作者爱憎分明,感情真挚,读后令人对熊廷弼肃然起敬。

**黄景仁**（1749—1783），字仲则，又字汉镛，自号鹿菲子，江苏武进（今常州）人。二十三岁入安徽学政朱筠幕。清乾隆四十一年（1776），大、小金川平定，黄景仁献诗考取二等，授武英殿书签官，加捐县丞。在京候选时与众多名士交游，三十四岁时死于赴陕途中。有《两当轩集》《西蠹印稿》。

## 黄鹤楼用崔韵

昔读司勋好题句[1]，十年清梦绕兹楼[2]。到日仙尘俱寂寂[3]，坐来云我共悠悠。西风一雁水边郭，落日数帆烟外舟。欲把登临倚长笛[4]，滔滔江汉不胜愁。

○题解

用崔韵即用崔颢《黄鹤楼》诗韵脚。

○注释

[1]司勋：指崔颢。崔颢在唐玄宗天宝间任司勋员外郎，故世称崔司勋。好题句：指崔颢的《黄鹤楼》诗。[2]"十年"句：谓十年来做梦都想来此楼。[3]俱寂寂：都不见。[4]把：把玩。

○评析

由于经历坎坷，作者的诗歌时时表现出郁郁不得志之情，即使面对黄鹤楼的壮丽景色和大好河山，笔端流出的文字依然带有愁苦之色。此诗沿袭崔颢《黄鹤楼》的韵脚，在突出"愁"字上更如出一辙。

## 武昌杂诗（四首选二）

### 其 一

夹岸双城陡翠微[1]，登临谁与共清晖？更无老子连床话[2]，敢望仙人跨鹤飞。岭上凤凰归未得，月中乌鹊去何依[3]？汉阴咫尺愁相望，何日劳生此息机[4]。

### 其 二

鲁口帆樯取次开[5]，扁舟常系鹄矶隈[6]。三春无树非垂柳[7]，五月不风犹落梅[8]。楼上休夸崔颢句[9]，天涯谁识祢衡才[10]。可怜夙负黄童誉，漂泊翻成异地哀[11]。

○注释

[1]夹岸双城：长江两岸的武昌、汉阳两城。[2]老子：此处指东晋庾亮。[3]"岭上""月中"二句：皆暗示自己漂泊无依。[4]劳生：劳苦的生活。息机：绝意名利。[5]鲁口：指汉口。以汉水对岸有鲁山（龟山）得名。取次开：依次启行。[6]鹄矶：黄鹄矶。[7]垂柳：即武昌柳、陶公柳。此句谓武昌到处都是柳树。[8]"五月"句：用李白诗句"江城五月落梅花"。[9]"楼上"句：谓崔颢的《黄鹤楼》诗也不值得过分称赞。[10]"天涯"句：谓写《鹦鹉赋》的祢衡有才，可惜人多不识。[11]"可怜""漂泊"二句：以黄香为喻，感叹自己也是少有神童之誉，但至今仍然无所成就，到处漂泊。

○评析

　　黄景仁《武昌杂诗》共有四首，今选其二。其诗师李白，才华过人且熟知古典，其诗作或气势雄伟，或笔触细腻，都能意贯古今，情景交融。其诗常能把自负和自怜、入世和归隐两组冲突的思想感情巧妙融合，形成一种丰富的艺术感染力。

**严观**,生卒年不详,字述斋,一字子进,江宁(今江苏南京)人。太学生,筑归求草堂藏书二万卷。嗜学,尤好金石文字。著有《江宁金石记》《湖北金石诗》。后书载诗七十七首,所咏"获读湖北现存金石文字七十八种",均为隋唐以来历代幸存钟鼎碑刻,极具史料价值。《湖北金石诗》成书于清嘉庆二年(1797),故推测严观生活于乾隆、嘉庆时代。

## 鄂州重修北榭记

北榭碑初见[1],芳踪何处寻?随堤思往迹[2],一径绕山阴。空见南楼月,中悬照茂林。高飞见双鹭,归去有余音。循良钦太守,触景发慈心。减赋省刑罚,能祈甘霈霖。斯风应再得,盼室我情深。重过丰碑侧,披襟一朗吟。

〇注释

[1]北榭碑:指南宋宁宗嘉定十七年(1224)重修时所立《北榭记》石刻。[2]随:同"隋"。

〇评析

诗人珍爱古迹,并非仅为发思古之情,因为有价值的设施才更有存在的意义。所以诗中希望官员有"慈心",不能劳民伤财,只有为民造福,才能为后世留下"丰碑"。

**陶澍**（1779—1839），字子霖，一字子云，号云汀，晚年自号髯樵，湖南安化人。清嘉庆七年（1802）进士，授庶吉士，历任翰林院编修、国史馆纂修、四川乡试副考官、监察御史、户部给事中、川东兵备道。道光年间，历任山西省按察使、安徽省布政使、安徽巡抚、江苏巡抚，官至两江总督，兼理两淮盐政。道光十九年（1839）病逝于官邸，晋赠太子太保，谥文毅。有《陶文毅公全集》《蜀辖日记》等。

## 舟至江夏

洞庭片席乘风下[1]，放眼苍茫快此行[2]。雨气欲沉云梦泽[3]，江声直上武昌城。蒙蒙芳草洲边合，历历青山阁外横。便合携壶黄鹄岸，登楼一啸一杯倾。

○注释

[1]洞庭：作者的家乡安化在洞庭湖区。片席：孤舟。[2]苍茫：形容天地。快：顺畅，痛快。[3]云梦泽：古代长江中游的一片大泽，在江南的称"云"，在江北的称"梦"，合称云梦泽。

○评析

作者在中国进入"近代"之始时膺任封疆，为人精明干练，崇尚实学经世。故诗如其人，眼界阔大而不露心迹，无论是舟中所见还是登楼饮酒，只写实景实行而不发议论，让人看不出他的喜怒哀乐。

**熊士鹏**，生卒年不详。字两溟，号纯湾，竟陵（今湖北天门市）人。清嘉庆十年（1805）进士，官武昌府教授。有《鹄山小隐集》《熊两溟全集》。

## 武昌杂咏（五十一首选四）

### 其 一

庭柯乌乌总难论[1]，江夏黄童席独温[2]。我到孟城无竹哭[3]，西风一望已销魂。

### 其 二

笛声远杳费仙楼[4]，涌月台低四面秋。休问当年橘皮鹤，坐临江水听箜篌。

### 其 三

墩子湖连歌笛湖[5]，湖北犹种楚王芦[6]。过桥遍是忠臣泪[7]，红到荷花恨也无[8]。

### 其 四

老槐曲处一枝巢[9]，还问熊园尽白茅[10]。从古英雄多少恨，不须更解子云嘲[11]。

○注释

[1]"庭柯"句：谓庭院中树上的鸟语，人们不知其意。联系下文可知是说人们不知鸟语是成年鸟在关心幼雏还是雏鸟反哺。[2]江夏黄

童:指黄香。席独温:黄香是著名的孝子,九岁就知事亲之理,夏天扇父母帷帐,使枕席清凉;冬天先以己身暖和父母的被褥。"二十四孝"中的"扇枕温衾"就是由黄香而来。[3]孟城:孟宗故里。孟宗,字恭武,三国时江夏人,传说其家住凤凰山东南。性至孝,"二十四孝"中的"孟宗哭竹"即由孟宗而来。此句是说找不到孟宗遗址。[4]费仙楼:费祎跨鹤飞天之处,即黄鹤楼。[5]墩子湖:一名紫阳湖,歌笛湖与之相连通,均在武昌城内黄鹄山以南。[6]"湖北"句:湖的北边就是明楚藩王府,所以生长着楚王府的芦苇。[7]忠臣泪:指墩子湖水。1643年,张献忠兵围武昌,曾任阁臣,此时乞休在家的贺逢圣亲率士民守城。贺逢圣禀请楚藩王府发藏金劳军,楚王府不肯。贺逢圣独木难支,城陷,贺夫人率妇孺投后园池中死,贺逢圣投紫阳湖死。到冬天湖水干涸,贺逢圣尸体仍直立桥柱间,相貌如生。[8]"红到"句:见者哭红了眼睛,红到胜过荷花,荷花也甘心服输。[9]"老槐"句:作者在此句下注有"郭明龙先生故址"。[10]"还问"句:作者在此句下注有"熊芝冈先生故址"。熊芝冈即熊廷弼,其在武昌城的居所自名东园,后人称之熊园,地址在中和门附近。此处二句是说上述两个名人的家园均已破败荒凉。[11]子云:汉代著名文学家扬雄的字。扬雄作有《解嘲赋》,通过对汉代一些人物的品评议论,表达自己甘于淡泊、坚守节操的思想和立场。

○评析

熊士鹏的《武昌杂咏》多达五十一首,今选其四,皆作者围绕武昌的神话、传说和有根据的人物而发的简评和抒怀。作者的基本态度可以概括为:神话权当浪漫和审美,传说可发人深思,真人真事则不应遗忘,尤其是对孝子、忠臣,应该像扬雄的《解嘲赋》那样严肃认真地对待。当然,作者看待孝子、忠臣的标准有其时代局限,后人应该与时俱进而不能拘泥。

**陈沆**（1785—1825），原名学濂，字太初，号秋舫，室名简学斋、白石山馆，湖北蕲水（今浠水）人。清嘉庆二十四年（1819）状元，授翰林院修撰。道光二年（1822）充广东乡试正考官，官至四川道监察御史。陈沆学识渊博，为清代"古赋四大家"之一，被魏源称为"一代文宗"。诗歌淡泊雅致，有汉魏风。有《诗比兴笺》《简学斋诗存》《简学斋诗删》等。

## 黄 鹤 楼

黄鹤矶头望，长江第一楼。难招天下鹤，独占古时秋[1]。不改青山色，无边白水流[2]。酒家独绕阁，诗客总停舟[3]。

○注释

[1]"难招""独占"二句：谓黄鹤楼有鹤来去只是传说，但这里秋景佳胜的确是独一无二。[2]"不改""无边"二句：谓青山白水，古今不变。[3]"酒家""诗客"二句：谓酒店沾了黄鹤楼的光，文人墨客络绎而至。

○评析

该诗用简洁的文字实写在黄鹤楼所见的江山景色，诗风淡泊雅致，一如其人。美中不足的是缺乏思想深度，情感也很内敛含蓄。

## 九日登黄鹤楼

自从十岁题诗后[1]，不上兹楼二十年。吟到雨风秋老矣[2]，坐来天地气苍然。大江帆影沉鸿雁，下界人声混管弦[3]。寂寞繁华千感并，浮云郁郁到樽前。

○注释

[1]十岁题诗：作者十岁时，曾经在黄鹤楼题诗。[2]秋老：深秋。[3]"下界"句：谓黄鹤楼下嘈杂的人声与悠扬的歌乐声混成一片。

○评析

诗人少年时即在黄鹤楼题诗，二十年后的重阳节，重登黄鹤楼，面对滚滚东流的江水和江城的管弦烦嚣，三十岁刚过的诗人却流露出人生易老、岁月如梭的沧桑之感。这种情怀，寄寓在叙事、写景、抒情相交融的意境之中。

**魏源**（1794—1857），字默深，原名远达，字良图，湖南邵阳人。道光二十五年（1845）进士，历任内阁中书、东台知县、高邮知州。鸦片战争中入两江总督裕谦幕，参加抗英斗争。战后受林则徐之托编《海国图志》。主张经世之学，与龚自珍并称"龚魏"。工诗，早年在北京与林则徐、龚自珍同为"宣南诗社"成员。今人编有《魏源全集》。

## 黄 鹤 楼

一片青天雪[1]，惟余黄鹤楼。更无江上客，来泛木兰舟。余亦从兹逝[2]，仙人不可求。征鸿去何所，菇叶满汀洲。

○注释

[1]"一片"句：谓天空中雪花飞舞。[2]从兹逝：从此处离开。

○评析

魏源一生提倡经世致用。他在从家乡赴江苏的途中，于大雪纷飞中登黄鹤楼一览，不见游客，更不幻想遇仙，即匆匆登舟赶路。该诗语句简洁，如同素描，而给读者留下的独行者的身影，令人难以忘怀。

**宋湘**(1757—1826),字焕襄,号芷湾,广东嘉应州(今广东梅县)人。清嘉庆五年(1800)进士,授翰林院庶吉士,历官翰林院编修、曲靖知府、湖北督粮道等。工诗文,精书画,被称为"岭南第一才子"。有《红杏山房集》。

# 江上竹枝词(五首选一)

露冷空江烟有丝[1],东船西舫悄眼时[2]。多情最是江心月,夜夜听人唱竹枝[3]。

○注释

[1]空江:浩瀚寂静的江面。烟有丝:炊烟也稀少了。[2]悄眼:悄悄地扫一眼。[3]竹枝:指竹枝词。

○评析

宋湘的《江上竹枝词》有五首,今选其一。该诗描写夜间的江上景色。天空散去了白天的烟雾,明月映照江中。来自各地的船只拥挤地停泊在岸边,轻松活泼的民歌此起彼伏。小诗写得有声有色,呈现出一派安详优美的图景。

**升寅**（1762—1834），字宾旭，一字晋斋，马佳氏，满洲镶黄旗人。由拔贡小京官历官盛京将军，署工部尚书。道光十四年（1834），授礼部尚书。有《晋斋诗存》《使喀尔喀纪程草》。

## 江行竹枝词（六首选一）

连宵疏雨洒帆樯，草莽鱼鳞认武昌[1]。云化楼台烟化树[2]，苍茫一幅米元章[3]。

○注释

[1]鱼鳞：借指瓦片。[2]"云化"句：谓云烟与楼台、树木苍茫难辨。[3]米元章：即米芾，元章是其字，北宋画家。末句说此时的景物就像米芾的一幅画作。

○评析

升寅的《江行竹枝词》有六首，今选其一。诗题中的"江行"二字表明作者是从船上看武昌。整整一夜的降雨，使得云雾蒙蒙，武昌城中的山林、房屋模模糊糊，云烟与楼台、树木也难以分辨，呈现出一种朦胧的图景。作者虽是武职，但能作小诗，欣赏朦胧美景，表明他也懂画，不是浅薄地附庸风雅。

**叶廷芳**,生卒年不详,字客尧,号松亭,江苏溧水县(今属南京市)庠生。其先辈为金陵人,至父辈客游汉口,落籍汉阳。以子叶继雯(乾隆中期至道光早期人)官礼部员外郎获封中宪大夫,继以曾孙叶名琛官至大学士获追赠光禄大夫。有《花余亭诗存》。

## 仙桃迹在黄鹄矶上

度世仙桃隐薜萝[1],行人日日此经过。传名何必征虚实,孝子原无慈父多[2]。

○题解

《江夏县志》记载:"仙桃迹在黄鹄矶上。相传吕仙于此卖桃度人,买皆遗子而无养亲者。吕感忿,掷桃去。其迹犹存,后人依迹作吕仙亭。亭前数百武无蚊蚋,俗谓仙尘拂去。"

○注释

[1]"度世"句:吕仙卖桃度人,实为借此考察人心。结果发现买桃人都是给孩子,而不给父母,于是一怒之下把桃扔进了草丛。薜萝,草丛。[2]"孝子"句:谓孝子少而慈父多。武昌民间常以"水往下流"来形容这种情形。

○评析

这首小诗记载了黄鹄山上有关仙桃迹的传说。这一传说的本意是教诫人们心里不能只有自己的孩子而忘了自己的父母。可知当时这一现象很普遍,才引发了作者的感慨。清代汉阳叶家桂馥兰芳,名人辈出,应该说和祖辈重视家教家风有密切的关系。

**潘焕龙**（1794—1866），字四梅，号卧园，湖北罗田人。清道光五年（1825）举人，历官河南洧川、商丘及山东邹平知县，后辞官归籍。潘焕龙勤奋好学，擅长诗文，诗意苍郁古厚。有《四梅书屋诗钞》《卧园诗话》等。

## 舟行杂诗（三十四首选一）

顷刻扬帆出马当[1]，子安才笔动滕王[2]。题诗我岂输崔颢？何不将风送武昌。

〇注释

[1] 马当：长江边山名，在今江西彭泽县东北，山形似马，故名。
[2] 子安：即唐初才子王勃。滕王：指江西南昌赣江边的滕王阁，与黄鹤楼、岳阳楼并称"江南三大名楼"。王勃登临滕王阁，写下著名的《滕王阁序》。

〇评析

潘焕龙《舟行杂诗》共有三十四首，今选其一。诗人乘船经过马当险处之后，诗兴大发。因此地属江西，于是首先想到写《滕王阁序》的王勃，继而想到写《黄鹤楼》诗的崔颢，而且自负地认为自己写诗的水平不会在崔颢之下，故希望快点到达武昌。诗人的轻松喜悦和浪漫自信溢于言表。

**刘淳**（1791—1849），字孝长，湖北竟陵（今天门市）人。清嘉庆二十一年（1816）举人，官远安县学教谕。五次应试不第，遂绝意仕途，闭门著书。工诗古文辞，以雄豪著称，有《云中诗文集》。

## 登宝通寺

罡风吹到九霄来[1]，塔顶摇摇势欲摧。叠嶂有灵横地出[2]，长江如线画天开。吾生幸得观三楚，此笔曾经赋五台[3]。久客悲秋殊潦倒，盛年空负菊花杯[4]。

○注释

[1]罡风：道教谓高空之风。后亦泛指劲风。[2]横地出：拔地而起。[3]五台：山西五台山。嘉庆帝南巡五台山时，刘淳曾奔行在献诗五百韵，获赐文绮。刘淳引以为荣，号其书斋为"赐绮堂"。[4]"久客""盛年"二句：刘淳考场失意，屡遭挫折。此二句即写其悲愁潦倒的情形。菊花杯，犹言菊花酒。

○评析

该诗上半部写自己游览宝通禅寺的所见景物，时值大风，故夸张地说"塔顶摇摇势欲摧"，这不过如唐代诗人李贺的"黑云压城城欲摧"而已。诗的下半部在回忆自己遍游各地，在五台山向皇帝献诗的经历之后，也有些微感慨，遗憾自己虚度时光。但是潦倒不等于颓废，在中国被迫签订《南京条约》后，诗人写了多首忧国忧民的慷慨激昂之作。

**张维屏**（1780—1859），字子树，一字南山，号松心子，晚号珠海老渔，广东番禺（今属广州市）人。清嘉庆九年（1804）中举人，道光二年（1822）中进士，善诗文，工书法，曾任湖北黄梅知县。道光十六年（1836）退官归家，隐居"听松园"，闭户著述，鸦片战争后写有多首爱国主义诗歌。辑有《国朝诗人征略》，著有《松心草堂集》。

## 秋夜登黄鹤楼

万古碧天月，三秋黄鹤楼。仙人不可见，江水自东流。玉笛吹何处[1]？风帆去未休。浮云与孤客，身世两悠悠[2]。

○注释

[1]玉笛：李白《与史郎中钦听黄鹤楼上吹笛》有"黄鹤楼中吹玉笛"句。[2]悠悠：此处形容忧思的样子。

○评析

作者张维屏是近代著名的爱国诗人，写有《三元里》和《三将军歌》，分别讴歌抵抗英国侵略军的广州三元里民众和抗英牺牲的陈连升、葛云飞、陈化成三人。此诗虽写于鸦片战争之前，但作者显然对清王朝统治下的社会凋敝和没落已经深有感受，故诗中饱含悲凉和忧思。

**程之桢**，生卒年不详，字维周，江夏县人。清咸丰辛亥（1851）举人，同治元年（1862）以大挑得知县，以母老改补黄冈教谕，卒于官。有《维周诗钞》。

## 月夜偕黄春石、李仲雅、汪笛楼小憩留云阁

槛外碧云落，高秋河汉横。天风吹玉笛，随梦过江城。潮涌灯无色，帆飞月有声[1]。言招古时鹤，矫首问长庚[2]。

○题解

留云阁一名白云楼，俗称南楼，在黄鹄山顶，为宋代元祐（1086—1094）年间知州方泽建。

○注释

[1]"帆飞"句：意为月光下飞驰的风帆（实指船）发出声响。[2]长庚：金星，傍晚出现在西方天空。

○评析

诗人笔下的所见夜景还是很优美的，但这并非该诗重点。其深意在"随梦"，随什么梦？"言招古时鹤，矫首问长庚"，大有《楚辞·天问》的意味。意在言外，内敛含蓄，是该诗的鲜明特色。

**张开霁**（？—1867），字晓峰，湖南永绥（花垣县）人。清道光十二年（1832）举人，历官湖北德安、安陆知县。咸丰四年（1854）署安陆知府，翌年授湖北粮储道，加按察使衔。晚年任江汉关监督，未几退隐。有《澄观集》《石庄诗集》。

## 和王梦崧观察《登黄鹄山》追次吴荷屋先生韵

### 其　一

城边空自忆高楼，劫火三经我尚留[1]。崔颢至今传大句[2]，武昌从古擅雄州。雁初飞过天无际，鹤不归来仙亦愁[3]。南向岳阳舒望眼，白云横处去帆收[4]。

### 其　二

西北风高首重回，秋清会见乱尘开[5]。能销满地兵戈气，要得超群战伐才。兴到挥毫聊作赋，酒酣拔剑不知哀。与君试上峰头立，看取晴霞散绮来[6]。

○题解

观察，清代对道员的尊称。

○注释

[1]劫火三经：指1853年1月、1854年6月、1855年4月，三年之内，太平军三次攻占武昌。[2]大句：好诗。[3]"鹤不"句：谓神仙也怕战乱。[4]"南向""白云"二句：因作者为湘人，故登高时远望并怀念家乡。[5]乱尘开：比喻战乱平定。[6]"与君""看取"

二句：语意双关，既指在山上观看风景，也是希望战后社会清明。

○评析

作为清王朝的官员，作者在连绵不断的战乱中苟活下来，所以他在诗中首先表示庆幸。其次是思绪万千，包括怀念家乡、希望战乱平息，以及暂时忘却现实高兴地饮酒赋诗，等等。该诗侧重表达战乱之后个人的感受和愿望，也代表了时人的人生态度。

**官文**（1798—1871），又名儁，字秀峰，又字揆伯，王佳氏，满洲正白旗人。曾任头等侍卫，咸丰四年（1854）任荆州将军，次年任湖广总督。同治三年（1864），封一等果威伯，官至直隶总督，谥文恭。有《敦教堂诗钞》《荡平发逆附记》。

## 题黄鹤楼

费公过此已升仙，百尺楼高海内传。鹦鹉洲连京口树[1]，晴川阁对汉江烟。山河襟带三分国，翼轸星躔半壁天[2]。千载白云踪迹杳[3]，名流黄鹤鄂城边[4]。

○注释

[1]京口：古城名。在今镇江。从武昌的鹦鹉洲到下游镇江，一水相连。[2]翼轸：二十八宿中的翼宿和轸宿。古为楚之分野。星躔：日月星辰运行的度次。[3]"千载"句：谓天上的白云千年以来行踪无定。[4]"名流"句：谓只有黄鹤楼的大名千年不变。

○评析

该诗主要赞美武昌地理位置的优越和黄鹤楼的盛名。由于作者熟悉武汉的方位、地势，乃至神话传说和古代历史，具备一定的文化素养和诗文功底，故写诗水平不在汉族诗人之下，更体现了这位满族官员的汉文化认同。

**王柏心**（1799—1873），字子寿，又字冬寿、坚木，号螺洲、螺洲子，晚年一号莐叟、莐园老人，湖北监利人。清道光十七年（1837）三月至翌年十月，曾入湖广总督林则徐幕并任其家塾师。二十四年（1844）中进士，任刑部主事仅一年即以母老乞归，任荆南书院主讲。游学江、汉间二三十年，有众多方志、诗文留传，汇为《百柱堂全集》。

## 舟望黄鹤楼，时重建甫落成（二首选一）

高楼拔起倏崔嵬，杰构重收杞梓材[1]。平楚江山随镜涭[2]，中天阑槛倚云开。三沦凶窟悲焦土[3]，百战湘军挺异才[4]。城郭人民还似昔，故应黄鹤再归来。

〇题解

黄鹤楼在清康熙四十四年（1705）"新构"之后，经过几次"略修"，屹立了150年。至咸丰六年（1856）终于在太平天国农民战争中付之一炬。当时有不少诗作记载其事。到同治七年（1868），由湖广总督李瀚章、护理巡抚何璟主持重建，同治八年（1869）农历六月落成。王柏心这首诗即写于此时。

〇注释

[1]杞梓：杞和梓。两木皆良材。[2]平楚：平野。镜：此处比喻水面。[3]三沦凶窟：武昌城在1853年、1854年、1855年三次被太平军攻占。[4]"百战"句：当时对抗太平军的主力是曾国藩率领的湘军，故云。

〇评析

王柏心《舟望黄鹤楼，时重建甫落成》共有两首，今选其一。该诗书写黄鹤楼重建后诗人悲喜交集的心情。他为武昌迭经战乱、繁华之地成为焦土而悲，又为"城郭人民还似昔"，黄鹤楼重建而喜。其爱憎立场很难说完全正确，但又确实是当时体制内绝大多数读书人的共同态度。

## 过长春观，鹿萍炼师乞诗

### 其　一

山川俯仰劫灰余[1]，杰观重开阆苑居。紫府琼台仍缥缈[2]，元都金阙故清虚[3]。真人天际苍龙佩[4]，羽客云中白鹿车[5]，欲乞仙灵功度世，大千兵气与销除[6]。

### 其　二

神仙自有扬州鹤[7]，词客原非柱下龙[8]。拟叩延年丹灶诀，相邀留句白云峰[9]。氛尘不变蓬莱境[10]，霄汉谁穷汗漫踪？名姓烦师按真箓[11]，可能金骨换凡庸[12]？

○题解

长春观位于武昌宾阳门（俗称大东门）双峰山南。秦汉以来，先后有先农坛、神祇坛、太极宫之称，为王侯祭祀天地祖先之处。南宋朱熹作有《鄂州社稷坛记》。元朝初年，全真教龙门派为纪念创派祖师丘处机（号长春子）拓址扩建，并命名长春观。明永乐十二年（1414）、清康熙二十六年（1687）、清同治二年（1863）都有增修。鹿萍炼，当时长春观的道长。

○注释

［1］劫灰余：战火之后的残余，指长春观也遭受严重毁损。［2］紫府：犹天宫。［3］元都金阙：指元大都的帝阙。因长春观建于元朝，而元朝早已灭亡，故此二句说天上的仙宫和地上的元朝帝阙都是虚无缥缈的。［4］苍龙：东方七宿的总称。《史记·天官书》："东宫苍龙。"此句谓道教宗师等人升天以星宿为佩饰。［5］白鹿车：传说仙人乘坐的用白鹿挽的车子。［6］"欲乞""大千"二句：谓神仙要显灵救世人，最好是设法把战火消除掉。［7］"神仙"句：因鹿萍炼道长是扬州人，故此句说他是驾鹤从扬州来武昌。［8］词客：指诗人自己。柱下龙：传说道家始祖老子降生时有九龙吐水，后遂在河南涡阳立有九根龙形汉白玉柱。在九龙柱的底座上，雕刻着九个发生在涡阳境内的历史故事。此句谓自己本非道教中人。［9］"拟叩""相邀"二句：说自己本打算向道长请教延年益寿的秘诀，结果道长反而向自己求诗。［10］蓬莱境：仙境，喻指长春观的环境。［11］真箓：道教的秘闻密录。［12］"可能"句：谓自己是否前生本是仙道，但这辈子成了平庸的凡人。

○评析

王柏心是讲求经世致用的儒学之士，面对仙道的救世济人之论，他也采取"祭神如神在"的不排斥态度。所以这两首诗亦庄亦谐，一方面指出天宫紫府、蓬莱仙境的缥缈汗漫，另一方面对道教的灵功度世、延年秘诀也姑信其有。

## 谒胡文忠公祠

碑并羊开府[1]，祠同葛武乡[2]。风云仍壁垒，江汉复金汤。

畴昔叨咨访[3]，迂疏许激昂[4]。英灵今始接，挹客晚升堂[5]。

○题解

胡林翼（1812—1861），字贶生，号润芝，湖南益阳人。清道光十六年（1836）进士，咸丰五年（1855）擢湖北布政使，一年后升任湖北巡抚，多次与太平天国农民军交战，与曾国藩并称"曾胡"。1861年病故后，清廷赐谥"文忠"，在黄鹤楼后斗姥阁旧址为其建祠，祠在辛亥革命后被毁。

○注释

[1]羊开府：羊祜。晋武帝时，羊祜镇襄阳，有德政。卒后襄阳百姓为其立碑于岘山。[2]葛武乡：指诸葛亮，其在世时已被蜀汉封为武乡侯。前二句以羊祜、诸葛亮比喻胡林翼。[3]叨咨访：承蒙（胡林翼曾向自己）咨询访问。[4]"迂疏"句：谓自己的看法迂阔疏漏，但仍得到称许。[5]"挹客"句：谓自己拜谒来迟。

○评析

王柏心是晚清体制内的读书人，其从"公义"和"私谊"两个方面歌颂和缅怀胡林翼，既不足多亦不足怪。辛亥革命后人们毁掉了胡林翼祠，一切历史人物终须在历史的长河中接受淘洗、考验。

**彭崧毓**,生卒年不详,字于蕃,号渔帆,江夏人。清道光十五年(1835)进士,改庶吉士,散馆知县,拣发云南,官至永昌知府、云南盐法道和迤西道,乞归居武昌,同治后期逝世。有《求是斋诗文集》。

## 重建黄鹤楼落成有作(二首选一)

眼底居然突兀成,云窗雾琐费经营[1]。凤凰天半翔应下,蛟蜃江心见亦惊[2]。幕府不勤陶侃甓[3],梯航争识鄂州城[4]。仙人比岁游何处?骑鹤归来倍有情。

○注释

[1]琐:同"锁"。经营:筹划营造。[2]蛟蜃:蛟与蜃。亦泛指水族。[3]幕府:古代军队出征须用帐幕,从而把将军的府署称作幕府。此后把地方军政大员如明清两朝的督府衙门也称幕府。陶侃甓:东晋大将陶侃闲下来时不让自己无所事事,把砖搬来搬去,以磨炼自己。此句意谓督抚不是仿效陶侃自己运砖,而是经营规划,重建了黄鹤楼。[4]梯航:"梯山航海"的省语。谓长途跋涉。

○评析

彭崧毓《重建黄鹤楼落成有作》有两首,今选其一。此诗作于清同治八年(1869)。该诗前四句写登临重建的黄鹤楼所见景色,用语多夸张和浪漫想象。五、六句赞扬当时的督抚们重建名楼,提高了武昌的知名度。末二句以仙人骑鹤归来表达自己的兴奋喜悦。全诗用典贴切,想象丰富,文句优美。

## 搁 笔 亭

搁笔伊谁构此亭,痴人说梦几时醒[1]?竟忘斗酒诗无敌,直信花生管不灵[2]?捉月何曾江上见[3],落梅争忍笛中听[4]。廓清赖有如椽笔[5],净扫烟云睹日星[6]。

○题解

相传为李白读到崔颢《黄鹤楼》诗之后,感叹"眼前有景道不得,崔颢题诗在上头",因而慨然搁笔之处,明代江夏县令徐日久在亭边增建太白堂。

○注释

[1]"痴人"句:意谓传说不可信。[2]"竟忘""直信"二句:谓李白是酒后写诗无敌的天才,你还相信他的生花之笔突然不行了?花生管,生花妙笔。[3]捉月:传说李白酒醉后在采石矶下江中捉月而溺水身亡。[4]"落梅"句:指李白《与史郎中钦听黄鹤楼上吹笛》诗。[5]如椽笔:像椽子一样粗大的笔。比喻笔力雄健。[6]烟云:此处比喻混淆视听的传说。日星:此处比喻李白。

○评析

该诗以《搁笔亭》为题,而实为表达不以建此亭为然的意思。作者认为以李白的诗才,怎么会见了崔颢题诗就不敢题诗?此处还附带说到称李白入江捉月落水而死的传说也不可信。诗作略带游戏笔墨色彩,但彭崧毓对李白无比钦佩,将其比作诗坛日星的态度却是真情实意。

# 江城别墅为袁莲峰作

## 其 一

举目河山未尽非[1],宦游人竟及时归。安排茶灶新棋墅,料理渔竿旧钓矶[2]。成竹在胸图画好,焦桐未制赏音稀[3]。隔江兴废知多少[4],闲倚阑干看落晖。

## 其 二

与君同长大江滨,独羡神仙近结邻[5]。良有因缘成善果[6],断无名胜委荒榛[7]。眼前风月原公物,乱后琴尊几旧人?笑我归来仍逆旅[8],杖藜幸是四朝民[9]。

〇注释

[1]河山未尽非:河山并未面目全非。[2]"安排""料理"二句:谓归乡后安排煮茶、下棋、钓鱼的休闲生活。[3]焦桐:琴名,东汉蔡邕曾用烧焦了的桐木制琴,琴声亢亮,后因称琴为焦桐。[4]隔江:指江对面的汉阳。[5]"与君""独羡"二句:谓自己与袁莲峰同在长江边长大,现在告老回乡又成了邻居。[6]"良有"句:作者原注:"君有兴善庄,度地构居,规模式廓,人谋既臧,天亦助焉。"[7]"断无"句:谓名胜之地一定不会委弃为荒野榛莽。[8]"笑我"句:意思是自己还是借居或寄居他人的房屋。[9]杖藜:扶杖走路。四朝民:作者一生经历了嘉庆、道光、咸丰、同治四个朝代,故云"四朝民"。

○评析

　　作者碰巧与同样是退官家居的人成为邻居。邻居有能力经营田庄，建造别墅，退休后的生活过得悠闲自足，而自己所居形同传舍，近乎一无所有。对比之下，作者对邻居难免羡慕和赞美，但仍能心情淡定，不卑不亢，只是感叹战乱（指太平天国运动）后老友凋零，庆幸自己历经四个朝代还能扶杖徐行。这两首诗多少能体现作者的襟怀。

**何璟**（1816—1888），字伯玉，号小宋、筱宋，香山（今广东中山市）人。清道光二十三年（1843）进士，道光三十年（1850）至咸丰三年（1853）任翰林院编修。同治四年（1865）任湖北布政使，六年（1867）护理湖北巡抚，其间配合湖广总督李瀚章于1869年重建黄鹤楼。光绪二年（1876）任闽浙总督，光绪十年（1884）中法马尾海战后被劾去职。有《事余轩诗》。

## 崧生复游长春观、宝通寺、卓刀泉诸胜，作诗见示，再叠前韵

城东景物堪游览，浩荡郊原百卉昌。绕郭山横青步障，登楼人醉紫霞觞[1]。风飘梵呗诸天上，云护灵泉大道旁[2]。连日雨余炎暑退，多应仙佛助清狂。

○题解

卓刀泉在距城二十里的伏虎山，与长春观、宝通寺都在城东官道上。

○注释

[1]紫霞觞：紫色的酒杯。[2]灵泉：指卓刀泉。

○评析

作者在武昌为官多年，对本地风景名胜自有了解，所以这首唱和之作信手拈来，写得如历其境、如见其真，充分表达了作者轻松愉快的心情。

**周寿昌**（1814—1884），字应甫，一字荇农，号友生，晚号自庵，湖南长沙人。清道光二十五年（1845）进士，授翰林院编修，累官至内阁学士署户部侍郎。光绪初以足疾辞官，专事著述。周寿昌平生勤学，诗、文、书、画俱负盛名，富收藏。有《思益堂集》。

# 白沙洲渔家竹枝词（四首选二）

## 其　一

白沙洲侧落乌篷[1]，丁字湾前理钓筒[2]。朝去洲南暮洲北，一江日照两江红[3]。

## 其　二

中秋无雨卜鱼饶[4]，夜赛鄱宫闹管箫[5]。三月三兼九月九，两番风信验鱼苗[6]。

○注释

[1] 白沙洲：长江中泥沙淤积而成，在武昌上游二十里处江边。落乌篷：停下乌篷船。[2] 丁字湾：即陈公套。[3]"一江"句：因白沙洲把江水分成二流，故云。[4] 卜：预计。[5] 鄱宫：龙宫。闹管箫：吹奏管箫乐器。[6]"三月""两番"二句：取自农谚，农历的三月初三和九月初九前后多有大风大雨。风信：随着季节变化应时吹来的风。

○评析

周寿昌《白沙洲渔家竹枝词》共有四首，今选其二。两诗皆属文人创作的竹枝词，书写了白沙洲的江景，刻画了渔家的劳作情形和节日的娱乐，又吸收民谚，暗示人与自然的紧密关系。全诗字句通俗平易，具有强烈的生活气息。

**梅雨田**，生卒年不详，字古芳，号芳甫，湖北黄梅人。清同治元年（1862）进士，历任江西瑞金、靖安知县，所至有声。善诗文，工绘事，有《慎自爱轩诗文集》（一名《慎自爱轩录存》）。

## 汉江棹歌

### 其 一

武昌官柳碧垂丝，燕燕莺莺掠影迟。一曲弹词听欲倦，为谁茗饮坐多时。

### 其 二

黄鹤矶头黄鹤楼，月刚亭午节中秋。解衣磅礴倾杯斝[1]，最忆年时曾此游。

○注释

[1]斝：古代酒器，后借指酒杯。

○评析

棹歌一名船歌，有民歌风格。这两首小诗分别书写自己在武昌饮茶听曲和登楼饮酒的情态，闲适轻松是其主调。

**胡凤丹**（1828—1889），初字枫江，后字月樵，一字齐飞，别号桃溪渔隐，浙江永康人。屡应乡试不售，其家殷富，热心公益文化事业。清同治五年（1866）来武昌，以道员补用，综理厘局。翌年湖广总督李瀚章邀请创办崇文书局，任督校。书局设在崇府（福）山南后府街正觉寺，所出书被海内视为佳本。光绪元年（1875）任湖北督粮道。喜吟咏，与湖北士人有《鄂渚同声集》。著述有《黄鹄山志》《大别山志》《鹦鹉洲小志》《退补斋诗钞》《退补斋诗文存》《永康十孝廉诗钞》等。

# 武昌城门

## 汉 阳 门

重门锁钥郁崔嵬[1]，绕郭江声吼怒雷[2]。汉水合流斜渡鸟，朝阳才过夕阳来[3]。

## 平 湖 门

花堤十里草平芜，城外长江城里湖。一闸暗通来去水，辘轳声转浪花粗[4]。

## 望 山 门

岩岫参天万笏齐[5]，双扉返照夕阳西[6]。青山笑客忙如此，城外年年送马蹄[7]。

## 宾 阳 门

出东门去女如云，踏遍平畴草色薰。薄暮归来城半掩，风流裙屐带斜曛。

## 忠　孝　门

蔼然忠孝炳嘉谟，名教全凭只手扶。两字悬门标万古，怕人故意认模糊。

○题解

清末武昌城开有十门，诗人写了五门，还有武胜门、文昌门、保安门、中和门、通湘门未写。《汉阳门》题下有注："在省城西，滨江。"《平湖门》题下有注："在西南。"《望山门》题下有注："在正南。"《宾阳门》题下有注："在正东，俗名大东门。"《忠孝门》题下有注："与宾阳门毗连，俗名小东门。"

○注释

[1]重门：城门一般有内城、外城两道，有的还有瓮城，故曰重门。[2]"绕郭"句：汉阳门在城西滨江，故能听到江涛的声音。[3]"朝阳"句：汉阳门视野开阔，能看到日出和日落。[4]"辘轳"句：因平湖门处于内湖外江之间，故建有一闸门排泄城内湖水。该句就是描写闸门泄水时的情形。[5]"岩岫"句：形容望山门外的群峰就像众多朝笏。[6]双扉：城门洞的两扇门。[7]"城外"句：谓马蹄声不断。

○评析

诗人稔熟武昌掌故和名胜建筑，所写武昌城门的五首诗，突出了各个城门的特点，或是地理形貌，或是气势景色，或是城门名称的人文意义。文句通俗，读后颇能引人回味。

**李树瀛**,生卒年不详,生活于清末民初,字香洲,湖北石首人。光绪(1875—1908)中廪贡生,官兴国州(今湖北阳新)训导。有《栖云山房诗钞》。

## 仙枣亭晚眺

最高亭上暮天晴[1],红烛清樽列席明。槛外江山摇秀影,树头风雨变秋声[2]。戟门官鼓初更定[3],水舰银灯万点生[4]。直待层霄凉月起,一轮相照夜街行。

○注释

[1]最高亭:即仙枣亭。[2]秋声:指秋天的风声、落叶声和虫鸟鸣声等。[3]戟门:立戟之门。引申指显贵之家或显赫的官署。官鼓:公门击鼓报更。[4]"水舰"句:描写江上兵船的灯火星星点点。

○评析

该诗依照时间顺序,逐次书写在仙枣亭上饮宴时所见景观。从黄昏燃烛能见槛外江山,到初更鼓起只能望见江上灯火,再到最后明月升空,行人沿街夜归,一一纳入诗中,呈现出时移景变的画面和情景交融的从容之感。

## 登斗姥阁

崔嵬杰阁动高秋,缥缈仙云晓未收。金口峰峦烟际合[1],汉阳城郭树中浮[2]。数声疏磬诸天静,一线长江划地流。自古登临迁客意,狂歌浊酒半勾留[3]。

○题解

斗姥阁，在黄鹄山偏西北山麓，旧志均未载该阁何时所建，亦不存其名。《江夏新志》载："胡公祠在黄鹤楼后，即斗姥阁旧址。"胡公祠是清代官府为纪念胡林翼而建，建祠时间在1870年左右。而李树瀛在光绪年间写《登斗姥阁》，又证明斗姥阁此时尚存。

○注释

[1] 金口：在武昌上游三十余里，古称涂口，陆水注入长江处。[2] "汉阳"句：谓汉阳江边的树林上浮现出城郭。[3] 勾留：稽留。

○评析

斗姥阁是记载不多的清代建筑，位于黄鹄山西北山麓江边。从诗中所写可知其高峻，往上游看可见金口山峦，往对岸看可见汉阳城树。空中传来佛寺的钟磬之声，脚下是长江东流，诗人由此产生和李白一样的诗情。遗憾的是，黄鹤楼和李白的诗广为人知，斗姥阁和作者的诗却知之者甚少。其实，该诗的意境和文句也应属上乘。

**樊增祥**（1846—1931），原名樊嘉，又名樊增，字嘉父，号云门，别署樊山，晚又号鲽翁、天琴老人，湖北恩施人。光绪丁丑年（1877）进士，入翰林为庶吉士。历任散馆、陕西宜川令、渭南令、陕西按察使、浙江按察使、江宁布政使等职，辛亥革命爆发后避居沪上。工诗文、富收藏，是同光派重要诗人。有《樊山全集》。

## 长春观题壁

闲访玉清家[1]，因逢蔡少霞[2]。岩巢红蝙蝠，鼎炼白朱砂。进食饶甘果，留宾更苦茶。求观放生鹿，触损短篱花[3]。

○注释

[1]玉清家：此处指道教的道场，道观。[2]蔡少霞：当时长春观的道长。[3]"求观""触损"二句：谓得到放生的鹿用它的角触坏了篱笆的花朵。

○评析

该诗写在长春观中的所遇所见，再现了道观主人热情招待、几种动物自由自在地生活的图景，表达了作者对"随顺自然"的"世界"的赞赏。

## 登宝通寺塔

历劫仍崇构，穷高望欲迷[1]。下临违地远[2]，直上与天齐。江汉双流细[3]，风云万象低。夜灯全胜月，晴彩漾招提[4]。

○注释

[1]穷高：登上高处。[2]违：离开。[3]"江汉"句：谓因桅距较远，看长江、汉水只是两条细流。[4]招提：佛教名词，寺庙。

○评析

该诗描写登临宝通寺灵济塔所见景观。前六句主要突出塔的高峻，因而能把长江、汉水和风云万象尽收眼底。末二句写夜来塔灯闪亮、寺庙流光溢彩的景观。全诗含蓄地体现出诗人的心灵受到震撼。

# 己卯初夏江楼即事呈荫田员外

隐几焚香意有余，仙人故是好楼居。眼明尽日观流水，手倦经时校异书[1]。宿鸟弄晴茶户喜[2]，新樱上市酒人疏。劝君且尽辛家酿，四月江城画不如[3]。

○题解

己卯年是清光绪五年，即1879年。荫田，作者友人的字。当时对同辈友人多不称姓名而只称字或号。

○注释

[1]经时：历久。[2]宿鸟：归巢栖息的鸟。[3]"四月"句：意谓四月江城之美画不出来。

○评析

诗人笔下的初夏江城，美景胜过图画：鹤楼屹立，江水汤汤，新茶鲜桃纷纷上市，酒店中客人从容淡定，士人悠闲地边赏景边读书。生活充满诗情画意，诗人的愉悦之情亦跃然纸上。

## 庚寅新岁前后登武昌城楼书感

形胜依然楚故都[1],公私耗竭为司徒[2]。琛航万里仍飞渡,楼橹层城俨画图[3]。五郡蜀淮争井税[4],十年江汉困茶租[5]。流离不少中林雁,或共青春草木苏[6]。

○题解

庚寅年为清光绪十六年,公元1890年。新岁即农历春节。

○注释

[1]依然楚故都:(武昌)仍是楚地首府。[2]"公私"句:谓政府把公、私的财力和民力耗尽了。[3]"琛航""楼橹"二句:语含讽刺,即中国的设防中看不中用,外国的兵舰货船照样长驱直入。琛航,宝船。此指武汉开埠后从外国来的船舶。[4]五郡:应是指江苏、安徽、湖北、湖南、四川五省。[5]"十年"句:谓当时武汉的茶税、茶捐负担很重。[6]"流离""或共"二句:谓不少百姓就像林中雁一样流离失所,能不能在新的一年中像春天的草木一样,获得一线生机呢?

○评析

19世纪末清王朝已出现内外交困的统治危机。作者敏锐地注意到当时外部列强深入、内部公私财尽、盐茶税捐困民、不少人流离失所的危殆景况,望复苏如同大旱之望云霓。该诗能大胆写实,表现了作者浓烈的忧国忧民之情。

**谭嗣同**（1865—1898），字复生，号壮飞，湖南浏阳人。早年遍历南北各地，观察风土人情，结交志士，吸纳新知，开湖南维新风气之先。1896年，捐资为江苏候补知府。1898年8月入京，擢四品衔军机章京，积极投入戊戌变法，同年9月政变后被杀，为"戊戌六君子"之一。有《莽苍苍斋诗》《仁学》。

## 武昌夜泊（二首选一）

秋老夜苍苍，鸡鸣天雨霜[1]。星河千里白，鼓角一城凉[2]。镫炫新番舶[3]，磷啼旧战场[4]。青山终不改，人事费兴亡[5]。

○注释

[1]雨霜：降霜。[2]一城凉：整座城显得空旷凄凉。[3]镫：古同"灯"，指油灯。[4]磷啼：鬼叫。此处以磷啼比喻战场死者冤魂的哀鸣。[5]"青山""人事"二句：青山常在，但是人的所作所为都耗费在朝代兴亡中了。

○评析

谭嗣同《武昌夜泊》有两首，今选其一。该诗通过对武昌秋夜苍茫、冷寂、恐怖气氛的描述，暗喻着当时社会的冷落萧条。用江面上西洋舰船灯火辉煌与旧战场上鬼火荧荧进行强烈对比，揭示了列强的气势和中国人的牺牲。青年谭嗣同渴望冲决各种"网罗"，"人"与"我"和"中"与"外"不应有隔绝和对立，以免把财富甚至生命都消耗在"兴亡"的斗争之中。这表明他的思想充满矛盾。

## 览武汉形势

黄沙卷日堕荒荒[1],一鸟随云度莽苍[2]。山入空城盘地起[3],江横旷野竞天长[4]。东南形胜雄吴楚[5],今古人才感栋梁[6]。远略未因愁病减,角声吹彻满林霜。

○题解

该诗作于清光绪十六年(1890)。作者少爱壮游,以观察各地形胜。时其父谭继洵任湖北巡抚,遂有1890—1891年来武昌的省亲之行。

○注释

[1]黄沙卷日:秋冬北风带来的沙尘遮住了太阳。堕荒荒:在空旷遥远处落下。[2]一鸟:指传说中的黄鹤。[3]"山入"句:谓武昌城内多山且诸山盘结在一起。[4]"江横"句:谓横卧旷野的长江与天比长。[5]雄吴楚:武汉又为东南吴楚之雄。[6]"今古"句:谓自古及今吴楚多栋梁之材。

○评析

该诗称赞武汉是东南形胜之地,旷野中有大江,坚城内有群山,再加上地处腹心、人才辈出,可谓地灵人杰。面对多娇的江山,二十四岁的谭嗣同充满豪情壮志,这种情感在秋风霜林的号角声中更显壮烈。

**黄遵宪**（1848—1905），字公度，别号人境庐主人，广东嘉应州（今梅州）人，光绪二年（1876）中举人，历充驻日本参赞、旧金山总领事、驻英参赞、新加坡总领事，戊戌变法期间署湖南按察使，助巡抚陈宝箴推行新政，戊戌政变后罢归。工诗，喜以新事物熔铸入诗，有"诗界革新导师"之称。作品有《人境庐诗草》《日本国志》《日本杂事诗》等。

## 上 黄 鹤 楼

矶头黄鹄日东流，又此阑干又此秋[1]。鼾睡他人同卧榻，婆娑老子自登楼[2]。能言鹦鹉悲名士[3]，折翼天鹏慨督州[4]。洒尽新亭楚囚泪[5]，烟波风景总生愁。

○题解

首句后有作者自注："乙未（1895）五月客鄂，方与客登楼，忽闻台湾溃弃之报（日军占领台湾的消息），遂兴尽而返。"其实同治八年（1869）复建的黄鹤楼已在光绪十年（1884）烧毁，故作者此时所上的是黄鹤楼遗址。

○注释

[1]阑干：此处代指黄鹤楼。秋：时或年的意思，因自注明言五月，故不能作秋天理解。[2]婆娑老子：东晋陶侃镇守武昌时说过的话。《晋书·陶侃传》："（侃）将出府门，顾谓愆期曰：'老子婆娑，正坐（由于）诸君辈。'"老子为陶侃自称，此处为诗人自喻。[3]名士：指东汉末祢衡。[4]折翼：相传晋陶侃曾梦生八翼，飞上天去，见天门九重，已上八重，至第九重，门者击之以杖，遂坠地而折左翼。后侃都督八州，握重兵，常思折翼之梦，不敢萌异志。后以"折翼"

为自警之典。[5]新亭：即新亭渚，在南京西南。《晋书·王导传》："过江人士，每至暇日，相要（邀）出新亭饮宴。周颢中坐而叹曰：'风景不殊，举目有江山之异。'皆相视流涕。"后多用"新亭泪""新亭泣"等指怀念故国或忧国伤时的悲愤心情。楚囚：用钟仪典。本指楚人之被俘者，后用以比喻处境窘迫之人。此句谓目睹山河变色（台湾被占），自己处境艰难，忍不住泪流满面。

○评析

黄遵宪是晚清著名的维新派爱国志士。当其登临黄鹤楼之际，日本占领台湾的消息传来，故诗人无心游玩赏景，而是悲愤交加，诗中连用五六个典故，表达自己对国事的担忧。全诗格调苍老凝重。

**张之洞**（1837—1909），字孝达，号香涛，晚号抱冰，直隶南皮（今属河北）人。同治二年（1863）进士，任湖广总督期间，创办汉阳铁厂、大冶铁矿、湖北枪炮厂，设立布、纱、丝、麻四局，改革教育，训练新军，派遣留学生。1907年赴京任体仁阁大学士、军机大臣。张之洞早年是清流派首领，后为洋务派的主要代表人物，主张"中学为体，西学为用"，为"晚清中兴四大名臣"之一。有《张文襄公全集》。

## 秋日同宾客登黄鹄山曾胡祠望远

群公整顿好家居[1]，又见烟尘战伐余[2]。鼓角犹思助飞动[3]，江山何意变凋疏[4]。三年菜色灾应澹[5]，一树岩香晚未舒[6]。我亦浮沉同湛辈[7]，登盘愧食武昌鱼[8]。

○题解

该诗作于1896年秋，时诗人在湖广总督任上。曾胡祠，曾国藩祠，在黄鹄山中峰下，同治十二年（1873）奉旨建；胡林翼祠，在黄鹤楼后斗姥阁旧址，同治三年（1864）奉旨建。

○注释

[1]"群公"句：称赞由于曾、胡等人的收拾整顿，河山家园得到了恢复。这是张之洞站在清王朝立场的说法。[2]"又见"句：指光绪二十年（1894）爆发的中日甲午之战。[3]飞动：犹振奋。[4]"江山"句：意谓中国战败，遭受屈辱和损失。[5]菜色：谓受饥。灾应澹：意谓消除灾害，使之安定。[6]一树岩香：满树林的炊烟。[7]浮沉同湛辈：《晋书·羊祜传》："（羊祜）造岘山，置酒言咏，终日不倦……顾谓从事中郎邹湛等曰：'自有宇宙，便有此山，由来贤达胜士，登此

远望,如我与卿者多矣!皆湮灭无闻,使人悲伤……'湛曰:'公德冠四海,道嗣前哲,令闻令望,必与此山俱传,至若湛辈,乃当如公言耳。'"这里诗人自比邹湛,自愧未能为国事尽力。[8]登盘:拿起食盘用餐。

〇评析

这是张之洞担任湖广总督七年之际登临黄鹄山时的即兴之作。他在诗中站在清王朝的立场上,称赞了曾国藩、胡林翼两位"中兴名臣"的功绩,感叹甲午之战使中国又经受了一次巨大的灾难,希望尽快平复创伤。末二句谦称自己无所建树,恐怕会在历史上湮没无闻,勉励自己要有所作为。

**李承阳**（？—1938），湖南祁阳人，清末曾官广东督粮道。有《竹石山房全集》。

## 沿京汉铁路纪游杂咏（三十五首选八）

### 石 镜 亭

一亭镜照两名称，倒射夕阳光始明。究竟亭名无特别，一兴一废兆先呈。

### 仙 枣 亭

仙枣缘何改吕仙，吕仙仙枣两名传。不知枣核犹留否，吕祖清风已杳然。

### 四 贤 堂

四贤堂内祀群贤，道统千钧一发悬。继往开来惭后学，心香顶礼亦徒然。

### 孟 宗 故 宅

孟宗故宅此初经，白鹤山前哭竹亭。饶有芳名传廿四，吟成七截口犹馨。

### 洪 山

云根攒绕又云扃，石状洼尊又有亭。一带洪山通地脉，蜿蜒起伏汉江行。

### 明月湖

明月湖心郭氏堤，预防泛溢预维持。夜来水静风平候，绕槛玻璃荡一陂。

### 南浦

记得儿时读《楚辞》，美人南浦系相思。而今万里归来日，赠别何人折柳枝？

### 南冈

从来寿命本难量，善恶冥中有更张。惟有王敦杀郭璞，千秋人忆此南冈。

○题解

《石镜亭》下有作者原注：石镜亭在黄鹤楼，一名"石照亭"。有石临崖如镜，石色苍涩，与凡石无异，每夕阳倒射，炯然发光。明代崇祯癸未，石忽失，亭亦寻废，有清康熙甲申喻成龙重建。《仙枣亭》下有作者原注：仙枣亭在黄鹤楼后黄鹄山顶，明景泰四年重建。相传太守与倅弈，有一异人吹笛来，忽不见，随笛声至楼上，惟见石镜题诗，末书"吕字"而去。今改"吕仙亭"。《四贤堂》下有作者原注：四贤堂在府学内，宋宁宗嘉定学官石继谕建。内祀周子、二程子、朱子，故名。《孟宗故宅》下有作者原注：孟宗故宅在都司署前，又哭竹亭在孟城白鹤山下，即宗哭竹处。《洪山》下有作者原注：洪山旧名"东山"。宋赵淳尝即山胜处架木为阁，榜曰"东岩"，状其石曰"云根""云扃"。

凡数十峰，山巅为黄鹄亭，又有怪石状为窊尊。宋末荆湖制置使孟珙尝迁随州大洪山寺额于此，遂沿呼洪山云。《明月湖》下有作者原注：明月湖在武昌府城。湖心有郭公堤，宋都统郭果筑此以防泛溢。《南浦》下有作者原注：南浦在府南五里，一名"新开港"，以其在南郭，故名。《楚辞》"送美人兮南浦"即此。《南冈》下有作者原注：南冈在武昌湖上。王敦病危，使郭璞筮。璞曰："寿必不久。"郭怒曰："卿寿几何？"曰："命在今日。"日中敦遂收璞。璞曰："吾必死双柏下。"后果然即此地也。

○评析

京汉铁路于清末光绪三十二年（1906）建成，起于北京，讫于汉口。武昌当时未通铁路，但作者沿京汉铁路游览时路经武昌，写下多首纪游诗。此处所选八首或写景物，或谈典故，其中也有若干不确之处，最显著者如称黄鹄亭在洪山巅。其诗文就像雪泥鸿爪，丰富了武昌若干历史文化的记忆。

**刘静庵**（1875—1911），原名贞一，又名大雄，字静庵，亦作敬安、敬庵，湖北潜江人。1903年，加入湖北新军，次年在黎元洪营中当文案，7月，与吕大森等组织湖北革命团体科学补习所，以反清革命为宗旨。次年利用美国教会的阅报室"日知会"名义，发展会员，灌输革命思想。1906年计划支援萍浏醴起义，被清政府发觉，逮捕入狱。1911年病死狱中。

## 秋夜感怀（三首选二）

### 其 一

楚囚对楚月[1]，太息未歇绝。整衣强入座，酾酒和悲咽[2]。生平少年日，敢夸人中杰。利器未获试，盘根乃错节[3]。

### 其 二

金以炼益精，水以澄益清[4]。浮云塞四野，秋日掩其明[5]。动心而忍性，大任所由胜[6]。明夷在羑里[7]，千古有典型。

○注释

[1]楚月：湖北古属楚地，故称湖北望见的月为楚月。[2]"酾酒"句：酒水和着悲哀一同咽下去。[3]"利器""盘根"二句：意思是说锋利的刀斧不曾试验成功，是因为盘根错节的缘故。比喻起义未能成功，原因错综复杂。[4]"金以""水以"二句：谓金不怕炼，水不怕澄，比喻自己经得起恐怖监狱的考验。[5]"浮云""秋日"二句：谓浮云充满天空，笼罩四野，掩蔽了秋天的阳光。比喻反革命势力暂时强大，镇压了革命，起义失败。这里是化用李白"总为浮云能蔽日"诗意。[6]"动心""大任"二句：化用《孟子》中的文字，意思是经过种种的考验和

锻炼，才能坚定自己的意志，磨炼自己的性格，这样才能担负起革命重任。[7] 明夷：六十四卦之一。后用以比喻昏君在上，贤人遭受艰难或不得志。羑里：殷代监狱名。相传周文王被纣王拘于羑里，推演八卦为六十四卦。末二句的意思是，像文王这样的圣人还遭厄运被囚，但他并不屈服，终于由晦而明，否极泰来，最后推翻商纣，取得天下。文王是我们学习的榜样！

○评析

刘静庵《秋夜感怀》共有三首，今选其二。刘静庵是武昌首义前组织革命团体和宣传反清革命最力的先驱之一。他在狱五年，受刑最重，而始终不改其志，不变其节。这两首狱中诗就最有力地体现了他以苦难为磨炼的革命意志和坚信正义必将战胜邪恶的乐观主义精神。

**黄兴**（1874—1916），原名轸，字廑午，号克强，湖南善化（今长沙）人。1898年入两湖书院读书，1902年被选派日本留学，不久组织拒俄义勇队。回国后又与陈天华、宋教仁等组兴华会，筹划起义，失败后亡命日本。1905年被选为同盟会庶务，与孙中山并列，世称"孙黄"。1907年后，参与领导钦州、防城起义，镇南关（今友谊关）起义，钦州、廉州上思起义与云南河口之役。1910年到香港成立同盟会南方支部，继而领导1911年著名的黄花岗起义。武昌首义成功，他赶赴武昌，任革命军战时总司令。中华民国建立，他出任南京临时政府陆军总长。1913年被推为讨袁军总司令，失败后至日本和美国。袁世凯死后回到上海，不久病逝。有《黄兴集》。

## 致谭人凤

怀锥不遇粤途穷[1]，露布飞传蜀道通[2]。吴楚英雄戈指日[3]，江湖侠气剑如虹。能争汉上为先着[4]，此复神州第一功。愧我年年频败北，马前趋拜敢称雄[5]。

○题解

此诗作于1911年10月。谭人凤，湖南新化人，同盟会员，曾参与策划武昌起义，并与黄兴保持联系。汉阳失守后，他曾担任武昌军事指挥。

○注释

[1]粤途穷：指广州黄花岗起义失败逃亡，未能脱颖而出。[2]露布：军事捷报和布告檄文之类。此指同盟会员向同志通报四川赵尔丰制造"成都血案"，激起更大规模的武装起义。[3]吴楚英雄：指长江流域起义者。戈指日：起义之时。[4]汉上：汉水两岸，此指武汉。先着：功拔头筹。《晋书·刘琨传》：刘琨闻友人祖逖为朝廷大用，与亲友书

曰："吾枕戈待旦，志枭逆虏，常恐祖生先吾着鞭。"[5]"愧我""马前"二句：谓我年年失败，十分惭愧，岂敢在你面前表功？

　　○评析

　　该诗是1911年10月黄兴潜居香港，从谭人凤来信中获知武昌将发动武装起义的消息后，回答已在武汉活动的谭人凤的诗作。当时武汉的革命党人一直表示希望黄兴来汉领导武装起义，故黄兴复信同志，指出四川、湖北、江苏等地武装起义的条件已经具备，湖北革命党人如果能率先发动，将会以首义之举名垂青史。诗中坦率地承认自己多次指挥起义屡遭失败，以此鼓励大家英勇行动，建功立业。

**胡石庵**（1879—1926），原名人杰，别号天石，湖北天门人。曾入湖北经心书院读书，1900年参加自立军起义，事败系狱。1904年以谋炸铁良再次被捕。出狱后在汉口《中西报》《公论报》卖文为生。平生著述颇丰，有《革命实见记》等。

## 悼三烈士

孝孺舌断血成碧[1]，子胥头悬眼尚睁[2]。革命未成遗恨在，江流呜咽作悲鸣。

○题解

三烈士指彭楚藩、刘复基、杨洪胜。

○注释

[1] 孝孺：指明代方孝孺。血成碧：春秋时人苌弘，在晋国为官，忠心事主而被冤杀，其血三年后化为碧玉。[2] 子胥：《史记·伍子胥列传》载，伍子胥为吴国立下大功，却因被谗遭吴王夫差杀害，因而在屈死之前说："抉吾眼悬吴东门之上，以观越寇之入灭吴也。"

○评析

这首绝句刊于武昌首义五天后出版的《大汉报》。作者高度地肯定了三烈士英勇无畏的大丈夫气概，认为三烈士的牺牲使天地同悲、江流呜咽，意在鼓励民众化悲痛为力量，奋起完成革命，实现烈士的遗愿。

**潘飞声**（1858—1934），字兰史，号南剑，广东番禺（今广州）人。清末民初南社成员，工诗词，与高天梅、俞锷、傅屯艮并称"南社四剑"。有《说剑堂集》。

## 辛亥九秋送蒋万里从军

### 其 一

汉上旌旗梦里过[1]，苍凉横槊大风歌[2]。一灯午夜闻鸡起[3]，谁识诗人旧枕戈？

### 其 二

功名肯向马前休[4]，一剑霜寒第几州[5]？四万万人齐仰首[6]，才人何必事封侯[7]！

〇题解

辛亥九秋，1911年深秋。是时武昌首义成功，各省援军先后来鄂，江苏无锡志士蒋万里投笔从戎，诗人作诗相赠。

〇注释

[1]梦里过：意谓人们在梦中都会挂念武昌起义的事情。[2]横槊：用苏轼《赤壁赋》写曹操在赤壁"横槊赋诗"的典故。大风歌：刘邦当皇帝后返乡时所唱。诗句合用二典，描述武昌起义胜利时的激情。[3]午夜闻鸡：《晋书·祖逖传》记载，东晋将领祖逖早就有志收复中原，每到半夜听到鸡鸣，就披衣起床，拔剑练武。[4]"功名"句：谓志士追求功名，就该跨马挥戈，决战沙场。[5]"一剑"句：晚唐诗僧贯休《献

钱尚父》:"一剑霜寒十四州。"意谓一口宝剑镇服十四个州。此处化用其意,戏问蒋万里:你投笔从戎,仗剑出征,志向比钱尚父(镠)更高,能镇服多少州呢?[6]齐仰首:都抬头看着你。[7]"才人"句:谓有志之士(才人)不为追求功名,而应当为国为民。

○评析

武昌首义引起全国震动,也得到了各地有志之士的支持。这两首诗既反映了青年文士蒋万里投笔从戎的形象,同时也体现了一位年过五旬的老诗人为革命大力鼓呼的激情,从一个侧面印证了武昌首义的巨大影响和历史意义。

**杨时杰**（1881—1956），原名志铭，字舒武，湖北沔阳（今仙桃市）人。清末在东京加入同盟会和共进会，回国后在武昌极力推动武装起义，武昌首义后任鄂军政府内务部长。抗日战争期间，在汉沔间创立自卫军阻止日军。新中国成立后，任湖北省文史馆馆员、省政协委员。

## 登江天阁

一阁飞峙大江边，跃上葱茏四百旋[1]。西临大别吞川楚[2]，北顾黄河抚冀燕[3]。檐马响惊彭蠡雁[4]，彩帘光耀洞庭船。登临不觉尘襟阔，胜读逍遥蒙叟篇[5]。

○题解

江天阁，俗称观音阁，在平湖门左首江边。《康熙湖广通志》曰："观音寺在黄鹄矶。"《古今游名山记》："观音阁当其前，阁畔黄鹄矶、吕公洞。"可知观音阁、观音寺为同一建筑。

○注释

[1]四百旋：多级弯曲上升的台阶。[2]西临大别：西边隔江就是大别山（俗称龟山）。[3]冀燕：今河北、北京一带。[4]檐马：挂在阁檐下的风铃，也名铁马。[5]逍遥蒙叟篇：指庄子的《逍遥游》。庄子为战国时宋国蒙人。

○评析

该诗作于武昌首义的第二年。当时革命高潮尚未消歇，作者还沉浸在革命成功的兴奋之中，所以登临江边高阁时几乎是一跃而上，所见景观也是大气磅礴，一派美好。诗末抒发豪情，表现出积极入世的人生态度。

**张祝南**（1882—1966），字肖鹄，湖北鄂城（今鄂州市）人，十九岁中秀才，二十四岁考入武昌两湖师范学堂。1911年，加入共进会。武昌首义后，担任湖北军政府机关报《中华民国公报》副主笔兼编辑。1928年后，以主要精力兴办教育和行医济世。抗日战争期间，其家乡沦陷，张祝南坚拒日军利诱，举家迁入游击区行医、办学，支持抗日。新中国成立后，曾当选为湖北省人大代表。有《峭谷诗稿》。

## 《公报》周年感赋（四首选二）

### 其 一

孤馆寒增露气清，等闲愁思以诗鸣。猿啼午夜俱成泪，虫诉残秋亦有声。砚墨长磨豪士骨[1]，檠灯相对故人情[2]。不堪回首十年事，书剑风尘忝半生。

### 其 二

筑室何年赋落成[3]，庞言吾亦欲无声[4]。汉廷罢对天人策[5]，淝水徒惊草木兵[6]。万劫虫沙情可悯[7]，一群鸡鹜食相争[8]。书生泪尽空忧国，文字安能致太平？

○题解

《公报》指《中华民国公报》。武昌首义后六天，湖北军政府于1911年10月16日创办的机关报，刊载社论，革命檄文，新政权的法律、命令，各省响应革命的新闻及来往函电等。张祝南任该报副主笔兼编辑。《公报》周年表明此诗写于1912年10月。《公报》停刊于何时，一直没有发现有力的证据。按该诗开首四句中的"孤馆"和馆中环境气氛，所谓"周年"只是说一年前《公报》诞生，而此时是否还存在，意思并不明确。

○注释

［1］"砚墨"句：谓豪杰之士长期致力于文字工作。［2］檠灯：檠，同"擎"。举灯。［3］筑室：成语"筑室道谋"，意谓自家造屋，却请教路人。喻己无主见，东问西问，人多言杂，必难成事。［4］庞言：人多口杂，众说纷纭。［5］天人策：《汉书·董仲舒传》载，汉武帝即位，董仲舒以贤良对策，以"天人感应"为基本要旨，先后对了三遍，终为汉武帝所采纳。此事被称为"天人三策"。作者此处用作批评听任众说纷纭，没有定见。［6］草木兵：用"草木皆兵"典。［7］万劫：万世，永远。虫沙：晋代葛洪《抱朴子》记载："周穆王南征，一军尽化，君子为猿为鹤，小人为虫为沙。"后以"虫沙"比喻战死的士卒，亦泛指死于战乱者。［8］"一群"句：比喻各派政治力量你争我夺。

○评析

张祝南《〈公报〉周年感赋》有四首，今选其二。武昌首义不久，湖北的军政大权渐落入黎元洪手中，在全国范围内，则被袁世凯掌控了大局，革命已经进入低潮。作者的这两首诗客观地反映了当时武昌乃至全国的政治局势，因担忧国家前途和人民命运而心情沉重，尤其第二首诗带有总结辛亥革命失败原因的意味。

**宁调元**（1885—1913），字仙霞，号太一，湖南醴陵人。清末参加兴中会、同盟会和南社。1906年在日本东京创办《洞庭波》杂志（后更名《汉帜》），宣传民族民主革命。同年参加萍浏醴起义，被捕系狱三年，出狱后继续从事革命活动。袁世凯窃国后，宁调元被杀害于武昌抱冰堂。有《太一遗书》。

## 武昌狱中书感（四首选一）

拒狼进虎亦何忙[1]，奔走十年此下场！岂独桑田能变海，似怜蓬鬓已添霜。死如嫉恶当为厉[2]，生不逢时甘作殇[3]。偶倚明窗一凝睇，水光山色剧凄凉。

○题解

宁调元因反对袁世凯于1913年在武汉被捕。

○注释

[1]拒狼进虎：指辛亥革命刚推翻清王朝，就被袁世凯篡夺了政权。[2]"死如"句：谓自己疾恶如仇，即使死了也要变为厉鬼来报复恶人。[3]"生不"句：谓自己生在需要牺牲的时代，甘愿为国献身。

○评析

辛亥革命的成果被袁世凯窃夺，作者对政治形势深感痛惜，"拒狼进虎"就是代表革命党人此时的反思和总结。"死如嫉恶当为厉"，表明自己即使被杀也要抗争到底，"甘为殇"则有情愿以自己的牺牲来激励国人奋起的意图。

**林育南**(1898—1931),湖北黄冈人。1915年入武昌中华大学中学部读书,1917年加入恽代英创办的互助社。"五四"运动期间当选武汉学联负责人之一,从事学生运动。1921年加入中国共产党,开始组织工人运动。1923年参加领导"二七"大罢工,担任中国社会主义青年团中央委员、组织部部长。1924—1927年国共合作时期曾任国民党汉口执行部干事、全省总工会宣传主任。1927年中共"八七"会议后,参加领导湖北的秋收暴动,同年底去上海坚持地下斗争。1931年被捕,旋遭杀害。

## 古风 龟蛇吟

龟蛇古灵物,向如俗所称[1]。龟灼卜先知[2],蛇起兆战争。我来江汉浒,数载与君邻[3]。朝上抱冰堂[4],暮宿紫阳亭[5]。邦国亦委瘁,贫困辱苍生。哀鸿满泽国,郑侠实怆神[6]。视天若梦梦,龟蛇何昏沉。谁知超群力,于今竟无闻[7]!念兹将去汝[8],适彼海之垠[9]。

○题解

此诗作于1923年。

○注释

[1]"龟蛇""向如"二句:说民间一向传说龟、蛇是神灵之物。[2]"龟灼"句:古代曾用龟甲占卜,方法是用火烤龟甲,视其裂纹判断凶吉。[3]君:指龟山、蛇山。[4]抱冰堂:在蛇山南麓,抱冰是张之洞晚年自号。张之洞1907年离鄂后,其门生弟子建抱冰堂以为纪念。[5]紫阳亭:在武昌城内南边的淄杨湖(今称紫阳湖)边。[6]郑侠:字介夫,福建福清(今属福州市)人,进士,在北宋历仕英宗、神宗、

哲宗三朝，一生为民请命，以"俸薄俭常足，官卑清自尊"自律，有《西塘先生文集》传世。[7]"视天""龟蛇""谁知""于今"四句：谓苍天也好，龟、蛇等灵物也好，都没有显示出一点超群的神力，来解除国家的伤痛和人民的困苦。[8]去汝：离开你。[9]"适彼"句：到大海的尽头去。此处指作者将离开武汉，到上海去参加团中央的组织工作。

○评析

20世纪20年代初，湖北仍处于北洋军阀的专制统治之下，国家百孔千疮，人民流离失所。作者一方面积极投入学运和工运，一方面也为革命高潮的尚未掀起而焦虑。这首离汉赴沪之前写下的诗作，充分表达了他担忧国家前途、同情民生疾苦、盼望革命高潮到来的思想感情。

**于右任**（1879—1964），原名伯循，字诱人，陕西三原人，祖籍泾阳。早期同盟会成员，辛亥革命前在上海创办《民立报》等鼓吹革命。1912年南京临时政府成立，任交通部次长。1924年孙中山改组国民党，于右任支持国共合作。此后长期在国民政府担任高级官员，是复旦大学、上海大学、国立西北农林专科学校（今西北农林科技大学）等高校的创办人之一。有《右任文存》《右任诗存》传世。

## 浪淘沙　黄鹤楼

烟树望中收[1]，故国神游。江山霸气剩浮沤。黄鹤归来应堕泪，泪满汀洲[2]。　　凭吊大江秋，尔许闲愁[3]。纷纷迁客与清流。若个英雄凌绝顶，痛哭神州。

○注释

[1]"烟树"句：一眼望尽烟树。[2]"江山""黄鹤""泪满"三句：谓当时中国徒有江山形胜，实则虚空衰败，所以黄鹤归来也伤心落泪。浮沤，水面上的泡沫。因其易生易灭，常比喻变化无常的世事和短暂的生命。[3]尔许：如许。

○评析

这是于右任清末登临黄鹤楼时写下的词作。当时作者已投身旧民主主义革命，故上阕感叹当时的中国有大好河山却不能有效治理，祖国大地一派衰败；下阕是讽刺那些遭贬官员和清客名流，登楼时只知痛哭凭吊，如同东晋南迁的士大夫在新亭落泪，却不能采取切实可行的救国行动。

## 江 舟 有 感

孤客西来风又起[1]，大江东去月尚明。曾经武汉伤心地[2]，时听鱼龙弄水声[3]。逝者如斯行载酒，埋愁何处妄谈兵[4]。小姑嫁后归宁未？陌上花开忆旧盟[5]。

○题解

1917年作者在上海与孙中山先生计议后，返回陕西策划响应西南的护法运动，于5月间西上，舟经武汉时写下此诗。

○注释

[1]孤客：作者自谓。风又起：风浪又起，指当时北洋军阀废除约法，解散国会。[2]武汉伤心地：辛亥革命中清军曾火烧汉口，占领汉阳，炮击武昌，武汉三镇损毁严重。[3]"时听"句：庾信《哀江南赋》："草木之遇阳春，鱼龙之逢风雨。"比喻南方响起了"护法"的号召。[4]"埋愁"句：谓北洋军阀暂时放下内部矛盾，扬言对南方用兵。[5]"小姑""陌上"二句：当时各派政治势力之间纵横捭阖，或以敌为友，或弃仇结盟，故以女子嫁后能否返家省亲为喻，表示自己的怀疑。

○评析

1917年5月作者返陕舟经武汉，回忆起五六年前武汉在阳夏之战中蒙受的巨大损失，不禁心情沉重。而眼前的各派政治势力蜂起，或毁法，或谈兵，国家陷入一片混乱，更使得作者感到忧心忡忡，前景不明。全诗借隐喻抒发愁情，体现了诗人忧国忧民的情怀。

## 春雨中黄鹤楼写望

一江风雨昼冥冥，烟树参差认不清。壮观兼饶诗画意[1]，万重新绿武昌城。

○题解

此诗作于1938年春。当时日本帝国主义的侵华战火渐渐逼近长江流域，南京国民政府筹划西迁，于右任来武汉参与前期准备工作。

○注释

[1]"壮观"句：景色壮丽富有诗画意境。

○评析

作者对日本帝国主义的侵华野心和战争前景有足够清醒的认识，诗中虽然无一字关涉时势，但心中对中日之战则念念不忘。故此诗中前两句写景的色彩暗淡，衬托诗人的沉重心情；后两句写大武汉的形胜壮美，则充分体现作者对祖国大好河山的热爱之情。该诗首先发表在同年的《民族诗坛》上，目的就是为了鼓舞全国人民的抗日斗争士气。

**甘鹏云**（1861—1940），字药桥，号翼父，别号耐翁，晚署息园居士。湖北潜江人。1892年左右入经心书院、两湖书院读书，1902年中举，翌年中进士，任工部主事。1906—1908年，留学日本。1917年，当选众议院议员。谙熟湖北史志，热心搜罗乡邦文献，曾发起纂修《湖北文征》。有《潜庐类稿》《潜庐续稿》《潜庐诗录》《潜庐随笔》等。

## 过 抱 冰 堂

南皮学派启同光[1]，论治硁硁扫晦盲[2]。时正需公公不作[3]，伤心怕过抱冰堂。

○题解

抱冰堂，1907年湖广总督张之洞调京担任军机大臣之后，张氏在湖北的门生故旧为纪念他于1909年夏建成的生祠，位于蛇山南半山腰（今首义公园内）。同年10月，张之洞逝世，但抱冰堂百余年后仍保存完好，并成为重要古迹。该诗约作于1921年。

○注释

[1]南皮：张之洞是河北南皮县人，故人称"张南皮"。同光：清代的同治（1862—1874）、光绪（1875—1908）两朝。[2]论治：讨论如何治国理民。扫晦盲：犹扫盲，使盲目、不明事理者看清时势。[3]不作：不起，已死不能复生。

○评析

张之洞作为湖广总督，清末在湖北主政十八年，于创办近代工业、开办新式学堂和派遣留学生、训练新军、改造城市等，做了一些顺应时代潮流的事情。这首小诗表现了作者对张之洞其人的肯定和敬仰，诗句平易而感情深厚。

## 两湖书院废作营房，辛酉过之，怆然有作

### 其　　一

高牙大纛兀飞扬[1]，黉舍沦为跃马场[2]。学子莘莘都去尽，不堪回首教忠堂[3]。

### 其　　二

由来天道有平陂，记否梁摧楚学祠[4]。旧日讲庐今武帐，岂真兵备法先师[5]？

〇题解

两湖书院，湖广总督张之洞1890年创设于武昌，从湖南、湖北两省的诸生（秀才）中各选百人入学。课程分设经学、史学、理学、文学、算学、经济六门。教席皆选一时名流。时值书院改名为新式学堂之际，故1903年改为文高等学堂，不久又改为两湖总师范学堂。辛酉年是1921年。

〇注释

[1]牙：牙旗的省称。旗杆上饰有象牙的大旗。纛：古时军队或仪仗队的大旗。[2]黉舍：学宫。[3]教忠堂：两湖书院中的大厅取名"教忠堂"。[4]"由来""记否"二句：作者原注："先是甲午（1894）四月十日，楚学祠中梁忽折，论者谓为楚学将衰之征兆，特戏言耳，而今竟验。"陂，倾斜不平。[5]"旧日""岂真"二句：作者原注："南

皮两湖书院楹联帖有云：'虽有文事，必有武备，法我先圣先师。'今以讲院而作营房，论者以为语谶。"

〇评析

湖北在1913—1926年间一直处于北洋军阀的统治之下，其间武人专制，内乱不断，横征暴敛，民不聊生，尤其文化教育事业饱受摧残。作者是从武昌走出的书生，一直关心和支持家乡的文化教育。面对当时武昌的文教衰落现状，不免痛心疾首，该诗即是表达这种悲愤之情。

# 纪事（四首选二）

## 其　一

武力摧强计总疏[1]，徒令战血洒平芜。凄凉扬子江头月，照得将军梦醒无[2]？

## 其　二

武昌江上一危城[3]，十万居民正苦兵。寄语将军休困斗，天心原自爱苍生。

〇题解

1926年9月6日，北伐军攻克汉阳，次日又攻克汉口，武昌成为孤城。北洋军阀吴佩孚令其部下武汉防御总司令陈嘉谟和武昌守备军总司令刘玉春固守待援，武昌自8月底至10月10日全城紧闭。甘鹏云的"纪事"四首即作于此时。

○注释

[1] 计总疏：计策总不周全。[2] 梦醒无：能从梦中醒来吗？[3] 危城：孤危之城，指汉阳、汉口均被攻克，武昌城被四面包围。

○评析

甘鹏云《纪事》诗共有四首，今选其二。这两首小诗记录了1926年北伐战争在武昌的一个侧面。打倒北洋军阀，统一中国，是历史潮流，也是人心所向。而北洋将领负隅顽抗，不顾武昌居民死活，理应受到历史的审判。诗人以其特有的表达方式，对怙恶不悛的北洋将领表示谴责，对人民表示关怀，体现了他鲜明的爱憎之情。

# 武昌喜遇王青垞

## 其 一

依然谈笑吐长虹[1]，抵掌几如隔世逢。回首神州满荆棘，伤心吾道竟蒿蓬[2]。

## 其 二

深宵不尽尊前话，秃鬓惊看劫后容。辽鹤归来人事改，空余江汉水淙淙[3]。

○题解

王青垞即王葆心（1867—1944），字季芗，号晦堂，湖北罗田人。曾入读黄州书院、两湖书院。1894年得中优贡，1903年中举，旋赴北京任图书馆编纂、礼学馆纂修、学部主事、礼部郎中等职。1922年后居武昌，历任武昌高师、武汉大学教授，省立国学馆馆长，湖北通志馆总纂等职。编纂有《续汉口丛谈》《再续汉口丛谈》《湖北文征》《湖北诗征长编》等。题下原注：戊辰作。即1928年。

○注释

[1]长虹：比喻出言雅致。[2]吾道竟蒿蓬：理想破灭，就像人生路上长满了蒿蓬和荆棘。[3]"辽鹤""空余"二句：意谓水流依旧而人事已非。辽鹤归来，指传说中的辽东人丁令威修道升仙，化鹤归飞之事。

○评析

从1926年到1928年，身在武昌的甘鹏云深感时势的迅速巨变，先是北伐军打到湖北，武汉成为国民革命运动的中心，随之就是国共分裂，内战硝烟再起。在这种背景和环境之中老友相遇，重逢的喜悦远远不及对国事的担忧，故全诗充满哀情和慨叹，读来感人至深。

**毛泽东**（1893—1976），字润之，湖南湘潭人。伟大的马克思主义者，无产阶级革命家、战略家、思想家和理论家。中国共产党、中国人民解放军和中华人民共和国的主要缔造者和领导人。风格卓异的诗人、书法家。有《毛泽东选集》。

## 菩萨蛮　黄鹤楼

茫茫九派流中国[1]，沉沉一线穿南北[2]。烟雨莽苍苍，龟蛇锁大江[3]。　　黄鹤知何去[4]？剩有游人处。把酒酹滔滔，心潮逐浪高[5]！

○题解

此词作于1927年春游览黄鹤楼之时。作者有自注："1927年，大革命失败的前夕，心情苍凉，一时不知如何是好，这是那年的春季。夏季，8月7号，党的紧急会议，决定武装反击，从此找到了出路。"

○注释

[1]中国：即国中，指中国的中部地区。[2]一线：指当时长江以南的粤汉铁路和长江以北的京汉铁路。（1956年武汉长江大桥建成，两条铁路接通，改名京广铁路）。[3]锁大江：两山隔江对峙，好像要把长江锁住一样。[4]"黄鹤"句：化用崔颢《黄鹤楼》之"昔人已乘黄鹤去，此地空余黄鹤楼"诗句。[5]"把酒""心潮"二句：把酒洒向滔滔江水祭奠，心潮就像这江涛一样激荡起伏。酹，以酒洒地上或水中，表示祭奠。

○评析

该词上阕写景，以"茫茫""沉沉""烟雨苍苍""龟蛇锁江"等意象表征前景未明的形势和危机四伏的气氛，表现了作者对当下形势的担忧。下阕借怀古之意，抒发慷慨激昂的现实之情。作者面对滚滚江水，心潮翻滚如波浪滔滔，发誓要上下求索，百折不回，找到一条正确的道路。

## 水调歌头　游泳

才饮长沙水[1]，又食武昌鱼。万里长江横渡，极目楚天舒[2]。不管风吹浪打，胜似闲庭信步，今日得宽余。子在川上曰：逝者如斯夫！　风樯动[3]，龟蛇静，起宏图。一桥飞架南北[4]，天堑变通途[5]。更立西江石壁[6]，截断巫山云雨[7]，高峡出平湖[8]。神女应无恙，当惊世界殊[9]。

○题解

1956年毛泽东巡视南方，5月底经长沙来到武汉。6月1日、3日、4日三次畅游长江，并写下此词。

○注释

[1]长沙水：作者自注："民谣：常德德山山有德，长沙沙水水无沙。所谓无沙水，地在长沙城东，有一个有名的'白沙井'。"[2]楚天：长江中游在春秋战国时属于楚国的范围，所以诗中把这一带的天空叫"楚天"。[3]风樯：指帆船。[4]"一桥"句：指当时正在修建武汉长江大桥。[5]天堑：天然形成的隔断交通的大沟，多指长江，形容它的险要。[6]西江石壁：此处指计划修建的三峡大坝。[7]巫山云雨：此处指长江三峡的江水。[8]平湖：此处指三峡水库。[9]"神女""当惊"二句：谓神女应该还好吧，她应该为世界发生巨变而惊叹。

○评析

　　该词通过描绘横渡长江、极目楚天所看到的壮丽景色和在建大桥的宏伟景象，讴歌了各项建设的伟大成就，憧憬着"高峡出平湖"的远景蓝图，抒发了建设繁荣富强的新国家的雄心壮志。这首诗想象极其丰富，思接千古，情贯古今，充分展现了毛泽东诗词把革命浪漫主义和革命现实主义相结合的创作风格。

**老舍**（1899—1966），本名舒庆春，字舍予，笔名老舍，满族，生于北京。著名作家，杰出的语言大师、人民艺术家。老舍的作品语言通俗易懂，朴实无华，幽默诙谐，具有较强的北京韵味。有《骆驼祥子》《四世同堂》《茶馆》。

## 述　怀

黄鹤楼头莫诉哀[1]，酒酣风劲壮心来。烟波自古留余恨，烽火从今燃死灰[2]。如此江山空暮雨，有谁文章奋云雷。奇师指日收河北，七步成诗战鼓催[3]。

○题解

1937年卢沟桥事变，抗战全面爆发，老舍离开即将沦陷的济南，告别妻儿，只身前往武汉，积极投身于中华全国文艺界抗敌协会的组织领导和抗战文艺宣传工作。《述怀》即写于此时。

○注释

[1]"黄鹤"句：指旧时文人多在黄鹤楼抒发离愁别绪，或者感叹江水长流而人生短暂，等等。[2]燃死灰："死灰燃"的倒置，即死灰复燃。指1937年日本军国主义重新燃起战火，发动卢沟桥事变。[3]七步成诗：指曹植的七步诗，比喻才思敏捷。此处是号召作家们为鼓舞全民抗战激情，拿起笔来，积极投入抗敌宣传斗争中去。

○评析

置身抗战中心武汉的诗人独步黄鹤楼，仗着酒劲，迎着劲风，遥看抗战烽火，抒发自己的爱国豪情和报国壮志。并着重劝勉诗人们不要再哀叹"烟波江上使人愁"，倾诉个人的离情别绪或人生感慨，号召大家振奋精神，拿起笔来。为早日驱除日寇、收复失地，摇旗呐喊，擂鼓助威。

# 黄 鹤 楼

三月莺花黄鹤楼,骚人无复旧风流[1]。忍听杨柳大堤曲[2],誓雪江山半壁仇[3]。李杜光芒齐万丈[4],乾坤血泪共千秋[5]。凯歌明日春潮急,洗笔携来东海头[6]。

○题解

诗题一作《贺全国文艺界抗敌协会成立》。1938年3月27日,中华全国文艺界抗敌协会在汉口商会大礼堂宣告成立,老舍即席赋诗志贺。

○注释

[1]无复旧风流:因日寇侵略日深,举国同仇敌忾,诗人自觉地改变了自由闲适的生活方式。[2]忍听:反语,不忍再听。杨柳:即《折杨柳》,古《横吹曲》名。大堤曲:汉代乐府西曲歌名,出自《襄阳乐》。[3]江山半壁仇:日寇已占领东北、华北,中国只剩下半壁江山。[4]"李杜"句:李白、杜甫的诗作辉耀如日月。[5]"乾坤"句:鼓励诗人们以血泪写出能在天地间流传长久的好诗。[6]"凯歌""洗笔"二句:表示抗战一定会胜利。洗笔携来东海头,比喻收复失地,回到家乡。

○评析

国难改变着中国,也改变着若干惯写风花雪月的诗人墨客的生活方式和写作内容。在外敌深入、大好河山被日军铁蹄蹂躏的生死关头,诗人们一致奋起,把饱含血泪的笔锋化作匕首和投枪,刺向侵略者,以争取最后的胜利。

**郁达夫**（1896—1945），原名郁文，字达夫，浙江富阳人。民国初年留学日本，开始文学创作，创造社的发起人之一。抗战爆发，郁达夫先后在上海、武汉、福州及南洋各地积极从事抗日救国宣传活动。1945年6月29日，被日军杀害于印尼苏门答腊丛林。

## 和老舍《黄鹤楼》

明月清风庾亮楼，山河举目涕新流[1]。一成有待收斯地[2]，三户无妨复楚仇[3]。报国文章尊李杜，攘夷大义著《春秋》。相期各奋如椽笔[4]，草檄教低魏武头[5]。

○题解

诗题一作《感时》。题下原注："文艺界抗敌协会同仁宴聚武昌，仆因事缺席，因用老舍韵赋呈在座诸公。"1938年3月27日，中华全国文艺界抗敌协会在汉口商会大礼堂开会宣告成立，郁达夫出席了大会。会上文艺界同仇敌忾，盛况空前。会后宴席上老舍即席赋七律一首。郁达夫会后因事未能赴宴，事后和诗一首。

○注释

[1]山河举目：为"举目山河"的倒置。[2]一成：中国古时以方圆十里为一成，以兵士五百人为一旅。传夏少康凭一成一旅灭过、戈而复禹业。后遂用"一成一旅"为势微力弱卒能克敌制胜、光复旧业之典。斯地：指代失地。[3]三户：三户人家。极言人数之少。司马迁《史记·项羽本纪》："故楚南公曰：'楚虽三户，亡秦必楚也。'"[4]相期：相约；期待。各奋：各自奋起。[5]"草檄"句：《三国志·魏志·陈琳传》载，曹操患头风病，卧读陈琳所作檄文，头风顿愈。魏武，即魏武

帝曹操，此处借指日寇。

○评析

诗人以当时抗战文化中心武汉为背景，抒发自己面对国土沦陷的巨大痛苦，借"少康复国"和"三户亡秦"的典故，表达了收复失地、抗敌复仇的期望和决心。呼吁发扬中国人的优秀传统，拿起如椽大笔，与日本法西斯作坚决斗争！全诗感情强烈，大气磅礴，引经据典，充分体现了作者强烈的爱国精神。

**钱仲易**（1909—?），江苏常州人。长期从事新闻编辑工作，民国时任《中央日报》社副刊《时事周报》编辑及《明月》主编，抗战后任《新闻报》副总编。1985年入上海文史馆，擅长诗词，著有《尘痕韵语》诗集。对《易经》研究颇深，著有《易经史观》。

## 发 夏 口

马当铁锁付寒灰[1]，侧耳龟蛇画角哀[2]。鼓浪四更残月夜[3]，大江东去我西来[4]。

〇注释

[1]"马当"句：1937年12月南京沦陷后，国民党海军为阻止日军沿长江西进，曾在马当、东流一带江上沉船和敷设水雷，建成马当封锁线。1938年6月，日军攻占长江下游各沿江港口后，即把马当封锁线炸毁，把战火推向武汉。[2]侧耳：倾听貌。画角：此处指中国军队的军号声。[3]鼓浪：鼓起波浪。此处指船舶开动，破浪前行。[4]"大江"句：谓江水东流，避难人西去。

〇评析

1938年10月，日本侵略军的铁蹄逼近武汉，数百万中国军民被迫沿江西撤。该诗以短短四句浓缩了当时战局的严峻，以及西上船只乘夜出发（躲避日本军机的轰炸）时，人们沉重不安的心情。

**柳亚子**（1887—1958），江苏苏州人。清末创办并主持南社。曾任孙中山总统府秘书，中国国民党中央监察委员。1927年"四一二"政变后，被国民党政府通缉，逃往日本。1928年回国，进行反蒋活动。抗日战争时期，与宋庆龄、何香凝等从事抗日民主活动，曾任中国国民党革命委员会中央常务委员兼监察委员会主席、中国民主同盟中央执行委员。新中国成立后，曾历任中央人民政府委员、全国人大常委会委员。

## 刘雪耘见顾，属题《黄鹤楼图》，报以一截

三户亡秦誓楚荆[1]，高楼黄鹤意难平。河山倘见澄清日，愿挹椒浆酹祢生[2]。

○题解

见顾，来访。报，回报，此处为写赠之意。据《磨剑室诗集》载，该诗作于1944年。

○注释

[1] 三户亡秦：谓楚虽仅存三户，终于灭亡秦国。楚荆：荆楚。[2] 挹：舀。椒浆：即椒酒，用椒浸制的酒。古代多用以祭神。祢生：即写《鹦鹉赋》的汉末名士祢衡。

○评析

该诗作于抗日战争胜利的前一年。作者以题《黄鹤楼图》为端，以三户亡秦的典故，表达中国人民不畏强暴，坚决抵抗日本帝国主义侵略的意志和决心，并深信中国人民一定能战胜外敌，光复大好山河。

**董必武**（1886—1975），原名贤琮，又名用威，号壁伍，湖北黄安（今红安）人。青年时代入同盟会，参加辛亥革命。1920年创办武汉中学，同年底与陈潭秋在武汉建立共产主义小组。1921年出席中共第一次全国代表大会。第一次国共合作时期曾任国民党湖北省党部常委、湖北省政府常委。土地革命时期，在中央革命根据地任中共中央党校校长、最高法院院长。抗日战争中曾在武汉筹建八路军驻武汉办事处，创办《新华日报》。武汉沦陷后去重庆，任中共南方局副书记。新中国成立后曾任政务院副总理、第二届政协全国委员会副主席。1959年当选为中华人民共和国副主席。1971—1975年，任中华人民共和国代主席。

## 闻长江大桥成喜赋

江汉三城隔，相持鼎足然[1]。地为形所限，人与货难迁。利涉资舟楫[2]，风涛阻往还。梦思仙杖化[3]，喜见铁桥悬。武汉连一气，龟蛇在两边。滔滔流不尽，荡荡路无偏。转运增潜力，工程壮大千。山青深浅杂，云白卷舒妍。黄鹤楼非旧[4]，晴川阁尚全。游观当日暮，何物惹愁牵[5]！

○注释

[1]鼎足然：武昌、汉口、汉阳如三鼎足状。[2]利涉：顺利渡河。资：依靠。[3]仙杖化：《后汉书·方术列传》载，东汉的费长房从壶公学仙术，辞归时，壶公送一竹杖，称骑竹杖即可到家。费长房骑杖，似觉入睡，顷刻到家。他随后将竹杖丢入葛陂（沼泽），竹杖化为一条青龙。[4]"黄鹤"句：清代同治八年（1869）复建的黄鹤楼已在光绪十年（1884）烧毁。光绪三十三年（1907）在黄鹤楼遗址附近建起的风度楼（张之洞改名为奥略楼）通常被误称为黄鹤楼，亦在20世纪50年

代建筑长江大桥时拆除。[5]"游观""何物"二句：说即使在黄昏时游览，又有什么值得发愁的呢？此二句系对崔颢《黄鹤楼》诗中的"日暮乡关何处是？烟波江上使人愁"反其意而用之。

〇评析

　　万里长江第一桥于1956年建成。董老听到来自家乡的这一喜讯后，欣然写下这首长诗。诗中称赞大桥将武汉三地连为一体，使人们往来、货物交通更为便利，从而使江城更为繁荣壮观。其兴奋喜悦的心情充溢于全诗。

**聂绀弩**（1903—1986），原名国琰，湖北京山人，诗人、散文家。早年入黄埔军校二期，后进莫斯科中山大学深造。1936年，创办《七月》杂志等刊物。曾任新中国第五、第六届全国政协委员，有《聂绀弩全集》。

## 桥上望江（二首选一）

楚尾吴头眺望开[1]，更思桥上起楼台。蛟龙得水腾身去[2]，日月经天耀眼来。无数名城灯火岸，几多沃土稻粱杯[3]。雷霆风雨千波立[4]，一洗丘原涸鲋哀[5]。

○注释

[1]"楚尾"句：谓在桥上开眼眺望，江水从中游奔向下游。楚尾吴头，泛指长江中下游一带地方。[2]蛟龙：长江犹如巨龙。[3]"几多"句：长江沿岸盛产稻谷，宛如巨大粮仓。稻粱杯，盛粮食酒的杯子。[4]千波立：杜甫《朝献太清宫赋》："九天之云下垂，四海之水皆立。"形容云水相接。[5]"一洗"句：谓江水解除了人和万物对干旱的担忧。

○评析

聂绀弩《桥上望江》有两首，今选其一。该诗如同挥洒自如的泼墨写意画，云烟满纸，意境开远，于生动的气韵中展现出壮阔的空间，流溢着昂扬的情调。

**叶剑英**（1897—1986），原名叶宜伟，字沧白，广东梅县人。1917年入云南讲武堂，1924年参与筹建黄埔军校，北伐时任国民革命军师长。1927年参加广州起义。1931年到江西中央革命根据地，历任参谋长、工农红军学校校长、瑞金卫戍区司令。参加长征，任一纵队司令员。抗日战争期间任八路军参谋长、中央军委参谋长。新中国成立后曾任原广东军区司令员、广东省政府主席、国防委员会副主席、国防部部长、全国人大常务委员会副委员长、中央军事委员会副主席。

## 自度　长江大桥

龟蛇对峙，千年浊浪排空起。折戟沉沙，英雄淘尽，都无觅处[1]。天公叹服，地上神仙，长桥飞架，南北东西无阻。　遥想银河，斜窥牛女[2]，端的乍惊还妒[3]。江心独立[4]，看巫峡巫山，头吴尾楚[5]，任我从容指顾。流水不关情，让它滚滚东去。

○题解

自度，又作"自度曲"，即不根据旧谱自己创制的词曲。该词作于1957年。

○注释

[1]"折戟""英雄""都无"三句：感慨历史上的战争和所谓英雄都无影无踪了。[2]牛女：银河两边的牛郎和织女。[3]端的：真的。乍惊还妒：猛然吃惊，又很嫉妒（银河无桥，牛郎织女难以相聚）。[4]"江心"句：独自站在江中间的桥上。[5]巫峡巫山，头吴尾楚：代指长江的上游和中下游。

○评析

该诗系作者游览新落成的长江第一桥时所作。全诗气势宏大，既写眼前壮景，又浮想联翩。古代的英雄豪杰、神话中的牛郎织女，信手拈来置于诗中，增加了该诗的乐观和浪漫主义色彩。

## 题 行 吟 阁

泽畔行吟放屈原[1]，为伊太息有婵娟[2]。行廉志洁泥无滓[3]，一读骚经一肃然。

○题解

行吟阁在武昌东湖，为一座传统的两层阁楼建筑，楼前有屈原塑像。

○注释

[1]"泽畔"句：司马迁《史记·屈原贾生列传》："顷襄王怒而迁之。屈原至于江滨，被发行吟泽畔。颜色憔悴，形容枯槁。"[2]伊：他，指屈原。[3]"行廉"句：《史记·屈原贾生列传》称赞屈原"其文约，其辞微，其志洁，其行廉……皭然泥而不滓者也"。泥，沾汙。滓，污浊；污秽。

○评析

小诗言简意赅，通过化用典籍中的相关文字，再现了屈原遭流放时的行吟诗人形象，歌颂了屈原行廉志洁、出淤泥而不染的高尚品格，表达了作者对这位伟大的爱国诗人的崇敬。

**李尔重**（1913—2009），河北丰润人。1930年参加中共地下党组织的"唐山兵暴"，亲历抗日战争、解放战争，两次受枪伤，三次入监狱。新中国成立后，曾任中共武汉市委第二书记，中共湖北省、广东省、陕西省省委常委，河北省委书记兼省长等职。李尔重在文学创作上卓有成就，著有长篇小说《战争与和平》。晚年曾任中国诗词学会顾问、武汉诗词学会名誉会长。

## 槛外长江天外楼

槛外长江天外楼[1]，摘星揽月拂云流[2]。风光逐岁添春色，佳气蒸蒸焕远猷[3]。百代兴亡随水逝，于今壮丽指日修[4]。东风舞鹤花争艳，神女翩翩下九州。

〇注释

[1]天外楼：谓楼台高出天外。[2]"摘星"句：仍是形容楼台之高。[3]远猷：长远的规划。[4]"百代""于今"二句：指黄鹤楼历代屡建屡毁，于今更雄伟壮丽的新楼指日可成。

〇评析

历史上最近的旧黄鹤楼在清光绪十年（1884）因火灾焚毁之后，有百年时间黄鹤楼只存在于人们的记忆和怀念之中。重建这一名胜古迹的计划于1975年启动，经过充分的讨论和规划，终于在1984年破土动工。李尔重参与了黄鹤楼重建的系列工作，于动工之际欣然写下此诗。1985年6月，比历代旧楼更加高大雄伟、更加坚实美观的新黄鹤楼终于现身江城。